KB260823

■ 이유식 풍속사적 자전 에세이 ■

옥산봉에 걸린 조각달

국립중앙도서관 출판시도서목록(CIP)

옥산봉에 걸린 조각달 : 빛돌 타던 시절의 추상 / 이유식 지음. --
서울 : 한누리미디어, 2008
    p. :   cm

관제: 풍속사적 자전 에세이집
ISBN 978-89-7969-325-6 03810 : ₩10000

한국현대수필〔韓國現代隨筆〕

814.6-KDC4
895.744-DDC21   CIP20080002625

풍속사적 자전 에세이집

옥산봉에 걸린 조각달

– 빛돌 타던 시절의 추상

이 유 식 지음

한누리미디어

풍속사적 자전 에세이를 엮어 보며

글을 쓰는 사람이라면 누구나 자전류의 글을 남기고픈 강한 충동을 느낄 것이다. 이런 충동이 결국 이 책을 내놓게 된 계기다.

나는 경남 하동군 옥종면에서 성장했다. 그곳에서 유소년시절과 청소년시절을 보내며 일제시대, 해방과 군정, 6·25, 자유당 시절과 전후의 재건시기를 경험했다. 이 15년간이 곧 배경인데 좀 색다른 글이 되도록 이 과정에서 보고, 듣고, 느끼고, 경험했던 것들을 주된 내용으로 하되 시대적 흐름을 날줄로 삼고 개인적 경험을 씨줄로 삼아 보았다.

제목을 내가 자란 고향마을 양구리 뒷산의 이름을 따 상징적으로 《옥산봉에 걸린 조각달》이라 했다. 옥산은 높이 614m로 면내의 진산(鎭山)이요 제법 널리 알려진 명산이다.

나는 가능한 한 순수한 개인 이야기는 피하면서 개인적 체험(자전적 요소)을 창구로 삼아 역사의 전면에 가리어진 지난 시절의 뒤안길 이야기를 사회·문화·생활·민속·유행 등과 연맥을 지으면서 오늘의 시각에서 그 시절을 회상적으로 바라다보며 슬픔과 애수가 깃들은 한 '시대의 초상화'를 그려 보려 했다. 그리고 독자들의 지적 호기심이나 욕구를 충족시키기 위해서는 가능한 한 지난 시대와 관련된 다양한 지식정보를 담아 보려 했고 또 문틈으로 안방의 비밀을 넘겨다보는 듯한 긴장된 흥미유발을 위해서는 나의 비밀과 시대의 비밀을 최대한 노출시켜 보려 했다. 일종의 '풍속사적 자전 에세이' 라고나 할까.

제1부는 일제하 유소년 시절의 이야기이다.

제2부는 초등학교 시절에 보고 느낀 소년 시절의 이야기이다.

제3부는 중·고교시절의 이야기이므로 청소년 시절에 해당된다.

제4부는 20세 전후의 청년 시절 이야기와 고향과 관련 있거나 아니면 고향의 의미를 되새겨 보고 있는 글들이다.

모두 77편이다. 글의 성격을 구분해 보면 자전적인 것 20편, 풍속사적인 것 30편, 시대상황적인 것 27편인데 말하자면 현대사회의 여러 풍속을 연구한다는 '고현학' (考現學, Modernologie)을 수필로 시도해 본 시험작인 셈이다.

어느 시대나 정도의 차이야 있겠지만 어렵지 않은 시대야 없지 않겠지만 지금 70을 갓 넘어선 이 나이에 멀리는 65여년 전을 가까이는 50여년 전을 뒤돌아보니 참으로 비참도 하고 궁핍했던 시대였다 싶다. 비유적으로 말해 이지러진 '조각달' 같은 형국의 시대상황이었다고나 할까.

아무튼 이 책이 나와 비슷한 동시대의 직접 체험자에게는 마치 빛바랜 낡은 사진첩을 꺼내 보듯 꿈결처럼 흘러간 옛 시절의 기억을 되새겨 볼 수 있는 기회가 된다면 천만다행이겠고, 또 미체험의 젊은 세대들에게는 '과연 이런 시대도 있었구나' 며 간접 체험을 할 수 있는 계기가 되어 자기를 성찰해 볼 수 있는 '거울' 구실을 할 수 있다면 더 이상 바랄 것이 없겠다.

끝으로 많은 질정(叱正)과 더불어 격려도 기대해 본다.

2008년 8월. 대치동 玉山軒에서

靑多 **李洧植** 글 남기다

차례 ··· 옥산봉에 걸린 조각달

제2부 나의 악동시절

차례 ··· 옥산봉에 걸린 조각달

제3부 기를 못 편 학교 성적

제4부 다시 고향 땅을 밟으며

제1부　고향 그리워

| 내 고향, 하동 옥종 |

무더운 여름이면 나는 여름을 쫓듯 울어대는 고향의 매미소리를 연상해 보곤 한다. 솔바람처럼 나의 귓가를 스치는 '지이지이이' 왕매미소리, '쌔에롱 쌔에롱' 참매미소리, '시옷시옷' 무당매미소리, '맴맴맴' 말매미소리가 잠시 더위마저 잊게 한다.

눈을 감으면 어느 결에 나는 고향 마을의 숲속을 뛰어 다니는 천진한 아이가 된다. '시옷시옷' 하는 무당매미소리에 맞추어서는 짓궂게도 그 사랑의 호소를 방해라도 하듯 큰 소리로 '순이 요오시 순이 요오시' ('요오시' 는 '좋아' 란 뜻의 일본말)를 외쳐 보기도 했고, 또 맘 논을 맬 즈음인 늦여름에 '맴맴맴' 하고 울어대는 말매미소리를 반주 삼아서는 그늘 밑에서 달콤한 졸음에 취한 채 게으름만 피우는 머슴을 재촉하듯 '맘논 매어라 맘논 매어라' 를 후렴처럼 외쳐대기도 했다.

아무튼 내가 이 정도라도 매미소리 타령을 읊을 수 있는 것도 내가 시골 출신인 덕택이다.

나의 고향은 군으로 말한다면 경남 하동군이다. 그 어느 지역보다 풍광이 아름답고 산수가 수려하며 경관이 빼어나다. 그래서 많은 노래의 배경이 되어 있는 곳이기도 하다. 〈하동포구 80리〉, 〈상사의 내 하동〉, 〈섬진강 탄곡〉, 〈돌아가자 하동포구〉, 〈하동포구 아가씨〉, 〈물레방아 도는데〉, 〈그리운 하동포구〉, 〈섬진강 처녀〉, 〈삼백리 한려 수도〉, 〈추억의 하동포구〉, 〈화개장터〉에 이르기까지 참으로 많고도 많다.

이런 자연조건을 갖춘 이 고장의 옥종면(玉宗面)이 바로 나의 고향이다. 나의 숨결이 숨어 있고 나의 발자취가 묻어 있는 이곳은 황금어장을 잉태하고 있는 어촌도 아니고, 무나 배추가 풍성한 넓은 들녘을 베고 누운 곳도 아니며, 그렇다고 오지(奧地)나 다름없는 심심산골도 아니고, 외지의 뜨내기들이 와자지껄 모여드는 광산촌도 아니다. 물론 한때나마 이곳 저곳에 고령토(백토) 채광의 전성기가 있긴 했지만 이제는 폐광상태이다. 그저 평범한 산골의 작은 면일 따름이다. 그나마 요즘은 교통이 좋아 정수리의 불소유황온천과 북방리의 딸기마을, 그리고 천년의 역사를 가진 기우제(祈雨祭)의 영산(靈山)인 옥산으로 등산객이 제법 외지에서 찾아든다니 다행이다 싶다.

진주에서 버스로 약 한 시간내이면 닿을 수 있는 하동군의 북부에 위치한 면인데, 작가 이병주 선생의 고향인 북천면과는 바로 이웃하고 있다. 지리산에서 발원하는 덕천강이 진양군의 수곡면과 면계를 이루며 유유히 흐르고, 산청군과도 군계를 이루고 있다.

교통의 편리를 보아 하동읍보다는 진주와 내왕이 많은 곳이고, 또 지리산에서 그렇게 멀리 떨어져 있지 않은 곳이라서 지리산 공비 토벌 직전까지만 해도 밤손님(빨치산)들의 성가신 내방(?)을 받아 종종 곤욕을 치른 곳이기도 하다.

면내에서 자랑할 만한 곳으로는 우선 종화리(宗和里)라는 마을을 들 수 있다. 백로의 도래지로 지정·보호되는 곳인데, 제철을 만나면 부근의 소나무 숲은 일대 장관을 이룬다.

정수리(正水里)라는 마을은 세계적으로 품질 좋기로 이름난 고령토

산지이고, 영당부락에는 옥산서원(玉山書院)이 있다. 포은 정몽주 선생의 위패를 모시고 있는 곳인데, 춘추로 향례를 봉행하고 있다. 초등학교 시절, 친구 집안에서 관리하고 있는 연고로 따라가 함께 공부하고 잠을 자본 적도 있다.

면 소재지 청룡리(靑龍里)의 한복판에는 천연기념수로 보호되고 있는 몇 백년 묵은 은행나무가 있다. 여름이면 시원한 그늘을 선사해 지붕 없는 야외사랑방 구실을 해주는 곳인데, 고향 어른들은 외지로 나간 아들과 손자 녀석의 이야기로 꽃을 피우기도 하고, 열띤 시국담을 주고받기도 한다.

내가 자란 양구리(良邱里)라는 마을을 보면, 뒤쪽에는 엄마의 품속처럼 자애로운 옥산봉(玉山峰)이 우뚝 솟아 있고, 그 품안에는 장수바위를 안고 있다. 이 바위에는 전설이 서려 있다. 아스라한 옛날에 전쟁이 일어나자 한 장수가 적을 좇아 말을 타고 이 바위 위를 지났는데, 그 말발굽의 흔적이 남아 장수바위라고 불리게 되었다는 이야기다. 소 먹이던 시절, 이 바위 위에 올라가 말을 모는 전설 속의 장수마냥 흉내를 내며 기개와 담력을 키우던 기억이 새롭기만 하다.

그리고 이 산의 발치에는 일제시대부터 고령토를 파냈던 백토간 폐광이 여기저기 흰 이를 드러내고 있는데, 어린 시절 백토간의 철구루마 타기는 정말 신나는 놀이 중의 하나였다.

마을의 들머리에는 잘록 떨어져 나온 듯한 묏봉이 하나 있는데, 거기에는 하한정(夏寒亭)이란 정자가 있다. 양(梁), 이(李), 최(崔), 백(白), 정(鄭), 하(河)의 육성이 협력하여 지은 정자다. 이름 그대로 여름철에도 한기를 느낄 만큼 시원한 곳이다. 하한정이란 현판의 글씨를 대원군이 내려 주었다는 이야기를 어릴 적부터 들어왔는데, 어느새 손을 타 감쪽같이 없어졌다는 소식이다. 철이 들어 진주로 유학(진주 중·고등학교)을 나온 나는 여름방학이면 마을 친구들과 그곳에서 수박서리, 닭서리를 음모하기도 했다.

북방리(北芳里)에는 고승산(孤僧山) 일명 고승당산이 있는데 들판에 혹처럼 우뚝 솟은 해발 185m의 야산이다. 거기에는 고승산성이 있는데 옛날부터 있었던 성으로 114년 전(1894년 11월) 이곳에 집결한 동학농민군 2천여 명이 신식무기를 갖춘 왜병에게 대패했다는 비운(悲運)의 기록이 남아 있는 곳이다. 1994년에 동학기념사업회에서 세운 위령탑이 서 있다.

예부터 그때 죽은 넋들이 바람이 불면 '고시랑 고시랑' 거리는 소리로 울부짖는다 해서 일명 '고시랑당' 이라고도 불려져 내려오고 있다.

초등학교 시절, 그곳으로 원족(소풍)을 가 지난 역사를 귀담아 들으며 불의에 대한 저항의 힘을 키워보기도 했다.

큰 벼슬이 나온 마을로는 대곡리(大谷里) 삼장(三壯)골이 있다. 조선 성종 때 이 마을에 조지서(趙之瑞)라는 인물이 태어났는데, 그는 처음에 생원에 합격하고 나서 뒤이어 진사에 장원, 또 그 해 문과에도 장원 급제했으며, 후에 중시(重試)에도 장원을 했다. 그런 연고로 한 사람이 세 번이나 장원했다는 뜻에서 삼장골이라 불려져 왔다.

그는 연산군이 세자일 때 시강원보덕(侍講院報德)으로 연산군의 태만을 직간하여 권학에 힘쓰라고 직소하다가 미움을 받았다. 연산군이 보위에 오르자 외직으로 나가 있다가 벼슬을 버리고 지리산에 들어가 10여 년간 독서를 즐기고 있었는데 그만 갑자사화에 휘말려 맷돌로 갈아 죽이는 참형을 당했다. 부인 정(鄭)씨가 한강에 버려진 시신을 수습하여 이곳 삼장골의 선산하에 묻어 주었다. 부인은 그곳에 집을 지어 묘를 지키며 한 많은 세월을 보냈다.

그러다가 중종반정 이후 신원되어 개장의 명이 나서 훌륭하게 다시 장사를 치르고, 동시에 그 뜻을 기리어 나라에서 열녀문을 세워 주었는데 지금도 남아 있어 면민들의 가슴을 뭉클하게 하고 있다.

또 이 대곡리에 또 하나의 열녀 이야기가 전해 내려오고도 있다. 이웃 마을 추동 부락옆 길 위쪽에는 '정조(貞操)' 라는 한자가 조각되어 있는 바위가 있다. 옛날 이 마을에 사는 한 미천한 여인이 도적 떼들에게 붙들려 성추행을 당할 뻔했다. 죽기를 작정하고 반항해서 풀려 나온 그녀는 슬피 울면서 집으로 돌아와 유방이 도둑들에게 더럽혀졌다 해서 칼로 도려내고 자기의 정조를 지켰음을 만족히 여기고 죽었다.

뒷날 이 여인의 행동이 귀감이 된다고 지방 주민들이 뜻을 모아 바위에 글을 새겨 주었고 또 나라에서도 정문을 세워주게 되자 이곳을 '정문거리' 라고 부르게 된 내력이 있다.

그리고 효자가 난 마을로는 월횡리라는 마을이 있다. 조선 단종조 생육신의 한 사람인 조려(趙旅) 선생의 후손인 함안 조씨가 250여 년 전부터 집성촌을 이루고 살았던 곳이다.

이 마을 앞에는 조그마한 나루가 있고 나루의 우측 300m쯤 되는 곳에 '효자도(孝子渡)' 라고 한자로 새긴 큰 바위가 있다.

이 바위에는 다음과 같은 사연이 얽혀 있다.

옛날 이 마을에 부모에 대한 효성이 너무나 지극한 조씨 집안의 한 선비가 있었다. 부모가 돌아가시자 묘 앞에 움막을 지어 6년이나 시묘(侍墓)를 하였는데 마침 묘소와 집을 오가는 길에 시내가 있어 겨울이건 여름이건 늘 물을 건너다녀야 했다. 그 효성에 감복한 사람들이 이를 안타깝게 여겨 돌을 쌓아 나루를 놓아주었고 또 그 효성을 기리기 위해 그 나루를 '효자나루' 라 부르며 바위에다 그 이름을 새겨 넣었던 것이다.

열녀와 효자가 밤에 미처럼 귀하고 귀한 요즘 같은 세상에는 이런 이야기들은 하나의 반성적 귀감이 된다고나 할까.

생각해 보면 내 고향 옥종면은 비록 국가적인 큰 자랑거리는 없다 할지라도 오랜 역사가 숨쉬는 곳이다. 옥산봉에는 마제석기가 나오기도 했고, 문암(文岩)이라는 곳에는 상당수의 고인돌이 길가나 논바닥에 믿음직스런 허리를 드러내놓고 있기도 하며, 북방리에는 동학과 관련 있는 고성산성이 있고, 종화리에는 정유재란과 이순신과 연관이 있는 정개산성이 있다. 또 산수가 어우러져 있는 경승지를 꼽으라면 월봉산 허리를 마치 조각달처럼 감싸고 호수처럼 흐르고 있는 이름 그대로의 월횡리(月橫里), 덕천강이 기암절벽 아래로 흘러들어 소를 이루어 흐르고 있는 문암리의 강정(江亭) 모퉁이, 마을 앞 강변 묏봉에 공옥대가 있고 병풍 같은 뒷산과 강이 어우러져 있는 병천리(屏川里) 등이 있다. 그리고 사람을 두고 말해 보면, 큰 인물이 나오지 않은 대신 큰 역적도 나오지 않은 곳이라 그런 나름으로 자위를 하고 있다.

그렇지만 지금 고향 사람들은 옥산(玉山)을 바라보면서 옥(玉)처럼 빛나는 인물이, 또 청룡리 뒷산을 바라보면서도 승천하는 청룡(靑龍)과 같은 인물이, 그리고 장수바위의 전설을 생각하면서는 전설 속의 장수 같은 인물이 나오지 않는다고 서운해 하고 있다지만, 언젠가는 그런 인물이 나오리라 기대하며 오늘을 열심히 사는 길이 오로지 그 기대를 앞당길 수 있는 지름길이 아닐까 싶다.

아니, 달리 생각해 보면 내 고향을 꿋꿋이 지키고 가꾸는 사람들이 바로 미국 작가 나사니엘 호돈의 단편소설 〈큰 바위 얼굴〉의 주인공처럼 진정한 옥(玉)이요, 청룡(靑龍) 같은 인물들이라고 느껴진다.

언젠가는 옥종면이 전국 1등 면이 되리라 기대하며 그때 옥산봉에는 '조각달'이 아니라 상징적으로 말해 일년 내내 '보름달'이 떠 있으리라 본다.

| 세 개의 고향 |

내가 태어난 곳은 경남 산청군 신안면 청현리다. 대대로 살아온 집현산 발치의 골짝 마을이다. 그 시절엔 외가도 10여 리 떨어진 용흥부락에 있었는데 '심약국집'이라 불렸다.

청현리는, 진주에서 걸어서 집현산의 청(靑)고개를 넘어오면 되는데 이름 그대로 울창한 푸른 소나무가 있었기에 '청현(靑峴)' 즉 청고개라 불렸다.

세 살 때라고 기억된다. 집 앞 개울의 얼음구멍에 빠져 허우적거리던 나를 마침 지나던 사람이 건져 주어 용케 살아났다 한다. 물에 빠진 심봉사를 건져 준 화주승처럼 그때 그분이 그곳을 지나지 않았다면 나는 어릴 때 이미 얼음구멍 귀신이 되어 있을 것임을 생각해 보면 야릇한 운명 같은 것을 느낀다.

할아버지께서는 미리 진주에 와 한약방을 내고 계셨다. 재판소 앞의 최고 요지에다 명의(?)로도 소문이 났기에 많은 사람들이 들끓어 꽤 재산도 모으신 모양이다.

합권을 한다고 내가 네 살 때 진주로 이사를 왔다. 진주가 나의 본적지가 된 셈이다. 다섯 살 때 봉래유치원을 다녔다. 일제하에 유치원을 다녔으니 그 당시로 봐서는 꽤 선택(?)을 받은 셈이었다고나 할까.

일본의 진주만 기습으로 태평양전쟁이 일어난 직후라 세상이 어수선하고 불안했다. 도회지에 있으면 불바다가 될 것이라고 할아버지께서는 시골에 가서 신기(新基)잡아 집을 지어 살기로 하셨다. 풍수지리가 좋다는 명당자리를 찾아 이곳저곳을 물색하다 하동군 옥종면으로 낙착을 보셨다. 그 당시 그곳에 살고 있었던 할아버지 처남들의 권유도 작용했지 않나 싶다. 지주들의 논과 산판을 사들이고 양구리 얍당몰의 논에다 집터를 닦았다.

1942년 겨울에 일단 옥종으로 이사를 오긴 왔는데 집을 짓는 중이어서 임시로 남의 집을 빌렸었다. 그 당시 시골의 생활수준으로 봐서는 큰 공사였다. 다섯 칸 겹집의 안채에다 세 칸 겹집의 사랑채 공사였다. 산판에서 재목을 베어다 서까래와 기둥으로 썼고, 또 옛 만석꾼의 사랑채와 고방을 사들여 문짝과 양철지붕을 뜯어다 이용했다. 약 반년간 공사가 계속되었다. 돌아가신 할머니와 어머니가 생존해 계실 때 인부들의 술과 밥을 준비해 나르느라 무척 고생스러웠노라고 그때를 회상하시곤 했다.

인부도 귀했다. 전시라 청장년들이 징용으로 끌려갔기 때문에 높은 품삯을 주어 가며 집을 완성시켰으니 할아버지의 집념도 대단하셨던 것 같다. 상량식을 하는 날은 온 동리의 잔치였다. 먹을 것이 귀한 시절에 떡과 돼지고기와 술이 준비되었으니 근동의 사람들까지 집 구경을 왔다. 그때부터 나는 '뜨거운 양철 지붕 위의 고양이'가 아니라 '양구 양철집 큰손자'로 불렸다.

그런데 산청에서 얼음구멍에 빠져 죽을 고비를 넘긴 내가 이곳에 와서 우물에 빠지는 바람에 또 한 번 죽을 고비를 넘겼다. 내 이름자에 '물 있을 유(浦)' 자가 들어 있어서인지 나는 운명적으로 죽음의 물세례를 두 차례나 겪었다.

해방을 조금 앞두고 공출이라는 명목으로 쇠붙이라는 쇠붙이는 다 거둬 가는 세상으로 바뀌다 보니 우리 집의 양철지붕까지 벗겨갈 판국이 되었다. 그러나 남의 이목도 있고 하니 양해하에 눈가림식으로 짚을 엮어 얹어 겨우 공출의 위기를 넘기기도 했다.

해방을 맞았다. 초등학교 1학년이었던 어린 우리도 압박과 설움에서 해방되었다고 덩달아 태극기를 흔들어댔다.

할아버지께서 병이 나셨다. 시름시름 앓으시다 6·25가 나기 2년 전에 돌아가셨다. 신기 잡아 들어간 새집에서 집안의 큰 기둥이 무너져 내린 셈이다. 그 후 6·25가 나자 작은 기둥(아버지)도 무너져 내렸다. 2년 만에 또 당한 불행이었다. 떵떵거리던(?) 양철집이 그만 졸지에 '쌍과부집'으로 바뀌어 버렸다. 사변 후에 나는 진주에 나와 공부를 했고 그곳에서 진주 중·고등학교를 졸업했다.

이것이 바로 세 개의 고향을 갖게 된 내력이라고나 할까. 산청군 청현 마을이 내가 태어난 고향이라면, 진주는 내 본적지인 동시에 학업(유치원과 중·고등학교)의 고향이고, 하동군 옥종면은 유년과 청소년 시절의 고향인 셈이다.

지금 나는 제1의 고향으로는 하동군 옥종면을, 제2의 고향은 산청군 청현리를 제3의 고향은 진주라 여기고 있다.

어쩌다 '진주라 천 리 길을 나 어이 떠나 와' 그동안 서울 생활을 하다 보니 말의 억양을 듣고 서부 경남이 아니냐고 묻는 사람들을 종종 만나기도 했다. 질문한 분이 서부 경남 출신이라면 복 많게도(?) 세 개의 고향 덕분에 쉽게 친해지는 장점도 있었다. 한 개의 고향을 가진 사람들에 비하면 그 뿌리는 약할지 모르나, 고향의 뿌리가 하동·진주·산청으로 뻗쳐 있으니 간혹 즐거울 때도 있었다.

| 집안의 내력을 살펴 보니 |

나의 본관은 합천이고 나는 우리 집안의 7대 종손이다.

신식 공부를 한답시고 외지로 돌놈처럼 떠돌아다니다 보니 한동안은 집안의 내력에 관해 거의 무관심했다. 그러나 철 늦게도 중년이 되고부터 비로소 '뿌리'에 관심을 갖게 되었고, 또 집안일이나 선영에도 관심을 가졌다.

중시조는 일신당(日新堂)이란 호를 가진 이천경(李天慶) 할아버지인데 나에게는 13대조가 된다. 두류산(지리산) 덕산동에서 학문연구와 후진 양성에 전념했던 남명(南冥) 조식(曺植) 선생의 문도(門徒)였다. 말하자면 나의 집안은 세속의 공명(功名)을 등지고 살아온 세칭 '지리산 48가(家)' 중의 하나다. 내 친구인 최병렬 전 장관의 집안 역시 이에 속한다는 이야기를 들은 바 있는데 그의 13대 중시조 수우당 최영경 할아버지와 나의 13대조 일신당 할아버지는 동문수학으로 교유(交遊)했던 사이이기도 하다. 13대조는 스승의 영향을 받아서인지 학문에만 열중하고 끝내 벼슬길에 오르지 않았다. 사후에 사림(士林)들이 뜻을 모아 내가 태어난 고향(산청군 청현) 마을에 '청곡서원(清谷書院)'을 건

립해 주었는데 십수년 전에 중수를 해서 옛 기품을 드러내고 있다.

그러나 이 할아버지의 증조부·조부·부— 3대는 모두 벼슬을 했다. 증조부는 중종조의 문신 회재(晦齋) 이언적(李彦迪)과 동시대의 사람으로서 홍문관 교리를 지낸 바 있다. 이름은 이적(李迪)이다. 이언적의 이름도 처음에는 이적이었던 모양인데 두 문신의 이름이 공교롭게도 같은지라 왕이 혼동을 피하기 위해 벼슬길에 먼저 오른 내 할아버지의 이름은 그대로 두고 이언적의 이적이란 본 이름에 일부러 ‘언(彦)’ 자를 넣어 부르라고 하명했다는 일화가 있다.

할아버지는 한때 명나라 서장관으로 간 적이 있는데 그 문재(文才)가 황제의 눈에 띄어 황제로부터 용 모양의 벼루와 복숭아씨 모양의 술잔, 그리고 서척(書尺)을 하사받기도 했다. 조부는 동래부사를, 아버지는 일찍 돌아가셨는데 승문원(承文院)의 저작(著作)이란 벼슬을 지냈다.

그 다음, 이 중시조 할아버지의 아들과 손자, 그리고 증손자들도 모두 벼슬길에 올랐다. 특히 네 명의 증손자가 모두 벼슬을 했는데 그 중 셋째 증손자가 나에게는 10대조가 된다.

이 10대조는 숙종조에 오위도총부 도총사 겸 황주(황해도) 진관 병마절제사를 지낸 분이다. 한때 황해도 수안군수로 있을 때에는 벼슬아치들의 민폐를 일소시켜 군민들이 송덕비를 세워 주었다 한다. 또한 황해도 병마절제사가 그 치적을 높이 사서 많은 하사품을 보낸 적이 있는데 그 중 한지 한 장 크기의 공문서가 가보 중의 하나로 지금 나의 집 거실 벽에 걸려 있다.

9대조는 승의랑(承議郎)이란 벼슬을 했는데 그 후 집안의 벼슬운은 영영 끊기고 말았다. 당쟁의 여파가 큰 이유 중의 하나이기도 했지만 집안의 벼슬운이 쇠진했던 것만은 사실이다.

6대조 할아버지는 추사 김정희와 비슷한 시대에 살았던 분으로 학문도 학문이었지만 금석문(金石文)과 글씨에도 일가를 이루었던 모양이다.

4대조(고조부)는 향리 거창에 은거했던 한말의 대유학자요, 의사였던 면우(俛宇) 곽종석(郭鍾錫)과 친교를 맺고 있었다. 그런 연고로 사후에 간행된 그의 문집《면우집》전질(약 60책)이 증조부 시절부터 고스란히 전해져 오고 있다. 특히 고 박종홍 교수가 박 대통령의 문화교육 특보로 있을 당시 기자와의 인터뷰에서 '면우사상'을 연구하고 있다는 근황을 밝힌 기사를 접하고부터는 소홀히 취급해서는 안 될 전적이나 싶어 더욱 잘 보관해 오고 있다.

그리고 이 면우 선생은 고조부의 청을 받고 나의 10대조와 6대조의 묘갈명(墓碣銘)을 써 준 분이기도 한데 한지에 쓴 그의 육필이 지금도 우리 집에 있다.

증조부는 적어도 영남의 일원에서만은 크게 알려졌던 유학자였다. 면우 선생의 직계 제자는 아니었지만 학문적인 내왕이 있었다 한다. 소 시절에는 청운의 꿈을 갖고 과거 공부를 했는데 한일합방이 되자 일본인 밑에서는 벼슬살이를 하지 않겠다고 하며 일평생 초야에 묻혀 유생으로 지냈다. 늦게나마 우리 후손들이 뜻을 모아 문집을 내드렸다.

크게 보면 나의 아주 윗대분들은 이렇다 할 정도의 높은 벼슬을 지내지는 않았지만 나름대로 벼슬 및 학자 집안으로서 이른바 양반 행세를 했지 않았나 싶다. 그러나 8대조 이후부터는 벼슬이 끊겼으니 그저 양반 체통이나 유시하려고 곧고 청빈한 선비이 길을 걸어온 것 같다. 8대조로부터 약 200년간은 큰 충신도 나오지 않았고 또 큰 역적도 나오지 않았으며 또 최근세에 들어와서는 매국노도 애국자도 나오지 않았던 그저 평범한 '보통 사람'들의 집안이었다.

그러나 이제는 세월이 바뀌어 비록 손세(孫勢)가 흥한 집안은 아니더라도 관리, 사업가, 박사, 여성 국회의원이 된 사촌제수, 그리고 나 같은 글쟁이 겸 교수도 나왔다. 단 의사와 판검사가 없는 게 못내 아쉽다.

아무튼 지금도 옛날처럼 내로라하는 집안은 아니지만 모두가 자기 일에 열중하면서 양심껏 살고 있다. 사회의 지탄을 받고 있는 이른바 '꾼' 들은 한 사람도 없다. 가문에 큰 광영을 안겨 주지는 못할망정 누를 끼쳐서는 안 되리라는 생각에서 후손들 모두가 최소한 민주 시민으로서의 길을 열심히 걷고 있다.

몰랐던 집안의 '뿌리' 를 알아보고, 잊었던 집안의 '뿌리' 를 다시 생각해 본다는 것은 어쩌면 현대적으로 말해 자기 성찰의 계기가 되는 것 같다.

| 초가지붕의 서정 |

가을이 왔다.

내 유소년시절의 고향 마을 정경이 필름처럼 떠오른다. 살며시 눈을 감아 본다. 옹기종기 모여 앉아 옛 이야기를 나누고 있는 듯한 초가지붕들이 추억처럼 멀리 보인다. 어미 소가 하품을 하는 듯 '엄매' 하고 우는 게으른 울음소리가 들려오는 듯하고 초가지붕 위로 모락모락 피어오르는 연기에서는 아궁이에 불을 지피느라 타는 솔가지 냄새가 나는 듯하다.

잿빛을 띄고 있는 지붕, 지붕을 침대 삼고 멍석을 요 삼아 가을볕에 온 몸을 내맡기고 일광욕을 즐기며 누워 있는 빨간 고추, 석양에 원무를 추고 있는 고추잠자리 떼, 박 덩굴과 박 잎사귀의 녹색은 가히 절묘한 조화를 이루어 한 폭의 그림이 되고 한 편의 서정시가 된다. 고추잠자리의 날개 위에는 동심이 떠다니고 빨갛게 익어 가는 고추와 탐스런 이마를 쑥 내밀고 여물어 가고 있는 박에는 정성들여 가꾼 만큼의 농심이 담겨져 있고, 달밤에 활짝 피어 있는 박꽃에는 자연의 미소가 눈짓한다.

이럴 때 어른들이 할 일 아이들이 할 일은 따로 따로 있다. 어른들은 고추잠자리가 나는 것을 보면서 낮게 나느냐 높이 나느냐를 두고 그때 그때 일기예보의 날씨 점을 치곤 했다. 낮게 날면 비올 징조요 높이 날면 쾌청이다. 대신 어린 우리는 고추잠자리 잡기에 여념이 없다. 채집용 잠자리채가 없으니 긴 설대 끝에 설대나무 가지로 된 둥근 채를 매어 거미줄을 감아 붙여 만든 잠자리채를 가지고 잠자리 떼를 향해 허공을 가르듯 이리저리 휘젓고 다니기도 했고, 또 암놈을 잡아 실에 매달아 날려보내 수놈이 달라붙기를 기다리며 '흘레 붙어라, 흘레 붙어라' 란 말을 주문을 외우듯 외쳐대곤 했다.

또 지붕 위에 말리려고 널어 놓은 고추를 보고 어른들이 살림을 흘려 대처로 나간 아들딸들을 생각하며 김장 걱정을 할 때, 풋고추를 달고 있는 나와 같은 유소년들은 어서 커서 저런 약 오른 빨간 어른 고추가 빨리 되었으면 하는 실없는 바람의 상상도 해 보았다.

또 그 당시 박은 귀중한 생활용구나 기물이 되었다. 집집마다 지붕 위에 두세 포기의 박 덩굴을 올려 지붕을 치장시켜 주기에 크고 작은 박이 제자리를 차고 앉아 무슨 경연대회 마냥 모양새를 뽐내고 있을 양이면 할아버지들은 손자들을 데리고 긴 담뱃대로 사또가 기생 점고 하듯 이 박 저 박을 가리키며 그 용도를 미리 점지해 둔다.

제일 크고 단단한 듯한 박이라면 곡식을 될 때 쓰이는 '말박' 이요, 그보다 좀 작다면 농사철에 밥을 담아 나르는 '밥바가지' 나 곡식을 되는 데 사용하는 '됫박' 이 된다. 또 어떤 것은 샘물을 길어 올리는 '두레박' 이 되고 또 어떤 것은 부엌에서 쓰이는 '물바가지' 가 된다. 또 어떤 것은 음식을 담아 먹는 '쪽박' 이 되고, 또 어떤 것은 걸인에게 밥을 담아 주던 '빌박' 이 된다. 또 못생기고 투박하다 싶으면 똥오줌을 푸는 '똥바가지' 나 '오줌바가지' 로 낙착된다. 작고 앙증맞게 생긴 놈이라면 선비들 개나리 봇짐에 매달려 있는 '표주박' 이나 간장 독에 떠

있는 '장쪽드랭이'가 된다.

　그런데 이렇게 크기에 따라 다용도로 쓰이던 박 바가지도 6·25 이후부터 별수 없이 차츰 사양길의 운명을 맞이한다. 철모나 철모 속에 끼어 쓰는 하이버가 대용으로 쓰이기 시작하자 또 그 이후 설상가상으로 나이롱 바가지나 PVC 바가지가 나오자 완전히 퇴물 신세가 되어 말 그대로 아주 '쪽박 찬' 꼴이 되고 말았다. 이제는 겨우 박 공예에서 용도의 명맥을 유지하는 신세가 되어 있다.

　그러고 보면 가을과 초가지붕 그리고 그 풍경을 한결 인상 깊게 북돋아 주는 빨간 고추와 박이 주렁주렁 달려 있는 박 덩굴과 지붕 위를 맴도는 잠자리 떼의 원무는 정말 잊을 수 없는 가을의 운치요 정치며 서정이다.

　그런데 이제는 기차여행을 하면서 눈을 닦고 보아도 지난 시절의 정경들을 거의 볼 수가 없다. 시골 길가의 집이야 말할 것도 없지만 멀리 산자락에 조개껍질마냥 엎디어 있는 집들을 보아도 하나같이 기와와 슬레이트 아니면 양철지붕으로 세대 교체되어 있다. 내 고향 마을도 사정은 마찬가지다.

　농로를 넓히고, 변소를 개량하고, 우물물이나 샘물 대신 상수도를 설치하고, 농지를 바둑판처럼 반듯반듯하게 정리한 것은 이른바 70년대부터 시작된 새마을운동의 공로라 하겠으나 지붕개량사업으로 시작된 초가지붕의 퇴출만은 좀 다르다. 해마다 겨울철이면 새 지붕을 잇기 위해 이영을 엮어야만 하는 번거로운 일손을 던 공로야 있긴 하지만 아무래도 유죄란 측면은 있다.

　문명은 산문을 가져다주고 대신 시를 앗아갔다. 이 가을에 나는 내 유소년 시절의 가을을 생각하며 초가지붕의 그 서정을 못내 그리워 해 본다. 그 시절, 풋고추였던 내가 어느새 귀밑에 흰 서리가 무심히도 내리고 있구나 싶으니 적막도 하다.

| 또 다른 이름 니와토리 유쇼쿠 |

일제 때 나의 이름은 니와토리 유쇼쿠(庭鳥洧植)였다. 만부득이 한 창씨개명에 따른 이름이었다.

일제는 이른바 '황민화(皇民化)'를 촉진하기 위해 1939년 11월에 조선 민사령(民事令)을 개정하여 조선인의 일본식 창씨(創氏)의 길을 틔운 다음, 1940년 2월에는 조선 사람에게도 창씨제도를 실시한다는 것을 발표하고, 같은 해 7월말까지 전부 창씨할 것을 강요하였다.

그러나 창씨개명의 계출 성적이 부진하자 계출 기한을 연장하면서 점차 강제성을 띠기 시작했다. 총독부는 관헌을 동원해서 협박과 강요를 강행했다. 창씨하지 않으면 자녀의 입학이 불가능하며 배급조차 탈 수 없다고 협박하였다.

그리하여 창씨 계출의 최종 기한인 1941년 연말까지 전체 호구의 약 80퍼센트에 달하는 322만 호가 창씨개명을 하게 되었다. 이 중에는 면장과 주재소 순사들이 제멋대로 창씨개명을 한 결과, 자기가 어떻게 창씨개명 되었는지조차 모르고 있는 경우도 있었다. 재판소에서는 창씨개명대로 호출을 하기 때문에 본인도 모르는 사이 궐석 재판에서 유죄 판결을 받게 되는 어처구니없는 희극도 생겼다.

그러나 강요에 의한 창씨개명이었던 만큼 그들이 기대한 효과를 거둘 수는 없었다.

극소수의 친일파나 부일파들만이 성과 이름을 아예 일본식으로 바꾸었을 뿐 대다수의 사람들은 몇 가지 형태로나마 조상의 뿌리를 버리지 않으려 했거나 때론 야유나 풍자적인 창씨개명을 하여 일본인들을 골려 주기도 했다.

첫째, 한 자로 된 성이 두 자로 바뀌었을 뿐 그대로 원성(原姓)을 창씨 속에 달고 있었다. 김씨인 경우에는 '가네야마(金山)', 이씨일 경우는 '리노이에(李家)', 최씨일 경우에는 파자(破字)를 하여 '야마요시(山佳)' 등으로 원성을 고수하려는 노력을 보였다.

둘째, 본관(本貫)을 창씨하기도 했다. 김해 김씨인 경우라면 '가네우미(金海)'를 성으로 삼았다.

셋째, 장난기 있는 창씨개명을 하여 골려 주자는 의도도 보였다. '山川草木' '靑山白水' 등이 있었는가 하면, '에헤라 놀자'를 연상시키는 '에하라 노하라(江原野原)'라는 성명도 있었다.

넷째, 한국식 성명 밑에 '야(也)' 자만을 붙인 경우도 있었다. 가령 어떤 호주의 성명이 '엄이섭(嚴珥爕)'이라면 '엄이섭야'라고 해서 가족들의 성이 모두 '엄이'가 된 사례도 있었다.

뿐만 아니라 더 기막힌 희비극도 일어났다.

어떤 사람은 일본 황실의 성과 이름을 따서 적당히 '와끼미스진(若松仁)'이라 했다가 주제소로 끌려가 두들겨 맞고 유치장에 갇히기도 했고, 또 어떤 사람은 '개자식이 된 단군(곰)의 후손'이라는 뜻에서 '견자웅손(犬子雄孫)'이라고 계출하려다 호적계에서 퇴짜를 맞았는가 하면, '병하(炳夏)'라는 이름 위에 '전농(田農)'이라고 창씨를 하였는데 그 '덴노헤이까'가 일본 천황을 연상시킨다 하여 혼쭐이 난 사람도 있었다.

이 모든 예가 바로 창씨개명에 대한 무언의 저항이었다.

내 이름 '니와토리 유쇼쿠' 도 그런 맥락에서 크게 벗어난 이름은 아닌 성 싶다. 내가 초등학교에 입학하던 해에 해방이 되었으니 입학 때는 일본 치하였다. 초등학교에 입학하려면 부득이 창씨개명을 하지 않을 수 없었을 것이다. 창씨를 무엇으로 할까 할아버지나 아버지는 꽤 고심을 했을 것 같다. '리노이에(李家)' 나 나의 본관인 합천도 떠올랐을 것이다. 그러나 발음으로나마 성씨 '이(李)' 가 들어가는 창씨를 생각하다 보니 '니와토리 유쇼쿠' 가 되지 않았나 싶다. 다시 말해 '니와토' 만 떼놓고 보면 '리유쇼쿠' 가 되니 그나마 우리식과 비슷하게 발음 된다.

이 이름으로 말미암아 나는 해방 전이나 해방 직후에도 꽤나 놀림을 당했다. '니와토리' 는 곧 '닭' 을 뜻하므로 덩치 큰 동급생이나 짓궂은 상급생들이 곧잘 '니와토리' 라고 불러대면서 '꼬끼오', 혹은 '꼬꼬댁' 하며 닭소리를 흉내내어 골렸던 것이다.

60년 이상이 훨씬 지난 지금도 나의 창씨개명을 기억하는 것은 그런 놀림을 당했던 일이 아직도 뇌리에 강하게 남아 있기 때문이다.

달갑잖은 창씨개명 때문에 '니와토리' 라는 별명 아닌 별명이 붙었던 셈인데, 그래도 '유쇼쿠' 라고 내 본명을 그대로 살려 둔 것을 보면 나의 할아버지나 아버지는 비록 창씨개명의 치욕을 못 참아 자결한 사람들이나 또는 창씨제도의 부당함을 비방하다 투옥된 사람들에 비하면 항일의 적극성은 보이지 않았지만, 최소한 민족의 자존심을 지키려고 노력한 것 같다.

| 어머니의 화장품 |

전통사회에 있어서 양갓집 여인들과 여염집 여자들은 화장을 거의 기피했거나 아니면 가벼운 화장을 하는 것이 고작이었다. 이런 기피 현상은 화장이 기생이나 화류계 여성들을 위한 신분적 색(色) 표시로써 그들의 전유물인양 되어 있었기 때문인지도 모른다. 그래서 옛날에는 주요 화장품이 분과 눈썹먹이었던 까닭에 기생을 '분'과 '눈썹 그릴 대' 자를 합쳐 '분대(粉黛)'라고도 했고, 개화의 물결이 넘쳐 들었던 1920년까지만 해도 '유두분면(油頭粉面)'이라 하면 화류계 여자나 첩살이 여인을 일컫는 말로 통하기도 했다.

전통사회에서 이런 여인들의 화장품은 수공업으로 제조되었던 동백 머리기름, 백분, 밀기름, 뺨과 입술에 바르는 연지 정도가 고작이었다.

그러다가 차츰 개화의 바람을 타면서 여염집 주부들은 물론 심지어 여학생들까지도 화장을 하고 다닐 정도로 확산되었다. 개화기의 여인들이 양풍(洋風)에 물이 들어 상당히 세련되고 짙은 화장을 했다는 기록이 영국인 여행가 비숍 여사가 쓴 《조선과 그 이웃나라》라는 책에 나타나 있다. 이 기록에 의하면 당시의 여인들이 양반층은 물론, 서민들까지도 상당히 광범위하게 화장을 즐겼음을 알 수 있다.

이 시기에는 전래의 화장품만이 아니라 중국과 일본을 통해서 외제 화장품이 밀수입되어 선을 보이기 시작했다. 당시 밀수 화장품의 공급처는 주로 기생이나 화류계 여성들이었다. 이들은 단골손님인 청국이나 일본의 무역상 또는 국내 손님으로부터의 화대를 돈보다는 화장품 받기를 더 선호했으며, 이것들이 방물장수나 매분구를 통해 비싼 값으로 일반 가정집에 팔려 가기도 했다. 그 당시엔 중국을 통해 들어온 서양분인 양분(洋粉)이 일본을 통해 들어온 왜분(倭粉)보다 품질이나 포장이 더 좋아 인기도 있었고 값도 비쌌다 한다. 이 때문에 기생 가운데서도 양분을 쓰는 고급 기생을 1급이라 했고, 왜분을 쓰는 기생을 2급이라 하여 당시 권번(券番) 기생들의 계급을 나누는 말로 '양분 기생' '왜분 기생' 국산인 '연분 기생' 이라는 말이 나오기도 했다 한다.

이렇듯 개화의 물결을 따라 여인들 사이에서 화장품의 수요가 급격히 늘어나고 동시에 값도 오르게 되었다. 이에 착안하여 나온 국산 화장품이 바로 1916년에 선보인 '박가분(朴家粉)' 이었다. 화장품으로는 총독부 관허 제1호였다. 두산그룹의 창업자 박두병 씨의 아버지 박승직 씨가 창업자였는데 그 인기가 대단해 한 달 판매고가 1만 갑에 이르렀던 때도 있었으며 큰 포목점이나 잡화상회에서만 팔았다고 한다. 인기가 점차 높아가자 1920년대 초반부터는 동아일보에 광고까지 내게 되었는데 그 광고 문안이 '바르면 주근깨나 여드름이 없어지고 얼굴에 잡티가 없어져서 매우 고와집니다' 였으니 여성이라면 바르고 싶은 충동이 일었으리라 쉽게 상상해 볼 수도 있다.

그러나 이 '박가분' 은 1930년대에 들어 연독(鉛毒) 유해론에 밀려 20여 년만에 부득이 문을 닫게 되었다. 주성분인 연분(鉛粉)이 부작용을 일으켜 얼굴을 망쳤다는 탄원과 고소 사건이 각지에서 일어나 결국 1937년에 문을 닫고 말았던 것이다.

나의 어머니는 이 '박가분' 이 문을 닫던 바로 그해에 결혼했다. 어머니는 경남 산청군 신등면 용홍부락의 소문난 알부자로 알려졌던 '심(沈)약국' 의 막내딸이었다. 외할아버지께서는 조계종 종정이신 이성철 큰스님의 친동생을 큰사위로 맞이했고, 그 다음 필혼(畢婚)으로서 작은 사위로 나의 아버지를 택하여 부러울 것이 없을 정도로 혼수를 실어 보냈다.

뿐만 아니라 나의 친가 역시 할아버지가 진주의 요지(要地)에서 한약국을 하셨으니 친가나 외가의 사정 모두를 보아 적어도 어머니의 새색시 시절에는 화장품을 사서 바르는 데 궁색스럽지 않았다.

그렇지만 '박가분' 은 품평이 좋지 않아 바르지 않았고 대신 '설화분(雪花粉)' 과 '서가장분(徐家張粉)' 을 발랐다고 한다. '설화분' 은 '박가분' 의 시대가 끝나자 이 기회를 포착하여 만주 하얼빈에서 들여온 납 성분이 없는 무연백분이었으며, '서가장분' 은 '박가분' 의 유해론이 제기되기 시작한 1930년대의 무연백분으로서 서석태라는 조선장업인이 만들어 낸 것이었다.

그리고 일제 세분(洗粉) '구다부' 도 발라 본 적이 있다고 한다. 그 밖에 조선장업인들이 만든 재래식 화장품인 연지와 같은 종류로서, 일제 '베니' 라는 것이 있긴 했는데 차마 사서 바를 수 없었다 한다. 뺨 전체를 물들이는 화장품이라서 여염집 새색시로서는 엄두를 낼 수 없었기 때문이다. 그리고 보면 새색시 시절의 어머니의 화장품 목록은 쪽찐 머리에 바르는 동백기름은 물론 분으로는 '설화분' 과 '서가장분' 그리고 연지나 구리무(크림의 일본식 발음) 정도였던 모양이다.

비록 아버지를 일찍 떠나 보낸 한은 있지만 살아생전에 곱게 늙어가시는 어머니의 모습을 물끄러미 바라볼 때면, 그래도 한때나마 세루치마에 공단저고리를 받쳐 입고 곱게 화장을 했던 행복한 옛 시절이 있었구나 싶어 자식으로서 슬픈 위안이 되곤 했다.

| 정신대와 큰고모의 결혼 |

　나의 큰고모는 열여섯 살에 결혼했다. 해방 바로 전 해였다. 우리 집에서 약 5리쯤 떨어진 곳에 문암이라는 마을이 있는데 그 마을의 하씨 집안으로 시집을 갔다. 그 당시에는 사지 멀쩡하고 혼반(婚班)이 좋은 집안의 총각을 구하기란 하늘의 별따기였다. 웬만한 남자들은 거의 징용으로 징병으로 또 보국대로 끌려간 세상이었으니 그럴 수밖에 없었다. 세상 탓에 억지로 총각을 구해 시집을 보내던 시절이다 보니 해방 후에는 여기저기서 이혼 문제가 대두되기도 했다.

　이런 사정에 비한다면 큰고모는 좋은 배필에 좋은 혼처를 구한 셈이었다. 큰고모부는 그 당시 동갑나기로서 사대육신을 갖춘, 한 집안의 장남이었다. 위로는 시아버지와 시어머니 그리고 시동생 둘에 시누이가 하나 있는 뼈대 있는 집안으로서 살림도 꽤 넉넉했다.

　그러나 알고 보면 이 결혼은 세상 때문에 서둘러 성사시킨 혼례요, 또 고모의 나이로 보아서도 부득이한 조혼이었다. '정신대령' 탓이었다.

　알다시피 일제가 조선 여성들을 법령에 의하여 대량으로 강제 동원하기 시작한 것은 1944년 8월에 시행된 '여자 근로 정신대 근무령' 에 의해서이다. '여성 근로 정신대 근무령' 은 12세 이상 40세 미만의 배우자 없는 여성을 '여성 정신대' 대상자로 규정하고, 영장을 발부하여 동원하도록 되어 있는 법령이었다. 영장, 즉 '정신근로영서' 를 받은 자가 이에 응하지 않을 때에는 별도로 발부하는 '취직영서' 에 의해 특정한 직업에 취업이 강제되었고, 이것에 불응할 때에는 1천원 이하의 벌금 또는 1년 이하의 징역에 처하도록 되어 있었다. 요컨대 이 '여자 정신대 근무령' 은 그 전까지 지원이나 권장 형식을 바꾸어 강권적 동원체제로 전환된 법령이었다. 그리하여 많은 여성들이 일본의 군수공장이나 남방 등지로 끌려갔다.

물론 이러한 강제적 동원 이전에 조선 여성들에 대한 기만적·강제적 동원이 없었던 것은 아니었다. 1930년대에 들어서면서부터 조선 농촌 출신의 여자들을 일본의 고무공장이나 직물공장 등으로 모집해 갔고 특히 중일전쟁 직후부터는 여공들의 수요가 급증하여 종전의 자유 모집만으로는 충족시킬 수 없게 되자 강제적 모집을 시작했다. 또 한편 위안부들의 경우는 어용 뚜쟁이들이 주로 도시의 홍등가에서 윤락여성들을 모집해 갔다.

그러나 점차 가난한 농촌 처녀들을 상대로 모집하는 경향으로 바뀌어 갔다. 군대의 어용 뚜쟁이들은 주재소의 순사나 면장을 데리고 미혼 처녀가 있는 농가를 돌아다니면서 '힘 안 들이고 벌이가 좋은 일자리가 있다' '잘 먹고 잘 입게 해준다' 는 등의 속임수를 써서 데려다 종군 위안부를 만들었디.

그러다가 1941년부터는 그 양상이 달라졌다 일선 행정기관이나 경찰기관이 위로부터 배당되어 온 인원수를 직접 지원시키는 방법으로 바뀌었다. 민간 주축에서 관 주도로 바뀌면서 조선 여성에 대한 조직적인 대량 동원이 시작된 것이다.

이러한 실정하에서 1943년 9월에 '여자 정신대' 라는 정식 명칭이 붙은 동원대가 조직되었으며, 1944년 8월에는 아예 법령화시켜 조직적인 동원을 자행한 것이다.

일본은 만주와 동남아에 전선을 확대하면서 병력을 증강, 4백만 명의 일본군을 편성했다. 이 같은 대규모의 병사들을 위해 이른바 '니꾸이찌(29 : 1)', 즉 일본군 29명당 한 명의 위안부라는 정신대 조직 계획에 따라 많은 조선 여자들이 위안부로 끌려가 희생되었던 것이다.

한 조사에 의하면 1943년부터 1945년의 8 · 15 해방 때까지 정신대로 동원된 조선 여성의 수는 약 20만 명이라 하며, 이중에서 위안부로 희생된 수는 8만 내지 10만 명에 이르렀다는 것이다.

태평양전쟁 말기에는 '일본 놈들이 처녀들을 사가서 기름을 짠다'는 흉흉한 소문도 나돌았다. 이러한 때에 강권적인 '정신대령' 이 발동되었으니 딸을 가진 사람들은 서둘러 결혼을 시키게 된 것이다.

결국 나의 큰고모도 이것이 무서워 서둘러 결혼식을 올린 셈이었다. 어린 나이에 시집을 가서 시부모와 시동생들 수발하랴 길쌈하랴 꽤 고생스러웠던 모양이었다. 그러니까 결혼한 다음해, 즉 해방되던 해라고 기억된다. 시집살이가 힘겨워 보퉁이를 싸들고 몰래 친정으로 온 적이 있었다. 그때 오빠인 나의 아버지께서 죽어도 그 집 귀신이 되어야 한다며 대청마루에 올라서지도 못하게 하면서 호되게 나무라며 그 즉시 시댁으로 돌려보낸 적도 있었다.

고진감래라는 말이 있듯이 큰고모는 3남 1녀를 두어 그 아들들이 사업가나 교수로 활동하고 있고 또 훤한 손자 손녀들까지 앞세우고 다복하게 살고 있으니 적어도 선택된 인생이 아닌가 싶다. 비슷한 나이의 많은 처녀들이 정신대로 끌려가 군수공장에서 갖은 고생을 했거나 종군 위안부로서 '조센삐(朝鮮妣)' 라는 수모를 당하며 죽어간 것에 비하면 선택된 행복한 인생을 살고 있다 해도 좋을 듯하다.

| 만주로 간 고모할머니 |

내가 세 살 때 고모할머니 한 분이 남편을 찾아 만주로 가셨다. 1940년이었다. 그리고 내가 여섯 살이던 1943년에 한 번 다녀가신 것이 처음이자 마지막이었다. 해방이 되기 전까지만 해도 두세 번 편지 연락이 있었지만 그 후로는 영영 무소식이었다. 생사를 확인할 길 없이 오랜 세월이 흘러갔고 간혹 할머니의 입을 통해 그 고모할머니의 이야기를 꿈결처럼 들어온 것이 고작이었다.

그러다가 88올림픽 전, 우여곡절 끝에 서로 연락이 가능해졌다. 그동안 방문한 교포를 통해 수차례 편지를 주고받기도 했다. 할머니의 입장에서는 오매불망하던 시누이를 찾은 셈이었고, 고모할머니의 입장에서는 친정 소식을 듣게 되었으니 그야말로 한스러운 이산가족 찾기였다고나 할까.

처음에는 소식을 안 것만으로도 그 기쁨과 만족을 감추지 못했으나 올림픽 이후부터는 고국 땅을 한 번 밟아야 눈을 감을 수 있겠다는 소식이 전해졌다. 할머니와 어머니를 모시다 보니 준양로원(?)이 되어 있는 것이 나의 집 사정이라 선뜻 마음이 내키지 않았으나, 그 간절한 소원을 차마 외면할 수 없어 바로 그 다음 해에 초청을 하게 되었다. 서리서리 맺힌 한을 풀고 두 달 만에 되돌아 가셨다.

여든 한 살 노령이다 보니 딸과 사위가 동행했다. 근 50여 년 만에 고국땅을 밟으신 고모할머니는 만감이 서려 마중 나간 나를 붙들고 처음에는 울먹이시더니 나중에는 그 맺힌 한과 사연을 노래로써 푸시는 것이었다. 가슴이 저려 오는 슬픔을 나나 마중 나온 다른 초청자들도 함께 나누는 고국 방문의 눈물겨운 순간이었다.

고모할머니는 열일곱 살에 허씨 집안으로 시집을 갔다. 제법 양반 집안으로서 살림도 3백 석 정도는 되었다 한다.

그러나 시집간 지 얼마 되지 않아서 집과 전답, 그리고 세간에 몽땅 차압이 붙는 사건이 생겼다. 만주의 독립운동단체에 몰래 자금을 대주던 시아버지가 서부 경남의 몇몇 부자들을 설득시켜 자금을 모은 것이 화근이었다. 믿었던 동조자 중에서 변절자가 나와 자기 돈을 받으려고 차압을 붙인 것이었다. 그야말로 하루아침에 알거지가 된 셈이었다.

고모할아버지는 살 길을 찾아 만주로 먼저 떠났다. 남아 있는 시집 식구들을 부양하기 위해 고모할머니는 남의 집 길쌈을 해주기도 하고, 친정인 우리 집을 오가면서 양식을 얻어다 먹기도 하는 등 갖은 고생을 다하셨다고 한다.

그러다가 내가 세 살 때 남편을 찾아 만주로 가신 것이다. 그러나 들어가 보니 고모할아버지는 이미 다른 여자와 살림을 하고 있더라는 것이다. 거의 문전박대를 당하다시피 했는데 그 후 그곳에서 오씨 할아버지를 만나 재혼을 했다고 한다. 대구 출신으로 몸집도 크고 담대한 분이었다는데 항일운동을 하다가 붙들려 죽을 고생을 하다 천신만고 끝에 탈출하여 만주로 가게 되었고 거기서 서로 만나게 된 것이었다.

다행히도 첫 남편과는 혈육 한 점이 없었고 오씨 할아버지와는 3남 1녀를 두었으며 지금은 아들과 딸이 모두 중류 생활을 하고 있으며 흑

룡강성 하얼빈에서 살고 있다 했다.

할머니에게는 일찍부터 마치 치병의 안수 목사들처럼 몸을 만지면 병을 낫게 하는 신통력이 있었던 모양이다. 그 당시는 하얼빈시 일원에서 일명 '유리겔러 할머니' 로 통하고 있다니 대충 짐작이 갈 만하다 싶었다. 병원에서 거의 내동댕이치다시피 한 불치병의 환자도 많이 낫게 해 주었다고 같이 왔던 딸이 자신 있게 말하곤 했다.

아무튼 크고 작은 병을 손 하나로 많이 낫게 해 주었던 모양인데 돈은 탐하지 않았다 한다. 공덕을 쌓고 적선을 한다는 마음으로 임했다는 것이다. 만약 치부를 생각했다면 떼부자가 되었을 것이라고 딸이 말하는 소리를 듣기도 했다. 그러나 이제는 나이가 들어 기력이 쇠진하다 보니 신통력도 옛날과 같지 않다고 했다.

문화대혁명(1966~1976)이 일어난 초기에는 이런 일도 있었다고 했다. 할머니의 치병술을 미신 행위라는 죄목으로 혁명위원회에서 붙잡아 간 적이 있었다는 것이다. 그러자 할머니의 은덕을 입은 많은 사람들이 나서서 하나같이 그 치병술이 무속 행위나 미신 행위가 아니었다고 변호해 주어 무사히 풀려났다는 것이다. 적선을 해온 결과였다고 여겨진다.

세상 탓, 팔자 탓으로 초년에 고생을 하신 할머니가 그 신통력으로 비록 이국땅에서나마 수없이 적선을 베풀었다니 그때의 초청으로 나도 조그마한 적선을 했다 싶어 한결 마음이 가벼워진다.

| 쌀 공출과 초근목피의 시절 |

일제하에 유년시절을 보낸 나는 그 시절이야말로 한국인이라면 거의 누구나 경험했을 지독한 배고픔을 경험하면서 자랐다. 그야말로 초근목피로 연명한 시대였으니 그것은 다름 아닌 쌀 공출이란 수탈 정책 때문이었다.

엎친 데 덮친 격으로 일제 말기에는 흉년이 계속되었으므로 3, 4월의 기나긴 해가 원망스러울 정도로 굶는 사람이 많았다.

1939년에는 60년 이래의 대흉년이 들었고, 1942년에도 역시 대흉년이 들었으며, 그 이듬해 역시 극심한 한해(旱害)를 입어 그 당시 한국의 쌀 수확량은 몇 년간 평년작을 상회한 적이 한 번도 없었다.

쌀 공출의 내용은 이러했다. 내가 태어나기 바로 한 해 전인 1937년부터 일제는 식량 정책으로서 이른바 '일만자족정책(日滿自足政策)'이라는 것을 내세웠다. 이 정책은 만주에서 잡곡을 조선에 도입하고 조선에서 생산되는 미곡을 일본으로 반출한다는 것인데, 이에 따라 일제는 강제적 공출제도에 의해 그 이전보다 더 많은 양을 반출해 가기 시작했다.

1941년부터 1945년의 해방까지 총 5천만 석의 나락과 7백만 석의 보리를 수탈해 간 반면에 콩깻묵과 좁쌀 등 만주산 잡곡의 반입량은 줄어들어 식량 사정은 극도로 악화되었다. 심지어 1944년부터는 농업생산 책임제라는 것을 실시했다. 굶어죽는 한이 있더라도 가가호호 책정된 책임량을 반드시 생산해 내어야 한다는, 실로 가공할 만한 농민 수탈제도였다. 따라서 공출량을 충당하려면 1일 2홉 5작으로 책정된 자가(自家) 식량조차도 남겨 두지 못하고 거의 전량을 공출로 바쳐야만 했다.

농민들은 감사·고구마·호박·굴밤(도토리)·산나물 등으로 끼니를 때우고 근근이 초근목피로 연명하지 않을 수 없었던 시대였다.

그 시절, 대용식의 대표적인 초근은 칡뿌리였다. 봄에 칡뿌리를 캐어다가 깨끗이 씻은 다음 잘게 썰어서 절구에 빻은 후 물에 담가 두었다가 가라앉은 가루를 햇볕에 말려 쌀가루나 보릿가루에 섞어 죽을 쑤어 먹거나 수제비를 만들어 먹기도 했다.

그리고 대표적인 목피로는 소나무 속껍질·뽕나무 속껍질·느릅나무 속껍질이 있었다.

우리 집 앞의 우물가에는 소나무 속껍질의 진을 우려내기 위한 검은 옹기동이나 옹기사구들이 마치 가난을 조상하기 위해 모여든 검은 상복의 문상객들처럼 이마를 맞대고 즐비하게 늘어서 있기도 했다. 진을 뺀 소나무 속껍질을 햇볕에 말린 후 절구에 찧어 쌀이나 콩을 섞어 죽을 쑤거나 수제비를 만들어 먹었다.

이런 판국이었으니 사람들은 죽을 죽을(?) 지경으로 원 없이 먹었다고나 할까. 동리의 절구통이나 맷돌이 불이 날 지경이었다.

그 당시 우리 집의 맷돌도 가난의 몸살을 앓았다. 오후만 되면 동리의 부녀자들이 죽거리를 갈려고 줄을 대고 있었던 기억이 아직도 생생하다.

이런 초근목피의 시절이었으니 부황병에 걸린 사람도 많았다. 굶어서 살가죽이 들뜨고 부어 얼굴색이 누렇게 되는 병이었다. 할아버지가 한의원을 하셨기에 이런 환자들이 자주 찾아와 약을 지어 가기도 했다. 약값이 있을 리 없으니 농사철에 몸으로 때우겠다면 그만이었다.

실로 입 하나가 무서운 세상이었다. 입 하나를 덜기 위해 딸 가진 가난한 시골 사람들은 목구멍이 포도청이라 부득이 딸을 청루(靑樓)에 팔기도 했고, 부잣집 영감의 꽃첩으로 보내기도 했으며, 씨받이나 남의 집살이를 보내기도 했다.

다행히도 우리 집은 초근목피까지는 하지 않았다. 물론 우리 집 역시 공출을 하고 나면 일 년 양식이 모자랄 수밖에 없었다. 할아버지가 한약국을 하신 덕택으로 뒷거래로 쌀을 사서 그나마 큰 배고픔만은 모면할 수 있었지만 언제나 밥그릇은 인색할 정도로 양이 모자랐다. 밥맛이 날 때에는 주먹만한 내 위의 양조차 채울 수 없어 눈치를 봐가며 두어 숟가락 정도 남은 밥에다 짠 된장국을 푹 떠놓으면 행여 짤세라 할머니와 어머니가 한두 숟가락을 떠 놓아 주기도 했다. 이에 재미를 붙인 나는 배가 차지 않을라치면 탐욕스럽게도 된장국을 일부러 밥에다 보란 듯이 떠 놓고 먹으면서 "아 짜다!"라고 가증스런 잔꾀를 부리기도 했다.

훗날 세상이 좋아졌을 때 나의 이런 밥상머리의 습관은 나를 놀리는 흉보기로 이용되기도 했는데 그때마다 나는 얼굴이 붉어지곤 했다.

그러나 이제는 어떤가? 고기반찬과 쌀밥이 거의 매일 식탁에 오르고 있다. 쌀밥에 지쳐 꽁보리밥을 찾는 세상이 되었으니 극심한 아이러니를 보고 있다고 할 밖에. 꽁보리밥과 죽 먹기에 이골이 난 그 시절, 고기반찬에 허연 멥쌀로 지은 '이밥'(경상도 사투리 : 쌀밥)을 먹어 보는 것이 누구에게나 큰 소원이었다.

가끔 입맛이 없을 때 배고팠던 내 유년시절을 생각하면 저절로 군침이 돌곤 한다. 그 어두웠던 기억이 이제는 식욕촉진제 구실만을 하고 있으니 나 역시 역사 불감증에 걸린 것이 아닌가 싶어 가끔 놀라기도 한다. '국화와 칼' 이란 양면성을 지닌 '가깝고도 먼' 일본을 우리는 늘 유심히 관찰해야만 하리라 본다.

| 공출과 백여 종의 수탈 품목 |

일제의 경제 수탈은 실로 가공할 정도였다. 쓸 만한 것은 모두 공출의 대상이었다. 농산물·축산물·임산물·해산물·섬유류·금속류·광산물·약초류·폐품류에 걸쳐 약 백여 종에 이르렀으니 쓸 만한 물건이나 물자라면 거의 쓸어가다시피 했다.

그 중요한 품목들을 적어 보면 대충 이런 것들이다.

농산물 : 나락·보리·피마자·낙화생·면화·누에고치·대마(大麻)·가마니·멍석·새끼 등.

축산물 : 소·돼지·소가죽·돼지털·양모(羊毛) 등.

임산물 : 목재·숯·솔뿌리·관솔·송진 등.

섬유류 : 무명베·삼베·조선종이 등.

금속류 : 백금·금·은·비녀·가락지·구리·놋그릇 등.

광산물 : 철·석탄 등.

약초류 : 박하·생강·구기자·오미자·인삼·꿀 등.

폐품류 : 걸레·깡통·헌 종이·누더기·병 등.

이와 같은 품목들을 수탈해 가기 위해 일제는 30만 명에 달하는 그들의 기관원과 35만여 개의 애국반, 13개의 병사구사령부 및 그 소속원, 거기다 헌병, 정보원과 경찰까지 총동원하고 있었다.

중일전쟁에 뒤이어 다시 태평양전쟁을 도발시킨 일제는 조선을 전시물자의 조달처로 삼고 최대의 경제적 수탈을 자행했다.

소는 일본군의 육식 및 피혁 원료로 이용하기 위해서였다. 태평양전쟁 기간에는 약 40만 두의 소를 공출해 갔는데, 소를 빼앗긴 농가에서는 사람이 쟁기의 멍에를 메고 논밭을 가는 원시적인 진 풍경이 벌어지기도 했다.

비행기나 배를 만들기 위해 동상(銅像)이 모조리 회수되었다. 관공서, 학교의 쇠울타리 및 도시 고층 건물의 쇠난간이 뜯겼다. 시가지의 영란등(鈴蘭燈) 및 쇠로 된 전신주가 몽땅 자취를 감추었고 각 가정의 철제품과 보습·가마솥까지 빼앗아 갔다.

우리 면의 경우만 보더라도 그 당시에 있었던 두 개의 콘크리트 다리의 난간과 난간 사이에 난간쇠가 있었는데 어느 날 모두 뜯겨나가 마치 이 빠진 해골 같은 몰골을 오랫동안 하고 있었던 기억이 난다. 해방 후에는 위험하다 싶어 면에서 나무막대기로 임시변통을 해두었다가 세월이 한참 흐른 후에야 비로소 쇠막대기로 원상회복을 시켰다.

탄피 제조를 위해서는 놋그릇·놋화로·놋수저 심지어 불상(佛像)까지 가져갔다.

우리 집에서도 상당량의 놋그릇을 공출당했는데 때로는 일부나마 남겨 둔 놋그릇을 빼앗기지 않으려고 뒤란이나 나뭇가리, 짚동 사이에 숨겨 두는 해프닝을 여러 번 벌인 적도 있다

많은 부녀자들이 은비녀와 구리비녀를 빼앗기고 대나무나 나무비녀 또는 뿔비녀를 하고 다닌 적도 있다.

임산물에 대한 수탈 또한 예외일 수 없었다. 석유류의 부족에 따라 각종 차량과 원동기가 목탄(숯)을 대용하게 되자 목탄 증산을 위해 많

은 잡목이 벌채되었다.

기름을 짜기 위해 목화씨·피마자·낙화생·관솔 등을 공출해 갔다.

총독부는 소위 '일평원예(一坪園藝)' 라 하여 손바닥만한 빈터에도 무엇이건 심도록 독려했다. 학교 마당과 가정집 뒷뜰 기타 신작로 한복판을 제외한 일체의 유휴지나 공지를 개간시키는 데 광분하였다. 우리 집의 뒤뜰이나 화단 그리고 밭두렁과 논두렁도 온전할 리 없었다. 피마자를 심어 공출할 수밖에 없었다.

그리고 솔뿌리도 캐고 소나무옹이인 관솔도 따서 갖다 바쳐야만 했다.

관솔로 기름을 짜내는 숯가마가 우리 집에서 빤히 건너다보이는 밀미(미산)라는 동리의 안산(案山) 자락에 마치 무덤처럼 몇 개가 엎디어 있었다. 나는 그곳에 꼬마 친구들과 여러 번 구경을 갔는데 가마에 불을 한참 때고 나면 대통을 통해 조청 같은 시커먼 기름이 흘러내리는 것을 신기해 하며 구경하기도 했고 또 이 기름이 비행기 기름으로 쓰인다는 말도 들었다.

관솔을 따는 일에는 어른들만이 아니라 초등학교 학생들까지 동원시켰다. 관솔을 따지 않고 자기 집 일을 하기 위해 들일을 나갔다가 그 날 옹이를 땄다는 표시로 찍어 주는 퍼런 도장이 팔뚝에 없으면 정강이를 차이기 예사였으며 심한 경우에는 주재소로 끌고가 하루 종일 꿇어 앉혀 놓기도 했다.

그 시절은 어른 아이 할 것 없이 왜 그렇게도 머리부스럼의 일종인 머리버짐이 크게 유행했는지……. 이 관솔기름이 부스럼에 좋다는 소문을 듣고는 한 방울이라도 찍어 바르려고 멀리서 가까이서 사람들이 모여들곤 했다.

해방이 되자 주인 없는 물건이라 너도나도 저장된 관솔기름을 퍼갔는데 우리 집에서도 몇 통 퍼다 두었다. 할아버지는 그것으로 고약을 고는 데 이용하셨고 또 콜타르를 구하기 어려운 시절이라 우리 집 함석지붕(양철지붕)을 칠하는 데 이용하기도 했다.

불과 60년이 조금 더 지난 일인데 오늘의 젊은이들에게는 옛 전설처럼 들릴지도 모르겠다.

| 이노우에상의 해방 |

'井上元一'이라는 일본인이 해방 전에 우리 옥종면에 살았다. 본인 앞에서는 '이노우에상'이라 불렀지만 우리끼리는 한자 그대로 '정상'이라 했다. 더 쉽게는 '정생이'라고 부르기도 했는데 그는 일본 고령 토계에서는 이름 있는 사람이라 했다.

그는 백토광의 광산주였다. 내 고향 옥종면은 유명한 백토 산지라 이곳저곳 야산에서 백토가 지천으로 나왔다. 고령토를 그 흙 색깔을 따 백토(白土)라 했는데 사기와 백자의 원료였다. 고령토란 말은 중국의 대표적 도자기 생산지인 경덕진요 부근의 강서성 부량면 고령촌에서 생산되는 점토라는 것에서 나온 말이지만 우리는 그냥 백토라 했다. 일제 당시 옥산의 발치인 우리 마을 양구리 뒷산에 백토광이 있었는데 그것이 바로 그의 소유였는데 채광된 백토는 일본으로 보냈다. 당시 백토 한 가마니는 쌀 한 가마니보다 비쌌다.

초등학교 입학 전인 코흘리개 시절, 그곳에 올라가 보면 많은 인부들이 백토를 파내고 있었고, 레일이 깔린 운반로로 철구루마를 이용해 파놓은 백토를 작업장으로 운반하기도 했고, 작업장으로 옮겨진 백토

덩이 앞에 여자 인부들이 모여앉아 황토를 골라내기 위해 흙칼질을 하고 있기도 했다.

모두가 날품팔이 일용 인부였다. 이들 인부들이 그날 일을 마치고 나면 표딱지를 받는데 그것을 모아 두었다가 한 달에 두 번씩인가 '간조(계산)'를 쳐 받았다.

그리고 이 광산주의 집은 신작로 부근에 있었는데 우리 집에서 그렇게 멀리 떨어져 있지 않았다. 지금의 옥종중학교 자리였는데 마당 한쪽 귀퉁이에는 제법 넓은 밭을 일구어 놓고, 양딸기나 토마토 그리고 홍당무를 심었다.

난생 처음 보는 신기한 것들이라 제철이 되면 철조망 밑으로 몰래 기어들어가 딸기나 토마토를 따먹거나 닌징(홍당무)을 쑥 뽑아 흙을 털고 어석어석 씹어 먹기도 했다. 달짝지근한 산딸기 맛이나 단감 맛에 익숙해 있어서인지 보기보다는 별 맛이 없었다.

그리고 한 번은 그 집으로 놀러간 적도 있었다. 그 집의 집안일을 도맡아 처리해 주던 마름이 있었는데 그 마름의 아들이 바로 나의 동리 친구였다. 그 친구를 따라가서 이른바 일본식 집을 처음으로 구경해 보았다. 다다미방이며 큰 무쇠 목간통이며 집 안에 있는 변소를 둘러보며 우리가 사는 집과는 큰 차이가 있는 것을 비로소 알게 되었다.

이러던 차에 해방의 날은 왔다. 얼마 후 우리 면에 살고 있는 일본인들의 처리 문제를 상의하기 위해 지역의 유지들이 초등학교 교실에 모여 회의를 했다. 그때 한 사람이 나타나 개미떼처럼 많은 일본 순사들이 총을 메고 이쪽으로 몰려온다고 알려 주었다. 모여 있던 사람들은 영문도 모르고 그만 혼비백산하여 뿔뿔이 흩어져 버렸다.

하루가 지나 그것이 거짓말이었음이 금방 탄로가 나 그 발설 장본인이 호출당하여 추달을 받게 되었다. 그가 바로 일본인 광산주의 집을 구경시켜 준 내 친구의 아버지였다.

그 자리에서 그는 자기가 모시고 있던 상전에게 무슨 일이 생길까 봐 지레 겁을 먹고 임시변통인 줄 알면서도 거짓부렁을 했다고 실토했다. 상전을 끝까지 보호하려는 그분의 충성심(?)을 참작하여 그에게 별다른 제재는 가하지 않았다.

다시 모인 자리에서 얻은 일본인 처리 문제의 결론은 탈 없이 본국으로 보내 주자는 것이었다. 평상시에 일본인이라고 해서 조선인들을 얕잡아 보거나 학대하지 않았다는 점을 고려한 판정이었다.

그 후 그는 탈 없이 가족들과 함께 일본으로 돌아갔다. 짐을 꾸려 부산으로 떠나던 날, 그의 덕을 보았던 사람들이 모여 짐을 꾸려주기도 했다. 트럭에 짐을 싣고 떠나는 장면을 나는 직접 보지는 못했다. 나보다 두 살 아래로 그 당시 여섯 살이었던 막내 삼촌이 그 장면을 직접 보았는데, 사람들이 작별의 손을 흔들어 주기도 했고 또 키우던 개가 주인을 실은 트럭이 떠나자 꽁무니를 향해 킹킹거리며 한없이 쫓아가는 장면을 보니 눈물이 핑 돌더라는 이야기를 훗날 나에게 해준 적이 있다. 개와 인간 사이의 끈끈한 정을 어린 눈으로나마 확인한 눈물겨운 장면이었지 않나 싶다.

'이노우에상'은 떠나면서 그동안 자기의 충직한 일꾼이었고, 또 자기의 안전을 위해 거짓말까지 한 그 마름의 충성심에 감복하여 상당한 논과 밭을 넘겨주고 갔다. 그 집의 마름이나 집사에 불과했던 친구의 아버지는 하루아침에 부자 소리를 듣게 되었다.

이렇게 떠난 그가 한일국교가 정상화된 이후 우리 면을 다시 방문한 적이 있었다. 그는 일본 모도기 회사의 간부로 있다고 했다. 자기를 본국으로 안전하게 돌아가게끔 보살펴 준 면민들의 은공을 못 잊어 한국에서 수입된 고령토 중에서 옥종산 고령토라면 무조건 1등급을 매겨 주었다는 이야기도 하더라고 했다. 그리고 자신이 살았던 옛 집터를 둘러보고 그 자리에 중학교가 들어선 것을 보고는 개인 소유가 된 것보다 더 기뻐하더라는 것이다.

　이 일본인의 이야기를 통해 느낀 점이 있다. 사람은 어디에 가 있건 남에게 못할 짓을 해서는 안 되며, 선하게 살다 보면 어느 땐가는 반드시 그 대가가 돌아온다는 것이다. 어릴 때 먼 빛에서 한두 번 슬쩍 본 그의 얼굴이 안개 속처럼 희미하게 떠오른다.

| 한국인 군속들의 억울한 죽음 |

태평양전쟁이 일어난 일제 말기에 남방군에 파견되었던 한국인 군속 문제가 전쟁의 또 하나의 후유증으로 한 때 새로이 거론된 적이 있다. 군속 모집에 응한 대부분의 한국인 청장년들은 징용에 끌려가지 않기 위해서 지원을 했었다. 근무 기간은 대강 2년이고 월급은 그 당시 최고급 공무원과 비슷한 50엔이라고 선전했으니, 군속으로 가면 살아남을 수 있고 돌아오면 순사보다 높아진다는 이유 때문에 특히 신식 먹물을 먹은 조선의 청장년들에게는 큰 유혹이 아닐 수 없었다. 징병이나 징용으로 끌려가 개죽음을 당하거나 갖은 고생을 할 바에야 차라리 돈도 많이 벌고 생명을 보전할 수 있는 최적의 방편이 곧 군속 지원이라 생각했던 것이다. 그러니 그것을 과연 누가 탓할 수 있으랴.

1941년에는 모집된 3천여 명의 청장년들이 일단 출신도의 도청 소재지에 모였다가 부산에 있는 누구찌 부대로 보내졌다. 거기서 2개월 동안 고된 훈련을 받았는데 훈련 내용은 총 쏘는 법과 상관에 대한 무조건적인 복종이었다.

훈련을 마친 그들은 8월 19일 9척의 선단에 나뉘어 3주일간의 항해

끝에 태국에 800명, 인도네시아 지역에 1,400명씩 보내져 연합군 포로 수용소에 배치되었다. 그리고 4년 후 종전이 되었다. 살아남은 이들은 아리랑을 부르며 애국가를 부르며 귀환을 손꼽아 기다렸다.

그런데 이게 웬일인가? 148명이 전범으로 몰려 그중 23명이 사형을 당하고 나머지는 옥살이 신세가 되고 말았다. 그들 148명 중 129명은 포로감시원으로 동원된, 죄가 없는 한국인 군속이었다.

일곱 명의 일본인 A급 전범이 교수형에 처해졌는데 반해 한국인은 B, C급 전범인데도 23명이나 사형을 당했다. 역사의 극심한 아이러니다. '일본인들이 벌인 전쟁에 왜 한국인들이 책임을 지고 전범으로 처벌됐는가?' 라는 의문을 제시해 주는 사건이다.

실화의 인물로 조문상(趙文相)이라는 사람이 있다. 이 비극의 주인공 이야기가 오래 전 어느 해 8월 15일 밤 10시 일본 NHK에서 '아시아와 태평양전쟁' 이라는 특집 시리즈 중의 하나인 '조문상의 유서—싱가포르 전범 재판' 이란 프로에서 소개된 바 있다.

그의 기구한 일생이 NHK의 스탭들의 눈에 띄게 된 것은 담뱃갑 위에 쓰여진 유서 몇 장 때문이었다. 그는 사형을 당하기 2분 전까지 감시원의 눈을 피해 가며 유서를 썼다. 그 일부 중에 '절망의 심연에는 고통은 없다. 이 속세의 모든 것에 절망할 때 비로소 처음으로 인간도 안심한다' 고 사뭇 철학적인 구절을 남기기도 했다.

그는 싱가포르 창이 공항 부근의 형무소 임시교수대에서 사형에 처해졌다. 죄목은 포로를 집단 구타하는 데 참가했다는 것이었는데 그는 재판에서 구타 사실을 부인했지만 소용없었다.

또 이와 유사한 이야기를 오래 전 국내에서 나온 소설에서도 발견할 수 있다. 원로 시나리오 작가요 소설가인 하유상 선생이 쓴 역작 《검은 사형(死刑)》이란 책에서이다. 이 책은 일종의 정치추리소설로서 1942년 6월, 일제 식민지 시대 때 강제 징용을 피해 남방군 군속에 지원했던 세 사람을 중심으로 하여 8·15 이후 민족의식의 각성과 친일파의 발호, 자유당 독재정치 아래서 독립투사의 암살과 그 살인범의 조작 그리고 그 통쾌한 보복 등이 실로 흥미진진하게 그려지고 있다. 이중에서 특히 남방군 파견 군속의 문제와 그들의 사형 부분만은 사실에 충실했다고 어느 사석에서 작가가 직접 나에게 밝힌 바도 있다.

이 소설의 등장인물 중의 한 사람인 고준호는 을종농업학교 출신으로 면에서 할당된 징용 대상자 명부에서 빠지려고 억지춘향식으로 남방군 군속 파견 모집에 응한다. 배치된 곳은 말레이시아의 영국군 포로 수용소였고 거기서 포로감시원으로 일하게 되는 데 역시 같은 입장의 나천식과 손낙수를 만나게 된다. 그리고 한국인으로서 일본군 장교인 히라야마 중위도 만나게 된다.

그 히라야마 중위는 감시원인 그들을 시켜 포로들을 구타하게 해놓고 자기는 포로들의 환심을 사, 전쟁이 끝난 후엔 장교급 포로들의 후원으로 영국 유학까지 가게 된다. 대신 고준호와 나천식은 포로 취급에 관한 전쟁 법규 위반자로 몰려 전범 재판에서 사형을 언도받고 억울하게 죽임을 당하고, 손낙수는 천만다행으로 무기징역으로 감형돼 싱가포르 창기 형무소에서 복역하다가 1953년 일본 수가모형무소로 옮겨져 다시 감형되어 1955년에 출옥한다.

살아남은 손낙수는 동료들의 억울한 죽음을 보상해 주기 위해 변절자요 기회주의자인 히라야마 중위 아니 신철웅 박사로 변신해 있는 지금의 그에게 복수를 가하기 위해 접근해 간다는 것이 이 소설의 핵심적 내용이다. 아무튼 거의 비슷한 시기에 NHK가 조문상의 유서와 그 죽음을 소개하고 또 하유상 선생이 소설에서 그런 문제를 다루었다는 것은 퍽 뜻있는 일이라 여겨진다.

이제 그들의 그 억울한 죽음을 과연 누가 보상할 것인가? 무정한 역사는 아직도 침묵하고 있을 뿐이다.

| 해방 유행어 '85전' |

유행어란 원래 유행 당시에는 그 위력이 대단한 것이지만, 한물 지나고 보면 족보(사전)에도 끼일 수 없는 불우한 언어의 사생아가 되고 만다.

그러나 한 편 생각해 보면 비록 단명의 숙명을 타고나긴 했지만, 시대 나름의 세태 풍속을 유행어처럼 잘 반영해 주는 것도 달리 없을 것 같다. 사회의 표정이 잘 드러나 있는 언어의 손거울이라고나 할까.

여기서 우리가 적어도 해방 이후 우리의 귓전을 스쳐간 유행어를 꼽아 보면 한이 없을 성 싶다. 유행어 소사전을 한 권 꾸밈직도 하다는 생각이 든다. '3·8 따라지', '자유 부인', '사모님', '치맛바람', '피아노식', '사사오입', '얌생이', '사꾸라', '자의반 타의반', '묵계', '큰손' 등 부지기수다. 그때그때의 주요 유행어를 짚어가며 사회 풍속사를 엮어 보면 퍽 흥미를 돋울 것 같다.

그러면 우선 우리 사회 풍속사의 첫 페이지를 장식한 '85전'이란 유행어를 한 번 살펴보자. 이 말은 8·15를 조금 지나 생긴 말이므로 적어도 70대나 80대 이상의 사람들에게만 생생한 기억이 있을 줄로 안다.

'85전' 이란 1원이 못 되는 돈이다. 1원이 되기에는 15전이 부족한 액수다. 그 당시로 봐서 1원은 지금의 1원과는 천양지차의 교환 가치가 있었다. 그러나 1원을 표준으로 한다면 이 '85전' 은 어딘가 부족함과 모자람이 있다는 말이 된다.

그래서 이 말은 팔방미인격으로 어느 것에나 통용되어 왔다. 사람이나 물건이나 사상이나 행동 등 모든 것에 걸쳐 그 효용 범위가 참으로 넓었다. 사람을 85전 짜리라고 했을 때에는 8푼이나 7푼 정도에 해당되는 말이며 물건이 85전 짜리밖에 안 된다고 했다면 시시하다는 뜻으로 통용되었던 것이다. 그리고 사상이나 행동이 85전 짜리일 경우는 이른바 서푼어치밖에 안되는 풋내기 사상이나 행동을 말해 왔었다.

그러면 왜 이런 유행어가 생겨났을까 하고 의문을 가지지 않을 수 없다. 8 · 15는 이 민족에게 있어 축복받았던 날이 아니었던가. 축제와 같았던 그날을 회상하면 아직도 그 고압의 흥분이 혈맥 속에서 되살아 나오는 것 같지 않은가. 그런데 왜 '85전' 에서처럼 8 · 15의 이미지는 그렇게 어둡고 불충분한 것으로만 비쳤을까. 여기엔 그럴 만한 이유가 있었다.

흥분을 가라앉히고 곰곰이 생각해 보면 그렇게 목이 쉬도록 외쳤던 해방도 남이 준 것이었지, 우리 자력의 힘으로 쟁취한 것은 아니었다. 그리고 우리는 해방의 기쁨에만 도취되었을 뿐, 민족적 에너지를 모아 곧 바로 새로운 도약의 발판으로 이용할 만한 힘이 결여되어 있었다.

그래서 이 땅은 나사와 못이 제자리에서 이탈한 채 악순환의 무대로만 화하였다. 사이비 정치가와 사이비 애국자가 제철을 만난 듯 활개를 쳤고, 좌우익의 갈림길에서 공포 분위기만 조성되었으며, 사회의 곳곳에서는 음지의 독버섯 같은 부패만 늘어났다. 미군정 말기에는 이런 요언(謠言)이 유행한 적도 있었다.

먹고 보자 상무부(商務部), 덮어 놓고 수도청,

흐지부지 재판소, 다짜고짜 경찰서,

내일 보자 시청, 엄벙덤벙 군청.

이렇게 해서 해방 이후에 전개된 모든 사회의 꼬락서니는 정말 85전 짜리밖에 안 보였던 모양이다. 감격 뒤에 온 허무감이란 더 한층 무거운 법이다.

사람들은 해방 자체에 대한 회의와 환멸을 느끼게 되었다. 얼마나 살기가 고달팠기에 "해방이 아니라 메방이다", "해방이 아니라 훼방이다"라는 말이 입으로부터 저절로 나왔을까. 재담이 아니라 현실에 대한 풍자요 자학의 한숨소리였다. 그래서 결국 '85전' 이란 이 유행어가 생겨난 것이다.

그 동안 이 불명예를 씻기 위해 우리는 얼마나 반성하며 노력해 왔는가. 새 세기를 맞은 지금 새로운 민족의 장(場)을 열기 위해서라도 경건하게 한 번쯤은 생각해 볼 일이다.

| 달라진 일제시대의 말들 |

일제시대에 사용되었던 말 중에서 지금도 그대로 사용되고 있는 것들도 있지만 개중에는 해방 이후의 세대들에게는 전혀 낯선 말들이 있다. 가령 지금의 20대나 30대들에게 '고등계(高等係)'나 '전옥(典獄)'이 무엇을 뜻하느냐고 물으면 십중팔구 어리둥절해 할 것이다. 그 시절에는 경찰의 정보계를 '고등계'라 했고, 교도소 소장을 '전옥'이라 했다.

실제로 지금 우리가 쓰고 있는 말(단어)과 그때 것을 비교해 보면 아주 달라진 말과 다소 변화가 있었던 말들을 제법 찾아볼 수 있다.

첫째, 교육계나 학과목에서 쓰이던 말들을 대비해 보면 다음과 같다.

- 만국역사—세계사
- 법어(法語)—불어
- 덕어(德語)—독어
- 아어(俄語)—러시아어

- 유희(遊戲)─무용
- 창가(唱歌)─음악
- 수의(隨意)과목─선택과목
- 생도─학생
- 보통학교─국민학교
- 만국지리─세계지리
- 체조─체육
- 도화(圖畵)─미술
- 수신(修身)─도덕
- 정(正)과목─필수과목
- 만국기─세계국기
- 고등보통학교─중학교

위의 예를 보면 일제 때는 '세계' 라는 말 대신 '만국' 이라는 말을 썼음을 알 수 있다. 또 초등학교와 중학교(4년제)를 처음에는 보통학교와 고등보통학교라고 했다가 미나미 총독 때인 1938년에 학교제도를 일본식으로 고쳐 보통학교가 소학교로, 고등보통학교가 중학교로 바뀐 내력이 있다.

둘째, 관공서에서 사용되었던 말들을 대비해 보면 다음과 같다.

- 호세(戶稅)─주민세
- 민적등본─호적등본
- 주재소─지서(파출소)
- 감옥소(감옥)─교도소
- 호구조사─인구조사
- 기류(寄留)초본─주민등록초본

• 재판소—법원

일제 때의 ‘감옥소’란 말은 해방 후 인식이 좋지 않다 하여 ‘형무소’로 바뀌었다가 다시 ‘교도소’로 바뀐 내력이 있다.
셋째, 일반 사회에서 통용되었던 말을 대비해 보면 다음과 같다.

• 공동산(共同山)—동네갓
• 와사등(瓦斯燈)—가스등
• 수형 교환—어음 교환
• 화륜(火輪)선—증기선
• 도가(都家)—도매집
• 급변—급전(急錢)
• 체경(體鏡)—큰거울
• 수형(手形)—어음
• 야소교(耶蘇教)—예수교
• 화륜방아—발동기방아
• 변리(邊利)—이자
• 점방—가게

특히 ‘점방’이나 ‘상점’을 조선시대에는 ‘전’이라 했다. 그래서 ‘어물(魚物)전’ ‘지(紙)전’ ‘싸(米)전’ ‘채소전’ ‘연초전’이라 했을 뿐 ‘점(店)’이라는 낱말은 아예 사용치 않았다. 대신 ‘점’을 쓸 경우는 제조소나 광산의 뜻으로만 사용하였다.
가령 사기점(砂器店)이라면 사기그릇을 구워 내는 가마들이 있는 곳을 의미했고, 은점(銀店)이라면 은광을 뜻했다. 경북의 ‘점촌(店村)’도 결국은 광산이 있는 마을이라는 뜻이지 주점(酒店)이나 일반 상점들이 있었던 마을이라는 뜻은 결코 아니었다.

그러다가 일제시대에 들어와서 '○○포(鋪)' '○○방(房)', '○○점(店)' 이란 말이 자주 사용되다 보니 가게를 '점방' 또는 '전포' 라고도 했던 것이다.

넷째, 직명(職名)의 경우를 대비해 보면 다음과 같다.

- 은행두취(頭取)—은행장
- 훈도(訓導)—초등학교 교사
- 시학사(視學士)—장학사
- 순사—순경
- 소방수—소방관
- 운전수—운전기사
- 간호부—간호사
- 소사(小使)—잡역 심부름꾼
- 교유(敎諭)—중등학교 교사
- 시학관—장학관
- 간수(看手)—교도관
- 타자수—타자원
- 약제사—약사
- 산파(産婆)—조산사

운전수의 경우는 처음에 운전사(士)로 바뀌었다가 한 등급 더 올라 운전기사(技士)로 되었고, 간호부 역시 처음에는 간호원으로 바뀌었다가 의사나 약사도 '사(師)' 자를 쓰니 간호원도 동등하게 격상하여 '사(師)' 자를 달아 주었고, 산파 역시 처음에는 조산원으로 불리다가 조산사(師)가 된 것도 같은 이유이다.

다섯째, 국명이나 지명도 지금 보면 낯선 것이 더러 있다. 개화기 이후에는 국명이나 지명의 표기가 원음을 차용한 한자 표시가 대종을 이루었는데 어떤 것들은 상당히 엉뚱하다 싶은 것들이 있다.

- 정말(丁抹)—덴마크
- 서서(瑞西)—스위스
- 덕국(德國)—독일
- 아라사(俄羅斯)—러시아
- 향항(香港)—홍콩
- 태서(泰西)—서양
- 파란(波蘭)—폴란드
- 영란(英蘭)—영국
- 미국(米國)—미국(美國)
- 성항(星港)—싱가포르
- 나성(羅城)—로스앤젤레스
- 상항(桑港)—샌프란시스코

미국을 일제시대에는 '쌀미(米)' 자를 쓰다가 해방 후에는 '아름다울 미(美)' 자를 쓴 것이 특이하다.

여섯째, 인명(人名)도 요즘 보면 낯선 것이 더러 있다.

- 백륜(佰倫)—바이런
- 아덕(雅德)—괴테
- 강덕(康德)—칸트
- 두옹(杜翁)—톨스토이
- 달빈(達賓)—다윈

- 노덕(路德)─루터
- 흑지아(黑智兒)─헤겔
- 단정(但丁)─단테
- 하마(河馬)─호머
- 나옹(那翁)─나폴레옹
- 나단(奈端)─뉴턴
- 나색(羅索)─루소
- 맹전(孟典)─몽테뉴
- 홀필열(忽必烈)─쿠빌라이

만약 어느 누가 지금까지 들어온 예들에 대한 기초 지식도 없이 일제 때 나온 글이나 교과서들을 읽는다면 그 해독은 거의 불가능하리라 본다.

적어도 내가 여기서 이 정도라도 더듬어 볼 수 있는 것은 내 자신이 일본어 세대와 순 한글 세대의 중간 세대로서 성장했기 때문이 아닌가 싶다.

말(언어)이란 크게 보면 세월과 함께 변한다는 사실을 이것으로도 확인할 수 있다.

| 가슴 벅찬 민족적 쾌사(快事)들 |

초등학교 다니던 시절에 두 가지의 민족적 쾌사가 있었다. 1947년도
에 열린 제51회 보스턴 마라톤 대회에서 서윤복 선수가 당당히 세계
신기록을 세워 신생 대한남아의 불굴의 투혼을 세계 만방에 과시시켜
주었다. 바로 3년 뒤인 1950년 4월에 역시 보스턴 마라톤 대회에서 함
기용, 송길용, 최윤칠이 각각 1, 2, 3위를 차지함으로써 또 한 번 세계의
이목을 깜짝 놀라게 한 일이 그것이다.

특히 고려대학교 학생이었던 서윤복은 참가국 8개 독립국가에서 온
156명과 함께 참가하여 2시간 25분 39초라는 세계 신기록을 수립했다.
그러나 이 영광의 우승 뒤에는 여러 가지 어려움도 있었다. 일행이 참
가하는 재정문제에서부터 비자 발급이 순탄치 않아 참가를 포기할 뻔
했다. 이 딱한 사정을 지켜 본 군정청 체육과장이었던 스메들리라는
여자가 백방으로 노력하여 여비를 모금해 주고 군용기까지 제공해 주
었기에 참가가 가능했다.

해방 후 이렇게 단시간 내에 민족적 쾌사가 연달아 두 번이나 있자
선생님들은 지난 일제하의 민족적 쾌사가 생각나 우리에게 신나게 이

야기해 주기도 했는데 마치 일제하에서 상처받았던 민족적 자존심을 보상받는 듯했다.

세 가지의 쾌사는 엄복동과 안창남 그리고 손기정이 이루어준 쾌사였다. '떴다 봐라 안창남, 굽어보라 엄복동.' 이것은 1920년에 많이 불려진 유행가의 첫 구절인데 그들의 쾌사가 유행가로 나올 정도였으니 그 당시 그들은 민족의 자존심 바로 그 자체였다.

첫 번째가 엄복동의 경우다. 자전거 선수로 이름을 날리던 그는 일본인 선수들의 미움을 받아 1922년 4월 2일, 경북 상주에서 열린 대회에 출전하였다가 운동장을 70회째 도는 최종회 때 일인 선수의 행패로 중상을 입기도 했다. 그러나 50일 뒤인 5월 21일, 장충단에서 열린 대회에서 멀리 오사카에서 원정 온 일본 선수단을 당당히 물리치고 우승의 영광을 차지하여 수만의 관중을 열광시켜 민족의 투사라고까지 격찬을 받았다.

두 번째는 안창남의 경우다. 엄복동의 쾌사와 같은 해인 1922년 11월 초순, 동경과 오사카간의 우편 비행을 실시할 때 22세의 조선인 비행사 안창남이 참가했다. 그는 악천후를 무릅쓰고 공중에서 고장을 일으킨 비행기를 조종하여 네 시간 만에 오사카에 무사히 착륙하였고 다시 동경까지 날아간 기록을 세웠다. 안창남을 제외한 다른 비행사는 모두 일본인이었는데 이 사실이 국내에 보도되자 도처에서 화제가 되었다. 국내에서는 그의 고국 방문 기념 비행을 실시하기 위해 준비를 서두르는 한 편 신문마다 그에 관한 특집이 대서특필되어 억눌렸던 동족의 가슴을 시원하게 풀어주었다.

그해 12월 10일에 여의도 비행장에서 기념 비행이 있었다. 이미 10여 년 전에 미국인 민간 비행사 아더 스미스가 세계일주 도중 서울에 들러 5전씩의 관람료를 받고 용산연병장에서 곡예 비행을 한 적은 있지만, 우리 동포로서는 최초의 비행이었으니 대단한 관심이었다. 장안 사람들은 새벽부터 여의도로 줄을 이어 무려 5만 명이 운집하였다. 조선지도를 날개 밑에 붙인 금강호가 삽시간에 남산공원을 지나 동대문을 거쳐서 창덕궁을 날아, 서울 시내를 일주한 후 다시 여의도로 돌아왔다. 급강하로 저공비행을 하다가 관중의 머리를 스칠 듯하다 급상승하는 묘기를 연출하기도 했다.

다시 제2차 비행이 계속되었다. 고공에서 행하는 뒤집기는 고꾸라지듯이 앞으로 하고, 뒹구는 것처럼 옆으로도 재주를 부려 과연 손에 땀을 쥐게 하는 신기(神技)를 연출해 환호성을 샀다.

세 번째는 너무나도 잘 알려진 손기정의 경우다. 안창남의 쾌사가 있은 지 꼭 16년 만에 다시 민족의 대 쾌사가 전해졌다.

1936년 베를린 올림픽대회에서 손기정 선수가 1위를 차지했고 남승룡 선수가 3위를 해서 세계 만방에 우리의 저력을 과시했다. 라디오는 임시 뉴스를 보도하고 신문은 호외를 발행하여 대서특필했다. 일제 무단통치하에서 찌들고 찌든 동족의 마음에 민족적 자긍심을 불러일으켜 준 사건이었다. 그러나 나라 잃은 민족의 비애를 뼈저리도록 느끼게 해준 사건이기도 했다. 빡빡 깎은 머리에 월계관을 쓰고 손에는 올리브나무 화분을 들고 선 백색 유니폼의 그의 가슴에는 태극기가 아닌 일장기가 붙어 있었다.

그 사진을 입수한 동아일보에서는 일장기를 지워 보도했고 이것을 본 전국의 동포들은 박수 갈채를 보냈다. 그러나 이 사건으로 말미암아 동아일보는 무기정간을 당했고 또 관련자들은 언론계를 떠나야 하는 비운을 맞아야만 했다.

대충 옮겨 본 위와 같은 세 가지의 쾌사가 일제하에 있었던 일이다. 초등학교 선생님으로부터 이 이야기들을 전해 들었을 때 나는 우리 민족의 자존심과 우수성을 확인하면서 가슴 뭉클한 감동을 느꼈던 기억이 지금까지도 새롭다.

| 엿장수 가위소리 |

지난 시절 시골의 아이들에게 가장 반가운 것은 엿장수의 가위소리였다. 날마다 기다려지는 것이 그 소리였다. 한국판 산타클로스의 출현이었다고나 할까.

동리를 들어서면서 큼지막한 가위로 쩍각쩍각 소리를 내면 고추를 내놓은 코흘리개에서부터 까까머리 개구쟁이에 이르기까지 온 동리의 아이들이 이 골목 저 골목에서 얼굴을 내밀었다.

우리 집 앞의 큰 포구나무 아래는 그들의 쉼터요 장사 터가 되곤 했다. 특히 여름철이면 이곳에서 어김없이 시원한 샘물로 갈증을 풀고 역시 시원한 그늘 아래서 더위를 식히면서 엿판을 벌였다.

다시 한 번 엿 타령을 늘어놓던가 아니면 목청을 가다듬고 “자아, 엿이야 엿! 맛 좋고 빛 좋은 울릉도 호박엿! 처녀가 먹으면 시집을 가고, 총각이 먹으면 장가를 들고……”라고 사설을 늘어놓으면서 “자아, 떨어진 고무신짝이나 백철냄비 못 쓰게 된 것, 놋숟가락 부러진 것이나 삼베 속곳 떨어진 것, 무쇠 연장 부러진 것이나 입다 버린 명주옷, 머리카락 모은 것이나 치렁치렁한 여자의 달비(여자의 머리숱이 많을 때

잘라서 묶어 놓은 머리채)도 좋아요. 짹각짹각…" 이라고 한바탕 판을 벌리면 아이들은 앞을 다투어 바꿔 먹을 물건을 하나씩 들고 또는 빈 손으로도 엿목판 주위로 송사리 떼처럼 모여들었다.

아이들에게는 물건으로 엿을 바꿔 먹는 재미도 재미이겠지만 맛보기를 얻어먹는 재미 또한 큰 재미였으니 엿장수야말로 산타클로스가 아닐 수 없었다. 엿장수는 우선 빈손으로 나온 아이들에게 인심 좋게 맛보기를 떼어 준다.

내가 어린 시절에 보아 왔던 엿장수의 엿은 가래엿이 아니라 엿판에 들어부어 놓은 판엿이었다. 필요 부분만큼에 엿칼을 대어 가위로 쳐서 떼어 주었다. '엿장수 마음대로' 란 말은 여기서 연유된 것이다. 가래 엿이라면 한 가래면 한 가래고 두 가래면 두 가래이지 반을 잘라 줄 수는 없는 처지이지만, 판엿만은 마음 내키는 대로였다. 이 귀퉁이건 저 귀퉁이건 칼을 마음 내키는 대로 갖다 댈 수 있을 뿐 아니라 그 분량도 결국은 엿칼을 어디쯤 갖다 대느냐에 따라 결정이 나니 그야말로 '엿 장수 마음대로' 였다.

아무튼 인심이 좋았건 좋지 않았건 '엿장수 마음대로' 의 맛보기는 아이들을 유혹하기에 충분하였다. 맛보기에 감질이 나면 아이들은 쪼르르 집으로 줄달음친다. 이 구석 저 구석에서 헌 물건 찾기에 정신이 없다. 적당하다 싶은 물건이 없으면 바꿔 먹을 욕심에 아직 쓸 만한 물건마저 몰래 들고 나오는 경우도 더러 있었다.

오영수라는 작가가 있다. 그가 쓴 〈남이와 엿장수〉라는 작품을 보면 지난 시절에 이와 같은 일이 더러 있었음이 잘 묘사되고 있다.

주인공 남이가 살고 있는 마을에 매일 총각 엿장수가 찾아온다. 아이들은 맛보기를 얻어먹는 재미로 그를 매일 기다린다.

남이는 여섯 살 짜리 영이와 네 살 짜리 윤이가 있는 집의 식모다. 그녀에겐 옥색 고무신이 있다. 주인 아저씨가 작년 추석에 추석 선물로 사준 것인데 평소에는 헌신을 신고 특별한 출입이 있을 때만 이 신을 신을 만큼 애지중지하는 신발이다.

그런데 어느 날 영이와 윤이가 그 아끼던 신발을 한 짝씩 들고 나가 엿을 바꿔 먹은 것이었다. 이 사실을 안 남이는 다음날 엿장수가 나타나기를 기다렸다가 자기 신을 내놓으라고 따진다. 총각 엿장수는 남이가 처녀인 만큼 그녀의 환심도 살 겸 도가(都家)에 가보고 신이 그냥 있으면 갖다 주고 없으면 새 것을 사다 주겠다고 약속한다. 그 일로 남이에게 마음이 끌린 엿장수는 밤낮으로 동리에 얼굴을 내민다. 그러던 중 남이의 아버지는 딸을 시집보내기 위해 짝을 하나 맞추어 놓고 그녀를 데리러 온다.

그런데 이튿날, 그 집을 떠나는 남이의 발에는 헌 고무신이 아니라 처음 보는 옥색 새 고무신이 신겨져 있는 게 아닌가! 그것은 곧 남이에게 군침을 삼키던 총각 엿장수가 사다 준 선물이었다는 내용이다.

이와 비슷한 일이 옛날 시골에서는 더러 있었다는 것이다. 나의 경우도 예외는 아니었다. 헌 놋그릇 하나를 슬쩍 해서 엿을 바꿔 먹었는데 내 소행이라는 것이 탄로나 혼찌검을 당한 적이 있다.

지난 시절, 나와 같은 시골의 아이들에게는 엿장수는 구세주였고 그 가위소리는 가히 천국의 복음이었다고나 할까. 비가며 눈깔사탕이며 박하사탕을 먹어 보는 것이 당시에는 꿈에서나 그려볼 수 있었던 일이었으니 엿장수야말로 반가운 손님이 아닐 수 없었다.

이제는 엿장수의 가위소리를 영영 듣지 못할 정도로 세상이 변했고 또 문밖에 내놓은 물건을 들고 가는 고물장사도 찾아볼 수 없는 세상이다.

내 유년의 가위소리는 이제 소중한 추억으로만 남아 쩍각거리고 있을 따름이다.

| 귀신 곡할 집터 이야기 |

세상에는 불가사의한 일도 있나 보다.

내가 살았던 면내에 진외가뻘 되는 집이 네 가구 있었다. 할머니의 남동생 집이 세 집이 있었고 한 집은 큰오빠네 집이었다.

문제의 집터 이야기는 큰집의 경우인데 신기(新基)잡아 집을 지어 들어간 것이 아니고 남이 살던 집에 이사를 들어가 일어났던 일이다. 납량특집 같은 괴담이라고나 할까.

그 집은 야산을 뒤로 하고 뒤란에는 대밭이 있고 사립문 앞에는 조그마한 못이 있었다. 대낮에도 어딘가 좀 으시시한 기분이 드는 집이었는데 우리 집에서는 약 5리쯤 떨어진 곳에 있었다. 할머니를 따라 5, 6세 때 두세 번 가서 잠을 잔 적도 있었는데 변고가 일어난다는 이야기를 이미 소문으로 듣고 있었던 터라 뒷간 출입이 무서워 오금이 저렸던 기억이 새롭기만 하다.

할머니의 큰조카며느리가 나보다 두 살 아래인 큰아이를 가졌을 때다. 하루는 대낮인데도 느닷없이 장작개비가 마당으로 날아들어 배를 때려 혼이 난 적이 있다 했다. 행여 아이가 유산될까 봐 한약을 지어다 먹여 큰 탈은 없었다 한다.

그 뒤로 별일들이 다 일어났다.

해가 질 무렵이면 쇠붙이 종류가 날아와 지붕 위에서 빙빙 돌기도 하여 집 안에 있는 칼·도끼·낫·호미 등을 감추느라 소란을 피우기도 했고, 때로는 조약돌이 날아와 장독대 위에 떨어져 사람을 깜짝깜짝 놀라게 하기도 했다. 그리고 한 번은 큰조카머느리인 원당아주머니가 밤에 뒷간에 가 있는데 검정 조끼를 입은 사람이 뒷간 앞을 휙 지나가는 것을 보았다는 것이다.

이런 괴기스런 변고가 자주 생기자 그 소문이 우리 집에도 전해져 왔다.

한 번은 할머니가 친정 나들이차 그 집에 가 보셨다가 아니나 다를까 대낮인데 작은방 부엌 샛문의 문종이에 푸르스름한 불이 붙어 오르는 것을 보고는 얼른 손으로 끄신 적도 있었다.

이 이야기는 결코 지어낸 이야기가 아니다.

이런 괴기스런 변고가 이제나 저제나 그칠까 해서 기다려 보았으나 무시로 일어나니 처음에는 사람의 소행인가 싶어 범인을 잡으려고 동리 사람들을 사서 밤샘도 세워 보았지만 헛수고였다. 또 귀신의 장난인가 싶어 주역(周易)하는 사람을 불러 진언(眞言)을 쳐보기도 했지만 역시 여전했다.

특히 그 집의 큰며느리인 새 며느리가 시집을 온 후로 그런 일이 생긴 데다가 그 새 며느리를 자주 놀라게 하고 보니 나중에는 그 새 며느리가 귀신을 달고 다닌다는 말도 생겼다.

변고의 원인에 대해서 의견이 분분했지만 대충 세 가지로 요약되었다.

첫째, 원한을 품은 사람의 소행이다.

둘째, 집터가 세서 그렇다.

셋째, 목신(木神)의 탓이다.

그러나 그 집 가족들이 누구에게 큰 원한을 산 일은 없었다. 혹시 나의 아버지와 동갑나기인 할머니 큰조카가 간혹 술청을 드나들면서 남의 여자를 넘본 일이 있었는데 그 때문이 아닌가도 생각해 보았다. 그래서 친인척을 동원해 수차 망을 보게도 했지만 이렇다 할 단서는 잡지 못했다.

설사 원한이 있는 사람의 소행이라면 그런 짓도 한두 달이지 그렇게 장기간에 걸쳐 계속 될 수는 없는 노릇이어서 자연히 다른 이유를 찾아보았다.

결국, 한 때 그 집을 중창한다고 뒤안의 고목을 몇 그루 베어 쓴 적이 있기에 그 목신이 발동하여 그렇거나 근본적으로 집터가 세서 그럴 것이라고 결론지었다.

도저히 더 버티고 살 수가 없어 새집을 지어 이사를 나왔다.

그 뒤 그 집은 여러 사람의 손에 넘어갔다. 그 중 한 집은 살림도 망하고 작은아들이 교통사고로 비명에 가버려 역시 집터가 세서 그렇다는 쪽으로 입을 모았다.

센 집터는 그런 터를 누르고 살 수 있는 사람이 들어와 살아야지 집터를 누르고 살 수 없는 사람이 들어오면 집터에 눌려 변고를 당하기 마련이라는 이야기도 나돌았다.

그 후로 이 세상에는 과학으로는 도저히 풀 수 없는 불가사의 세계가 있는 것이 아닌가 하는 생각을 하곤 한다.

《햄릿》이란 희곡을 보면 제1막의 끝부분쯤에서 햄릿과 친구 호레이쇼가 의미심장한 대화를 나누는 장면이 나온다.

햄릿의 죽은 아버지(부왕)가 저녁마다 망루에 나타나자 이를 의아하게 생각한 호레이쇼가 햄릿을 보고 "어, 참 기괴하다!"고 말하자 햄릿은 "이 사람아, 이 천지간에는 우리의 철학으로는 도저히 풀지 못할 별

별 일이 다 있는 거야" 하고 대답한다.

햄릿의 이 생각이 바로 이 집터를 두고 느끼는 나의 생각이다.

사실 흉가터다 명당터다 하며 지나치게 매달릴 필요야 없지만 어느 집이나 예기치 않던 흉사가 연속적으로 일어난다면 최소한 기분전환이나 환경변화라는 차원에서 집을 한 번 옮겨 보는 것도 좋은 일이 아닐까 싶다.

| 앙괭이 온다 |

나라마다 우는 아이를 달래는 말이 있다. 불란서의 어머니들은 어린 애가 울면 "말보로크나 마알보로(17세기 영국의 '무서운 장군'으로 소문난 장군)가 온다"라고 말한다. 우리나라에서는 "물레귀신 나온다" "구석 귀신 나온다" "호랑이 나온다" "의사 선생님 온다" "앙괭이 온다"라고 했다.

내가 어릴 때 가장 두려워했던 말이 바로 "앙괭이 온다"였다. 알게 모르게 코흘리개 시절부터 앙괭이 공포증을 가졌던 것 같다.

철이 조금 든 소년 시절에도 이 앙괭이 화를 입지 않으려고 설날 밤 에는 신에다 숯검정으로 X자를 그어 놓기도 했고 이것이 못미더워 신 발을 아예 방에 들여다 놓고 자기도 했다.

앙괭이란 야광귀(夜光鬼)라는 귀신의 이름이다.

하늘에 있는 이 귀신은 설날 밤이면 인간 세상에 내려와 여러 곳을 돌아다니다가 인가(人家)에 들어와 사람들의 신을 신어 보아서 발에 맞는 것이 있으면 신고 간다고 했다. 신을 도둑 맞은 사람은 그해 내내 운수가 나쁘다고 전해져서 옛날에는 설날 밤이면 어른 아이 할 것 없이 모두 신을 방에 들여놓거나 다락에 넣어 두고 잤다. 설사 야광귀에게 신을 도적맞지 않아도 만약 야광귀가 신이 맞는지 신어보고 다녀간다는 표를 해두는 일이 생기면 그 해에는 장티푸스나 콜레라를 앓거나아니면 문둥병에 걸리게 된다는 속신이 있었으니 실로 무섭고도 무서운 존재였다.

야광귀에 관한 이야기는 영·정조 때의 문신 유득공의 《경도잡지(京都雜誌)》라는 책에 기록되어 있다. 이 책에서는 민간인들에게 유포된 이 이야기로 말미암아 설날 밤에 야광귀로부터 화를 면하려는 일종의 액막이가 세시풍속의 하나로 굳어졌다고 전한다.

그리고 약 백 년 전 구한말에 조선에 왔었던 미국의 선교사 J. S. 게일 목사가 쓴 《코리언 스케치》라는 책에서도 이런 풍속이 있다고 소개되고 있다. 그리고 그가 본 야광귀 퇴치법도 제법 소상히 소개했다.

그 퇴치법의 기록을 이 책 저 책에서 종합해 보면 이미 앞에서 소개했듯이 내가 어릴 때 해본 방법 이외에도 두어 가지가 더 있다.

첫째, 설날 밤에 일찍 대문을 잠그거나 때로는 금줄을 쳐서 쫓든지딱총을 쏘아 쫓기도 했다.

둘째, 마루벽 위에다 체를 걸어 두거나 아니면 마당에 긴 장대를 높이 세우고 그 위에 체를 걸어 둔다. 그러면 야광귀가 하늘에서 내려올 때나 어느 집에 들어갔을 때 체에 체 눈(체구멍)이 많으므로 호기심에 그 개수를 세기 시작한다. 그러나 촘촘하게 박힌 체 눈을 어디까지 셌는지 잊어버리고는 다시 세고 다시 세고 하는 사이에 날이 밝아 닭 우는 소리가 들리면 다시 하늘로 되돌아간다는 것이다.

야광귀의 침범을 받으면 유행병을 앓게 된다는 소리에 나는 소년 시절까지도 야광귀라면 잔뜩 겁을 먹고 있었다.

그러다가도 간혹 우리들은 설날 밤이면 우리가 직접 야광귀 행세를 하고 다니며 동리의 겁보 꼬마들을 골려 주기도 했다. 신 도적질 장난이었다. 몰래 들어간 집의 축담에 신이 있으면 짚단 사이나 풀두엄에 감추어 버린 후 신을 잃었으니 올해는 장티푸스나 콜레라를 앓게 될 거라고 겁을 주었다.

내가 어릴 때만 해도 콜레라·적리·장티푸스·파라티푸스·두창·발진티푸스·성홍렬·디프테리아·페스트는 9종의 법정 전염병으로 전해졌던 만큼 참으로 무서운 병이었다. '염병 앓고 있네' 라는 말이 욕으로까지 나올 정도니 가히 짐작하고도 남음이 있을 것이다.

그 당시 약품이 귀했던 시골에서는 여름만 되면 콜레라나 장티푸스 환자가 자주 그리고 많이 발생하여 격리되기도 했다.

콜레라는 '호열자' 라고도 불렀는데 격심한 구토와 설사가 주 증상으로 나타나 하루에 20회~30회에 이르는 설사 때문에 환자들은 탈진되기 마련이었다.

또 장티푸스는 '장질부사' 라고도 했는데 고열이 아침과 저녁 주기적으로 약 1개월간 계속되므로 속칭 '날 수 많은 병' 이라고도 했다. 심하면 머리카락이 빠져 머리숱이 듬성듬성하거나 귀가 먹어버리는가 하면 '티푸스' 란 말이 '안개' 란 뜻이 있듯이 마치 의식이 안개 같이 흐릿하게 되어 헛소리까지 하였다.

말하자면 설날 밤에 신발 훔치기 장난을 통해 이튿날 이런 병을 앓게 될 거라고 꼬마들을 마냥 골려 주었으니 그들은 또 얼마나 겁을 먹었으며 또 우리 또한 내심으로 얼마나 겁을 먹는지 모른다. 순사나 물레귀신보다도 또 호랑이보다도 더 무서웠다.

그러나 오늘날 아이들은 과연 무엇에 겁을 먹고 있는 것일까. 그것은 아마도 동네 불량배들이나 사람 목숨을 파리 목숨처럼 생각하는 떼도적이나 유괴범이 아닐까.

| 이야기의 산실―사랑방 |

사랑방 이야기라면 우선 떠오르는 것이 〈사랑방손님과 어머니〉(주요섭 작, 1935년 발표)란 단편이다.

주인공은 여섯 살 난 어린 딸 하나를 두고 혼자 살고 있는 스물 다섯의 청상과부이다. 어느날 남편의 옛 친구가 학교 선생으로 부임하여 이 과수댁에서 밥을 부치며 사랑방에 거처하게 된다. 이 과정에서 젊은 남녀 사이에 말없이 오고 갔던 핑크빛 연연한 사랑의 가슴앓이가 주된 내용이다.

사랑방 특히 과수댁의 사랑방은 아련한 정화(情話)가 꽃필 수 있는 장소였다. 그리고 떠돌이들에게는 하룻밤 공짜로 묵어가는 동네방이기도 했다.

아스라히 먼 옛날에는 동가식(東家食) 서가숙(西家宿)하던 '매분구(賣粉嫗)' 라는 직업을 가진 여인들이 곧잘 하룻밤 신세를 지는 곳이었다. '매분구' 란 화장품을 이고 다니면서 가가호호 방문 판매를 하던 여인들의 직업명인데 약 300년 전 조선조 숙종 때부터 생겨난 직업이라고 한다. 지금으로 말한다면 화장품 방문판매원인 셈이다. 이들은 주로 과수댁 사랑방 신세를 지기 마련이었다.

이 '매분구' 의 전통은 신문물이 들어온 근대 이후부터는 이른바 '방물장수' 가 이어받았다. '방물장수' 란 여자들의 일상생활에 필요한 물건들을 팔러 다녔던 행상을 지칭한다. 주로 노파들이 이 행상을 했는데 이들은 연지·분·머릿기름 등의 화장품을 비롯하여 거울·빗·비녀 등의 장식물과 바느질 그릇에서 패물에 이르는 잡다한 물건들을 커다란 보퉁이에 싸서 등에 지고 행상을 하였다. 그들은 여염집 여인들에게 세상 물정이나 이 동네 저 동네에서 떠돌아다니던 흥미 만점의 이야기들을 전하여 주는 정보매체 구실도 했으며, 나아가 특수한 심부름을 하는 중개자 노릇도 하며 역시 주로 과수댁 사랑방 신세를 지며 떠돌아다녔던 것이다.

또 이 사랑방은 봇짐장수나 등짐장수 같은 이른바 보부상들이 하룻밤 쉬어 가는 곳이기도 하고 단순한 떠돌이 유랑패를 비롯하여 떼를 지어 돌아다니며 소리와 춤을 팔던 '여사당패' 나 '남사당패' 들이 묵어가던 곳이기도 했다. 이러다 보니 지난 시절의 사랑방은 그야말로 구수하고 흥겨운 이야기의 산실(産室)이 아닐 수 없었다. 대체로 사랑방은 모이는 연령층에 따라 '아사랑' '중사랑' '노사랑' 으로 나뉘어진다.

청소년층이 모이면 '아사랑' 이요, 중장년층이 모이면 '중사랑' 이며, 노년층이 모이면 '노사랑' 이었다. '아사랑' 인 경우에는 모여서 팔씨름이나 다리씨름 등 힘겨루기를 하기도 했고 또 어른들의 흉내를 내어 도둑담배를 피워 보는 곳이기도 했으며, 뒷집 순이의 오줌 싸는 소리가 어떠하더라든지 또는 보리밭에서 소변보는 점순이의 엉덩짝을 보았다느니 하면서 낄낄거리던 곳이기도 했다.

'중사랑' 에는 동리의 큰 머슴들이 잘 모이는 머슴방이 있었고 또 머슴을 부리는 주인들만이 모이는 어르신네방이 있었다. 큰 머슴들이 모이는 방에서는 새끼를 꼬거나 짚신을 삼으며 걸죽한 음담패설들이 오 갔으며, 어르신네들의 방에서는 두레나 품앗이 같은 공동작업이 논의 되기도 했고, 관혼상제에 따른 상부상조도 발의되곤 하였다. 특히 '중 사랑' 은 과객(過客)이나 떠돌이 장사꾼들이 하룻밤 이용하는 곳이기도 하여 정보 센터의 구실을 톡톡히 하였다.

'노사랑' 은 마을의 관혼상제의 절차에 따른 일체의 일을 자문해 주 는 곳이기도 했으며, 마을의 미풍양속에 어긋나는 일을 한 사람을 다 스리는 곳이기도 했다.

한때는 우리 집 사랑방도 마을의 원로원 구실을 했다. 그러나 할아 버지와 아버지가 돌아가시고부터 낮으로는 내 친구들이 모여 온갖 장 난을 하는 '아사랑' 으로, 밤으로는 동네의 머슴방으로 변했다.

우리 집 부근에는 '중사랑' 이 있었다. 간혹 우리 어린이들은 중사랑 의 귀퉁이에 끼어 앉아 재미있는 이야기를 귀동냥하기도 했다.

특히 겨울밤에는 이곳에서 어른들이 '단자(單子)' 를 써주면 우리 같 은 어린애들이나, 꼴머슴들이 상가(喪家)나 결혼 잔칫집 또는 그 날 밤 제사가 든 집으로 심부름을 가기도 했다. 조의나 축하를 한다는 내용 인데 대문이나 사립문 앞에서 '단자 왔습니다' 라고 외치면 조금 지나 사람이 나온다. 어느 사랑방에서 온 '단자' 라고 신고하고 '단자' 종이 를 내밀면 얼마 안 있어 큰 함지박에 먹음직스런 음식을 가득 차려가 지고 나온다. 그것이 곧 그날 밤의 야참이 되곤 했던 기억이 생생하다. 지난 시절 시골에서 맛볼 수 있었던 재미있는 풍속 중의 하나였다. 또 때로는 돈을 추렴하여 닭을 잡아 야밤 간식을 해 먹던 곳이기도 했다.

아무튼 이제는 대부분의 시골 사랑방이 그 기능을 잃은 지 오래다. 청장년들이 대거 대처로 나가 버렸으니 '중사랑' 이 있을 리 없고 기껏 명맥을 유지한다면 '노사랑' 이 아닐까 싶다. 그러나 이 '노사랑' 도 옥 종면에 16개 경로당이 생겼다 하니 파리를 날리리라 본다.

그리고 설사 청장년들이 있는 마을이라 할지라도 이제는 집집마다 텔레비전과 신문이 들어오고 있으니 사랑방이 정보 센터의 구실을 할 필요가 없도록 시대도 변해 버렸다.

세월의 무상함을 이 사랑방 이야기에서 다시 한 번 느끼고 있다.

| 다용도 할아버지 담뱃대 |

조선 사람들의 긴 담뱃대를 처음 본 아라사(러시아) 사람들은 그것을 퍽 기이하게 생각했던 모양이다.

그래서 다음과 같은 에피소드가 생겨났다.

대체로 선진국 사람들이 남의 나라에 들어갈 때에는 자국의 무장한 군대를 앞세우고 그 뒤를 호위 받듯 따라 들어간다. 개인의 경우라면 피스톨이나 그 밖의 호신용 무기를 지니고 나서야 안심하고 드나들기 마련이다.

이런 사실을 잘 알고 있는 아라사인들이 보기에는, 어떻게 된 셈인지 조선인들만은 군대의 원호도 없으면서 몸에 아무런 호신용구도 지니지 않고 오직 담뱃대 하나씩만을 들고 편편단신(片片單身)으로 만주나 시베리아의 넓은 들을 횡행활보하니 이상한 수밖에 없었을 것이다.

그들은 그 담뱃대 속에는 반드시 비상용 장치가 설치되어 있어 평시에는 담뱃대로 사용하다가 신변의 위험이 닥쳤을 때 그 설대 속에서 6연발 혹은 10연발의 탄환이 튀어나올 수 있도록 고안된 것이 아닐까 하는 추측도 했다는 것이다.

어느 날 그들은 담뱃대를 해체하여 예리한 칼로 설대를 해부해 보았다. 그런데 이게 웬일인가. 발사 장치가 내장되어 있겠지 하는 짐작과는 달리 악취만 나는 니코틴(댓진)만 차 있었으니 자못 실색하였다는 얘기다.

사실 아라사 사람들이 해부해 본 것처럼 조선인의 담뱃대에는 비록 공격용 장치는 없다 할지라도 가만히 그 용도를 관찰해 보면 호신용 내지 공격용 도구 역할이 전혀 없는 것도 아니다.

나의 할아버지의 담뱃대는 길고 길기만 했다. 사랑방에 앉아서 멀리 있는 화롯불에 불을 붙여 입에 무시던 모습이라든지 또는 성냥불을 켜서 한쪽 팔을 한껏 펴서야 간신히 불을 붙이던 모습들이 지금도 눈에 선하다.

머슴들의 짧은 곰방대의 편리성에 비하면 길어서 거추장스럽고 불편해 보였지만 그것은 '에헴'의 권위와 위엄의 상징을 떠나 우선 그 용도의 다목적성에 놀라지 않을 수 없다. 가히 무소부지(無所不至), 무소불능(無所不能), 무소불위(無所不爲)였다.

담뱃대하면 맨 먼저 떠오르는 기억이 있다. 어릴 때 나는 심부름을 잘못했다 하여 또는 시키는 대로 하지 않았다 하여 등짝 아니면 머리통에 담뱃대로 매 세례를 받곤 했다.

이제 가만히 생각해 보니 왜 조선의 양반들이, 아니 나의 할아버지가 그렇게 장죽을 애지중지했는지 그 이유를 알 것 같다. 할아버지의 장죽은 영국인의 스틱(단장, 短杖)과 그 다목적의 용도가 너무나 흡사했다고나 할까.

영국인의 스틱은 기사계급의 몰락과 함께 검(劍)의 유행이 끝나고 신사계급이 대두하자 차츰 유행하기 시작했다. 신사의 체면에 위협적인 칼을 차고 다닐 수는 없는 노릇이 아닌가. 외형이 검에 비해 젠틀해 보이는 스틱이 양복에 안성맞춤이다 보니 널리 유행을 한 것이다.

스틱은 몸을 의지하는 지팡이 본래의 용도만이 아니라 검의 대용으로도 사용되었다는 이야기이다.

그러나 이 지팡이는 상대를 위협하거나 공격하는 칼의 대용으로만 끝난 것이 아니다. 졸지에 세워 두었던 마차를 부르거나, 중요한 지형지물(地形地物)이나 어떤 장소를 가리킬 때 또는 분을 풀 길이 없어 공중이라도 휘갈길 때, 그런가 하면 무례한 자를 내려치는 막대기로 또는 자기 쪽으로 물건이나 사람을 끌어당기는 갈고리로써 참으로 유용하게 이용하였다.

이런 역할을 할아버지의 담뱃대도 멋지게 해 주었다. 어쩌면 영국인의 스틱보다도 그 용도가 더 다양했다. 혹시 시비가 붙었을 때라면 양반의 체면에 주먹질을 할 수 없으니 위협조의 주먹 역할, 말썽꾸러기의 손자들에게 불호령을 내리는 매 역할, 놋재떨이를 땅땅 때리며 분을 삭이는 배설기 역할을 잘도 해 주었다.

그런가 하면 손아래 사람을 부르는 무언의 신호기 역할, 머슴에게 일을 시킬 때에는 이래라 저래라 하면서 일머리를 틀어주는 지휘봉 역할, 위치를 묻는 낯선 사람에게는 지시봉의 역할, 그리고 심심해서 시간을 주체하지 못 할 때라면 파한(破閑)하는 기분으로 담뱃대를 분해해 놓고 댓진을 털어내고 닦아내니 어른용 장난감 구실도 톡톡히 해 주었다.

이뿐이랴. 등이 가려울 때면 효자손 역할까지 해 주었으니 감히 영국인의 스틱이 이 일을 감당해 줄 수 있었겠는가.

할아버지 아니 우리의 신조들은 담뱃대 하나만 쥐고 있으면 이렇게 만사형통이었다.

이런 기능을 미처 몰랐던 아라사 사람들은 담뱃대를 그 얼마나 기물(奇物)로 보았기에 해부까지 다 해 보았으랴.

그 다목적성으로 보아 구태여 우리의 선조들에게는 별도로 호신용

소지품이 필요치 않았을 것이다. 담뱃대의 무장은 일본의 사무라이들이 차고 다니던 칼에 버금갔고 또 서양인들이 곧잘 소지하고 다녔던 잭나이프나 권총에 버금갔다.

담뱃대 만세!

| 진달래꽃의 사연 |

내 고향 하동 옥종의 봄은 먼 논벌에서부터 왔다. 바다에 면한 어촌이 아니라 오로지 농사에만 의존하던 시골이라 산바람과 함께 가난한 마을에도 해마다 봄은 찾아왔다.

논벌에서 고동을 주워먹으려고 끼룩거리며 찾아들던 두루미나 황새 떼들이 어디론가 자취를 감추면 서서히 봄은 찾아오는 것이었다.

논두렁에는 쑥이 파랗게 돋아나고 들에는 냉이, 소루쟁이, 씀바귀, 질경이, 달래, 비름이 돋아나면 댕기머리를 한 처녀들은 봄 아지랑이의 유혹에 못이긴 듯 나물 캐러 간다고 들로 산으로 나가기 시작했다.

내 또래의 어린 조무래기 소년들도 이에 뒤질세라 삼삼오오 떼를 지어 들로 산으로 봄맞이를 나갔다.

어언 60년이 흘러간 옛 시절의 이야기가 떠오른다. 먹을 것이 귀한 시절이라 우리들은 봄의 미각을 입안에 주워 담거나 봄을 따먹으러 열심히 들로 산으로 헤매어 다녔던 것이다. 일종의 군것질 사냥(?)인 셈이다.

들판에 나가 양지 바른 쪽의 흙 속을 파헤치면 국수발같이 생긴 하얀 '메'가 쏟아져 나온다. '메'란 메꽃의 뿌리인데 식용이나 약용으로 쓰인 만큼 우리들에게는 근사한 사냥감이 아닐 수 없었다.

그리고 머슴들이 무논바닥을 쟁기로 갈아 누일 때면 바싹 그 뒤를 따라다니면서 무슨 큰 보물이라도 줍듯 올무를 주워 먹어대곤 했으며 논두렁에 돋아난 삐러기를 뽑아 먹기도 했다. 이런 일에 지치면 뒷동산으로 올라가서는 찔레순을 꺾어 껍질을 벗겨 먹거나 소나무 가지를 꺾어 송기를 해 먹기도 했다.

그러나 이런 것보다 더욱 강한 인상으로 나의 뇌리에 남아 있는 추억은 꽃 따먹기의 습속이었다.

바람과 하늘을 보며 자란 천진한 소년들은 봄이면 뒷동산에 올라 울긋불긋 교태를 부리는 진달래꽃을 찾아 꽃 따먹기에 더 없는 매력을 느꼈다. 개꽃이다 참꽃이다 하여 참꽃 찾기에 여념이 없었고 해거름이 되어서야 비로소 소년들은 진달래꽃(참꽃)의 시큼한 미각을 한입 가득히 느끼며 흙투성이가 되어 집으로 돌아오곤 했다. 그리고는 왜 사람들이 같은 진달래과에 속하는데도 참꽃보다 더 아름다운 철쭉꽃을 '개꽃'이라 이름하는가에 의념을 품은 채 그대로 잠들기도 했다.

꽃을 먹는 소년. 이제서야 나는 그 추억의 비밀을 알 수 있을 것 같다. 가난했던 지난 시절, 어른들은 '먹을 수 있는 것'과 '먹을 수 없는 것'을 '참'과 '개'란 접두어로 구별했던 모양이다. 개비름이 그렇고 개고사리, 개머루, 개쑥갓이 모두 그렇지 않은가. 꽃의 아름다움이 판단의 기준이 아니라 먹을 수 있느냐 없느냐에 따라 진달래과의 꽃도 '참꽃'과 '개꽃'으로 구별된 것이다. 그래서 아름다운 '개꽃'은 일부러 피해가며 열심히 '참꽃'을 찾아 헤맨 것이다.

넉넉한 환경 속의 외국 아이들이 초콜릿과 케이크로 위를 즐겁게 해 주고 있을 때, 그리고 형편이 좋은 도시의 아이들이 비가와 구슬사탕으로 입안의 침샘을 자극시켜 주고 있을 때, 보릿고개의 한숨소리를 들어온 시골의 가난한 아이들은 꽃을 따먹으면서 허기진 위의 무게를 가늠하려 했던 게 아닐까.

그렇다. 꽃이나 풀을 보면 항상 먹는 것을 연상했던 가난한 할아버지와 아버지가 아니었던가. '개구리밥' '꿩의 밥' '떡버들' '떡쑥' '떡진달래' '며느리밥풀꽃' '바위떡풀' '국수버섯' '국수나무' 란 이름에는 서러운 훈장처럼 떡, 국수, 밥 등이 자주 등장하지 않았던가.

이런 서글픈 환경 속에서 자라난 시골의 아이들도 언제부터인지는 모르지만 봄이면 꽃을 꽃으로서가 아니라 먹을거리로 생각하여 꽃 따먹기의 그 슬픈 습속을 배워 온 게 아닐까. 초근목피의 역사에 비하면 꽃 따먹기의 습속은 그래도 낭만성이라도 있었다고 말하면 지나친 자위일까. 아니면 현실에 대한 비극적 아이러니일까.

이제 세상은 너무도 많이 변했다. 부모들의 영양과다 보호로 아이들이 뒤룩뒤룩 살이 쪄가고 집집마다 냉장고에는 먹을 것이 차곡차곡 채워져 비명을 지르고 있는 세상이 아닌가. 어디 그뿐이랴. 어른들 사회에서는 과소비가 문제라고 연일 신문에 대서특필되는 세상이다.

이런 세상에서 잠시 떠올려본 나의 꽃 따먹기 추억은 어쩌면 먼 옛날의 전설 같기만 하다.

내 고향 뒷동산에서는 아직도 철없는 아이들이 봄이면 꽃 따먹기의 놀이를 하고 있을까? 봄이 오면 봄바람에 그 소식부터 물어 보련다.

제2부 나의 악동시절

| 반딧불의 서정 |

　우리나라 사람들의 똥에 관한 연상력과 상상력은 예민하고 유별나다. 벌레 이름과 새 이름만 보아도 온통 똥을 연상시킨 이름이 많다.
　이런 똥의 상상력을 발휘하여 밤하늘의 유성조차 별똥별이라 했으며, 콧방귀를 뀐다고도 했고, 잇똥, 불똥, 귓똥이란 말도 있는 걸 보면 눈꼽똥이나 손톱똥, 그리고 발톱똥이라 하지 않았던 것이 오히려 이상스러울 정도다,
　여기서 개똥벌레란 이름을 한 번 생각해 보자. 물론 일명 반딧불이라고도 불리지만 밤하늘을 호롱불처럼 장식해 주는 이 벌레가 노상 개똥벌레라 불리고, 또 가수 신형원의 노래에서조차 개똥벌레라고 불리고 있으니 좀 억울한 감이 든다.
　개똥벌레는 귀뚜라미와 매미가 수컷만 우는 것과는 달리 암수가 다 발광체를 가지고 있다.

　숲에서 숲으로만/ 무엇을 찾아선지/ 파릇한 불을 달고/ 깜박깜박 떠다니는/ 반딧불 외로운 흐름에/ 어릴 적이 되살아!

이태극 님의 시조다. 나도 반딧불을 생각하면 소년 시절이 생각난다. 발광기에서 나오는 인광을 반짝거리며 여름밤 물가의 풀밭 위를 이리저리 날아다니는 반딧불이야말로 더 없는 여름밤의 서정을 자아내게 하는 밤의 전령들이었다. 우리는 저녁만 먹으면 봇도랑으로 나가 반딧불 잡기에 여념이 없었다. 풋고추들인 우리들만의 놀이가 심심할 때에는 옆집의 순이도 영이도 불러내 마냥 쏘다니며 병에다 잡아넣고선 반딧불을 꺼내어 순이의 이마에도 영이의 이마에도 붙여 주며 좋아라 웃어댔다. 지그시 눈감은 두 볼에다 연지를 찍듯 붙여도 주고, 콧등에다 등불을 매달듯 딜어 주며 내 색시인양 바라보던 천진난만한 시절이었다.

그런 어느 날 밤이었다. 우리는 들판의 한복판으로 흐르는 냇물가로 멀리 원정을 나갔다. 그곳은 저녁을 해먹고 난 후 마을의 처녀들이 하루 종일 흘린 땀을 씻으려고 삼삼오오 몰려 나와 옷을 훌훌 벗어 던지고 등물을 치거나 멱을 감는 은밀한 즐거움이 있는 곳이기도 했다.

반딧불을 찾아 나선 우리들은 멀리 몇 점의 불들이 깜박이고 있어 그곳을 향해 살금살금 걸어갔다. 냇물 저쪽에서는 깔깔거리는 웃음소리가 나고 텀벙텀벙 물 헤엄치는 소리도 들렸다.

풋고추들이라 해서 호기심의 발동이 없으란 법은 없다. 아랫도리에서 이상한 힘이 뻗칠 나이는 아니지만 야릇한 흥분을 느끼며 그곳으로 가보았다. 처녀들은 까르르 웃어댔다. 아마도 알몸으로 멱을 감는 처녀들이 서로서로 등을 문질러 주다가 어느 민감한 부위에 손이 닿았는지 자지러지듯 웃어댔다. 금단의 지역을 염탐하는 꼬마 기사처럼 더욱 가까이 접근해 가보았다.

그런데 이게 웬일인가. 가까이 가보니 멀리서 깜박이던 불빛이 반딧불이 아니라 담뱃불들이 아닌가. 먼발치에서나마 멱감는 처녀들의 알몸을 훔쳐보려고 미리부터 은밀히 숨어든 동리의 총각들이 담배를 뻐

끔대고 있었다. 숫내를 피울 만한 총각들이 달아오르는 그 숫기를 못 참아 차마 불한당처럼 달려들지는 못 하고 담배로써 삭임질을 하고 있었다고나 할까.

우리에게 돌아가라는 신호를 재촉하듯 보내왔다. 훔쳐보기가 심히 부끄럽기도 했겠지만, 자기들만의 그 행복한 순간을 더 만끽하고 싶었을 테니까. 우리들은 도둑고양이 앞의 생쥐처럼 슬금슬금 뒤로 피해 나오지 않을 수가 없었다. 돌아오는 길에 생각해 보았다. 처녀들의 물기 머금은 허어연 살결이 달빛을 받아 번들거릴 때 그들은 그 얼마나 담배연기를 내뿜으며 한숨을 내쉬었을까 싶었다.

그 후 우리들의 풋고추도 차츰 약이 올라갈 때쯤 되자 여름밤이면 그곳을 찾아가 총각들의 그 훔쳐보기 흉내를 내보곤 했다. 짜릿한 충동이었다.

사람들에게는 어른 아이 할 것 없이 훔쳐보기의 본능적 충동이 있나 보다. 김홍도의 풍속화 〈빨래터〉란 그림을 보면 허벅지를 내놓고 앉아서 빨래하는 여인과 감은 머리를 빗질하고 있는 여인 등 네명의 여인이 있고 점잖은 양반인 듯한 사람이 부채로 얼굴을 반쯤 가리고는 도둑고양이처럼 그 장면을 엿보고 있다. 그리고 신윤복의 풍속화 〈단오풍정(端午風情)〉에는 여인들이 젖가슴을 내놓고 머리를 감거나 세수를 하는 장면을 두 소년이 생쥐처럼 엿보고 있다.

그러고 보면 소년 시절의 나도 목욕터의 피핑 탐(Peeping Tom, 훔쳐보는 아이)이었나 보다. 옷을 숨기는 짓궂음은 없었으니 우량급(?)이었다고나 할까. 우리의 설화 〈선녀와 나무꾼〉에 나오는 나무꾼이나 인도의 세계적 그림 〈목욕하는 목녀들의 옷을 훔친 크리슈나〉와 같은 용기(?)도 없이 그저 호기심 많은 '훔쳐보는 소년' 이었던 때도 있었구나 싶다. 무심히 흘러간 세월을 뒤돌아 보며 나는 흠칫 놀라고 있다.

| 처음 본 양코배기 |

　해방이 되었다. 초등학교 1학년 때였다. 이북에는 소련군이, 이남에는 미군이 해방군으로 들어온다는 소식이 어른들의 입을 통해 나돌기 시작했다.

　해방이 되고 약 한 달이 지났을 무렵이었다. 진주에 나갔던 사람들이 시가지의 곳곳에 미군을 환영한다는 아치를 구경하고 왔다는 소식도 들렸다. 조무래기 우리들은 과연 미군이 어떻게 생겼을까 하고 무척 기다려지기도 했다.

　그런 어느 날 아침이었다. 학교에 등교하고 보니 우리 면에도 미군들이 들어와 있더라고 입에 침을 튀겨가며 열심히 설명하는 몇몇 친구들이 있었다. 등굣길에 보았는데 한 길가 야산에다 텐트를 쳐 놓고 있더라는 것이나.

　나중에 안 일이지만 소련군은 8월 22일에 이미 평양에 들어와 있었는데 미군은 9월 8일에야 겨우 인천에 상륙했으니 내가 살았던 시골 같은 곳에서 미군을 구경하기란 상당한 시일이 흐른 뒤일 수밖에 없었다.

그동안 나는 우리 집 앞의 포구나무 밑에서 소련군에 관한 이야기며 미군에 관한 이야기를 어른들의 어깨너머로 심심찮게 얻어 들었다.

소련군을 '로스케' 라 하면서 그들은 지금 이북의 해방군으로 들어와 젊은 부녀자들을 강간하고, 시계를 빼앗아 손목에서 팔뚝까지 주렁주렁 차고 다니며, 태엽을 감을 줄 몰라 시계가 멎으면 고장난 줄 알고 버린다는 이야기도 들었다. 그리고 그들은 해바라기 씨 먹기를 무척 좋아하며, 고추를 보고 그냥 먹는 과일로 생각하며 깨물어 먹고는 매워서 자기 볼을 쥐어뜯으며 펄쩍펄쩍 뛰더라는 이야기도 들었다.

이러한 이야기들 중에는 민족적 의분(?) 때문인지 '그것 참 고소하구나' 싶은 이야기도 끼여 있었다. 소련군들이 밤에 부녀자들을 겁탈하는 데 감정을 품은 이북 청년들이 밤이 되면 골목에 숨어 있다가 혼자 걸어가는 소련병에게 날쌔게 달려들어 박치기로 때려눕히는 이른바 '로스케 사냥질' 을 한다는 이야기였다.

미군에 대해서는 머리가 노랗고 눈이 파라며 키가 크고 그들의 자지는 말자지 만큼이나 크다라는 우스갯소리도 들었다. 미군들도 여자를 좋아하기 때문에 미군이 오면 특히 젊은 여자들은 얼씬도 해서는 안 된다는 소리도 나돌았다. 그러나 이런 소문은 남로당 계열에서 퍼뜨린 흑색선전인 것을 나중에야 알았다.

아무튼 미군이 우리 면에 와 있다기에 우리는 수업을 마치고 그들의 야영 장소로 떼를 지어 가 보았다. 초등학교에서 그렇게 멀지 않은 곳이었다. 한 길가 야산에 텐트를 쳐 놓은 것이 보였고 여기저기 군용트럭이 보였다. 일제 도요타 트럭은 이미 보아왔지만 그들의 군용트럭(GMC)은 덩치가 매우 커 보였다. 쓰리쿼터도 한 대 있고 또 지프차도 한 대 있었다. 이삼십 명의 병사들도 보였다.

우리는 도둑고양이처럼 힐끔힐끔 눈치를 봐가며 다가갔다. 무슨 말인가를 하는데 물론 영어인 것만은 분명하지만 무슨 소리인지 통 알아들을 수가 없었다. 그들은 뭔가를 질겅질겅 씹으며 우리에게 손을 흔들었다. 안심한 우리는 송사리떼 모이듯 그들의 텐트 쪽으로 더욱 가까이 가보았다.

난생 처음 보는 사람들이었다. 백인 병사는 그렇다 치더라도 간혹 눈에 띈 흑인 병사들은 왜 그렇게 흉물스럽게 보였는지 내심 겁이 나기도 했다. 도대체 지구상에 이런 인종도 있는가 싶도록 얼굴과 손이 온통 숯검정 색깔인데 뜻밖에도 웃을 때만은 흰 이가 드러나 참으로 묘한 대조를 이루었다.

간혹 백인 병사나 흑인 병사 중에서는 지나가는 여자들을 보고 손을 흔들기도 하고 또 입에 손가락을 넣어 휘파람을 불기도 하는데 그것이 일본말로 '히야까시(희롱)'를 하고 있는 것이라는 것쯤은 단번에 알 수 있었으나 자기 손을 입술에 대었다 떼었다 하는 행동은 무엇을 뜻하는지를 도무지 알 재간이 없었다. 그것이 키스 사인이라는 것을 알게 된 것은 중학교에 들어가서였다.

그날 우리는 조그마한 횡재를 했다. 식민지의 어린이로서 자란 우리가 서양에서 물 건너온 바둑껌과 드롭스를 얻어먹었으니 횡재가 아닐 수 없었다. 난생 처음 씹어 보는 껌이었다. 씹다가 삼키면 안 되는 줄을 몰랐던 우리는 단물을 다 빨아 먹고도 그저 꿀꺽 꿀꺽 잘도 삼켰으며, 드롭스는 왜 그렇게 달고 입안에서 향기가 났는지…….

이튿날 껌과 드롭스의 미련 때문에 또 그곳으로 가보았다. 그러나 실망스럽게도 그들은 벌써 다른 곳으로 떠나고 없었다. 서운한 우리는 그들이 버리고 긴 깡통이니 박스도 이게 웬 떡이냐 싶어 열심히 주워 모았다. 물자가 귀했던 시절이라 그것도 큰 선물(?)이었고 뒤에 요긴하게 쓴 기억이 아직도 생생하다.

| 맥아더 장군의 선물 |

　1946년도인지 그 이듬해인지는 확실치 않다. 해방 후의 군정 시절이라고만 기억된다. 그 어느 해 여름이다. 반을 통해 집집마다 뜻밖에도 미군들의 비상양식인 시레이션이 한 상자씩 배급되었다.

　일본으로 징용을 갔다가 돌아온 뒷집 아저씨는 '막카샤의 선물' 이라고 했다. 막카샤는 맥아더를 일본식으로 부른 이름인데 우리도 처음에는 막카샤라고 하다가 그 뒤에 영어식으로 '맥아더의 선물' 이라고 고쳐 말했다.

　그도 그럴 것이 태평양전쟁 당시인 1942년에는 맥아더가 태평양지구 총사령관이 되었고, 1944년에는 원수로 진급되었으며, 1945년 9월 2일에는 미주리호 함상에서 일본 천황으로부터 항복 문서에 조인을 받은 장본인으로서 일본 점령 연합군 최고사령관으로 있었으니 많은 사람들이 그 당시의 미국 대통령 이름은 몰라도 맥아더란 이름은 이미 알고 있었다.

　이 시레이션 박스를 받아든 38 이남의 사람들은 36년간의 일제하에서 배를 곯고 살았기에 우리를 해방시켜 준 점령군 사령관이 주는 선물이라 생각하여 쉬운 말로 '맥아더 장군의 선물' 이라고 통칭했다. 돌이켜보면 그것은 전쟁이 끝났으니 군용 비상식량인 시레이션을 비상용으로 싸 놓고만 있을 것이 아니라 승전의 선물로 인심이나 쓰자는 뜻에서 나온 발상이 아니었나 싶다.

상자에는 별것이 다 들어 있었다. 바둑껌 · 가루우유 · 종이팩에 든 커피 · 쇠고기 캔(그 당시 일본식으로 '간스메' 라 했다.) · 대두(大豆) 캔 · 구슬사탕 · 치약 · 담배 · 딱성냥 · 설탕 · 비스킷 · 초콜릿 · 치즈 등 가지가지였다.

특히 어린 우리들의 눈을 번쩍 뜨이게 해준 것은 빨강 파랑 노랑 등 오색 영롱한 유리알 같은 구슬사탕이었다.

한 편 무엇을 먹는지 몰라 해프닝도 일어났다. 글자란 글자는 모두 꼬부랑 글씨(영어)였으니 까막눈인 시골 사람들이 알 턱이 없었다.

오프너가 통마다 부착되어 있었는데도 깡통 따는 법이 말 그대로 깡통이라 식칼로 뚜껑을 따서 소고기나 콩 통조림을 꺼내 먹었는가 하면 치약도 처음 보는 튜브식 연고 치약이라서 치약인 줄도 모르고 짜내어 먹다 보니 맛이 이상해 그냥 두기도 했고, 팩에 든 가루커피를 뜯어 맛을 보니 씁쓰레 해서 내버린 사람도 많았다. 치즈 역시 검검찝찔한 맛에 비위가 상하여 버린 사람도 있었다. 바둑껌은 달짝지근 맛이 좋아 열심히 씹다가는 그대로 꿀꺽꿀꺽 삼킨 사람도 허다했다.

실로 온 남한이 처음 맞아본 외국 식품 문화에 대한 충격이었다. 집집마다 어른들은 무엇이 들었는지를 확인하고 조금씩 맛이나 보다가 코쟁이 음식이라 비위에 맞지 않는다고 거들떠보지 않자 모두가 어린애들 차지였다.

코흘리개요 까까머리였던 우리 집의 세 숙질도 어떻게 먹어야 하는지 모르는 물건들 때문에 역시 쩔쩔매고 있었다.

그러는 사이에 마침 먼 친척뻘 되는 총각 아저씨가 이미 몇 집을 들러 먹는 법을 가르쳐 주고 우리 집까지 찾아왔다. 그는 해방이 되자 부산으로 내려가서 잠시 미군 부대의 하우스보이 노릇을 한 적이 있어 그 방면에는 가히 전문가요 도사였다. 그때처럼 그의 능력이 빛난 적은 그 전, 그 후에 걸쳐 한 번도 없었다. 그의 말에 귀가 쫑긋쫑긋했다. 사용법에서부터 먹는 법까지 가르쳐 주며 치즈는 무엇으로 만들며, 우유와 커피는 끓여서 설탕을 넣어 먹어야 된다느니 제법 초콜릿 영어도 섞어가며 한바탕 식품학 강의(?)를 늘어놓았다.

그리고 곁들여 딱성냥 사용법도 가르쳐 주었다. 성냥약이 필요없다며 직접 마루의 기둥에다 대고 픽 그리고 보니 '딱' 하는 소리가 나며 신기하게도 불이 붙는 것이 아닌가.

성냥이 귀해서 시골에서는 불씨를 소중히 간수하던 시절이었다. 관솔을 잘게 쪼개서 불쏘시개나 성냥 대용으로 했는가 하면 사제 성냥을 만들어 쓰기도 했는데 제릅 성냥이라 했다. 껍질을 벗긴 삼나무의 속대를 제릅이라고 하는데 그것을 10센티미터 정도의 길이로 가늘게 쪼개서 그 끝에다 유황 덩어리를 녹여서 묻힌 성냥이다. 불씨에 갖다대면 불이 붙었다.

불씨조차 꺼지면 부싯돌이 고생을 해야 했다. 국산의 속칭 '용개라이터' 라는 것이 처음 선보인 것은 그보다 훨씬 후(50년대 전후)의 일이었다.

이런 시절에 딱성냥을 보았으니 귀물(貴物)이었고 손노략질감으로도 최고였다.

그리고 보니 어느덧 '맥아더 장군의 선물' 이라던 그 시레이션 박스를 받은 지도 어느새 60년이 지났다.

그 당시는 이 시레이션 때문에 대다수의 국민들이 어른 아이 할 것 없이 가벼운 식품문화의 충격을 받았는데 이제는 그런 입맛에 길들여져 가히 입맛의 국제화가 된 세상이다. 외식 산업이란 간판이 붙은 곳을 가보아도 온통 서양 것이 판을 친다.

입맛이란 참으로 간사하여 주체성도 없는 것 같다. 우리의 주체적 입맛을 되찾는 노력이 있어야 할 것 같다. 김치나 된장을 웰빙식품이라 하지 않는가. 더 찾아보면 더 많은 웰빙식품이 있으리라 본다.

백아더 장군의 선물 >>>>

| '마카오 신사' 시대 |

일제 때는 양복쟁이들을 두고 곧잘 '하이칼라 신사'라고 했다. 그 당시에는 와이셔츠의 칼라에 빳빳하게 풀을 먹여 유달리 칼라가 높아 보이도록 했기에 의복의 한 부분의 특징을 따 그렇게 말했다.

'하이칼라 신사' 시대인 일제 때에는 한반도 양복 유행의 주도권을 일본인 양복점인 '정자옥(丁子屋)'이 잡고 있었다. 이 양복점은 선전 활동도 활발히 했는데 계절마다 서구의 유행 스타일을 곁들인 광고를 하여 멋쟁이들의 관심을 끌었다.

그 당시 양복 고객들은 거의 관리거나 교육자 또는 부자와 상인 그리고 부잣집의 귀공자에 한정되어 있었다.

돈 있는 사람들은 계절과 취향에 따라 트렌치코트, 체스터필드코트, 스프링코트도 해 입었고 중절모와 맥고모자도 즐겨 썼다. 그리고 상하복으로 싱글이나 더블 슈트 외에도 상하가 다른 세퍼리츠도 즐겨 입었다. 특히 흰 바지의 유행은 우리 풍토의 한 특징이기도 했는데, 짙은 색 상의에 받쳐 입은 흰 바지의 앙상블은 가히 그 시대의 최첨단의 멋이기도 하여 부러움을 사기도 했다.

‘하이칼라 신사’ 시대가 지나자 곧바로 ‘마카오 신사’ 시대가 왔다. 해방과 동시에 미군의 진주와 군정 그리고 정부수립에서 6·25 발발 이전의 약 5년간을 이런 시대로 분류할 수 있는데 이 기간에 ‘마카오 신사’ 란 유행어가 생겨났기 때문이다.

‘마카오 신사’ 시대에 양복점에 나도는 양복지들은 모두 합법적인 것이 아니었다. 미군 부대에서 부정 유출된 서지(serge)는 물론 홍콩과 마카오에서 들어온 복지들도 모두가 밀수품이었다.

그 당시 신사의 대명사가 바로 ‘마카오 신사’ 란 유행어였다. 복지의 최대 밀수 유통 경로가 마카오이다 보니 붙여진 이름인데 이 말은 곧 영국제로 양복을 지어 입은 최고의 멋쟁이라는 뜻이었다.

이 시대의 양복의 기본 실루엣은 미국형이건 유럽형이건 더블단추로 된 싱글 슈트였지만 이 시대를 대표할 수 있었던 최고의 패션은 ‘로마에’ 라고 불렀던 더블 브레스트였다.

영국제 복지로 지은 뾰족한 깃과 두 줄 단추의 상의에다 포켓치프를 꽂고 색안경과 파이프를 물고 있는 모습은 바로 멋의 결정판이나 다름없어 뭇여성들의 가슴을 설레이게 했다. 그리고 멋은 내고 싶지만 돈이 없는 청장년들은 얼마나 한숨을 내쉬었는지 모른다. 맞춤 옷값이 너무 비싸 그야말로 그림의 떡이었다.

가령 ‘한국경제연표’ 에 나타난 자료에 의하면 1949년 10월 1일 현재, 양복 한 벌의 맞춤 시세는 12만원, 기성복 1만8천원~5만원인데, 같은 해 10월 29일에 세 배 인상된 공무원 봉급이 대통령 15만원, 장관 9만원, 5급 공무원 1만8천 원이었으니 대충 어림짐작이 간다 하겠다.

마침내 ‘마카오 신사’ 시대가 가고 드디어 ‘구제품 신사’ 시대가 왔다. 6·25전란 중 피난 시절의 부산의 도떼기시장에는 헌옷이나 외국에서 들어온 구제품 옷 장사들이 들끓었다. 그리고 수복 후 남대문이나 동대문 시장으로 그 본거지가 옮겨져 온 후에도 마찬가지였다.

　이 시대를 적어도 양복문화사에 있어서는 '구제품 신사' 시대라 이름할 수 있다. 당시의 신문을 보면 구호품의 도착에 관한 기사나 옷을 재생해서 입는 방법 등에 관한 글이 자주 소개되었는데 서울이나 부산 그 어디서나 구제품 시장 주변에는 헌옷 수선집이 벌집처럼 들어서 있었다.

　'하이칼라 신사' 시대건 '마카오 신사' 시대건 또 '구제품 신사' 시대건 모두 외제를 걸친 시대였다.

　그러다가 처음으로 '국산품 신사' 시대가 열렸다. 1956년부터 국내 시장에 첫선을 보이기 시작한 제일모직의 양복지가 수요의 폭발을 가져오자 뒤이어 대한모방, 한국모방 등이 설립을 서둘러 명실상부한 국산양복지의 새로운 시대를 맞게 되었고 차츰 양복도 대중화되기 시작한 전후 사정이 있다.

한국인으로서 유사 이래 처음으로 보통 · 직접 · 비밀 · 평등 선거로 전국민(남한)이 참정권을 행사한 것은 1948년 5월 10일에 있었던 제헌 국회의원을 뽑는 총선거였다. 처음 행사해 보는 참정권이라 모든 국민이 지대한 관심을 가졌다. 그 결과 투표율도 평균 93퍼센트에 달했다.

제일 투표율이 낮은 지역이 경기도와 제주도였는데 그것도 모두 약 90퍼센트의 투표율을 보였으며 제일 높았던 지역은 강원도로서 98퍼센트였고 그 다음이 경남인데 96퍼센트란 투표율을 기록했다.

드디어 200명의 제헌국회의원이 탄생되었다. 한국 역사상 최초로 성립된 제헌국회는 1948년 5월 31일에 개회를 함으로써 주권 확립의 첫발을 내디뎠는데 제1차 회의는 이날 오후 2시에 부민관(府民館) 자리인 세종로 국회의사당에서 있었다. 이 개회식에 앞서 오전 10시부터 국회의사당에는 입추의 여지없이 몰려든 방청객과 내외귀빈 다수가 참석한 가운데 198명이 한 자리에 모여 국회의 임원을 무기명으로 선출하였다.

최연장자이던 이승만 박사가 임시의장을 맡아 진행한 결과 의장에는 188표를 얻은 이승만 박사가, 부의장에는 116표를 얻은 신익희와 101표를 얻은 김동원이 선출되었다.

그리고 8월 15일에는 정식으로 대한민국 정부수립을 세계의 만방에 선포한 것이다.

그러나 이 제헌국회의 탄생은 피로써 수립된 국회였다. 5 · 10 총선을 전후로 하여 좌익 남로당 계열은 온갖 방해 공작을 획책하였다. 살상자가 846명이 나왔으며 전국적으로 습격과 폭행이 무려 1,047건에 달했으니 그 얼마나 공포 분위기였는지는 가히 짐작하고도 남음이 있을 것이다. 3월 30일부터 선거인 등록이 시작되면서 남로당계는 전국에 비밀 지령을 내려 선거사무소를 습격, 방화, 경찰관서의 습격과 경찰관 가족에 대한 협박 및 상해 등 이루 헤아릴 수 없는 선거 방해 행위를 조직적으로 자행해 온 것이다. 후보의원이 두 명이나 살해되었고 또 부상을 당한 후보의원도 네 명이나 나왔다.

그러나 그 당시 초등학교 4학년이었던 나에게는 남한 천지에서 이런 일들이 일어나는지도 모른 채 그저 처음 보는 민주 선거라니 모든 것이 새롭고 신기해 보였다. 광목으로 만든 입후보자들의 현수막이 요소요소에 걸리고 또 입후보자들의 선전용 포스터가 길가의 담벼락에 붙기 시작했으니 호기심 많은 어린 눈에는 이 모든 것이 좋은 눈요기감이었다. 80퍼센트에 이르는 문맹률이라 '아라비아 숫자 문맹'을 고려해 세로줄의 작대기 개수로 기호를 표기하는 이른바 '작대기' 선거가 도입됐다.

그리고 난생 처음 들어보는 말들이 어른들의 입으로부터 나오기 시작했으니 귀가 쫑긋쫑긋할 수밖에 없었다. 입후보를 '출마(出馬)'라한다든지 또 선거운동원을 '마부(馬夫)'라고 부르던 기억이 새롭다.

그 당시 하동군에서는 6~7명의 입후보자가 있었던 것으로 기억된다. 지금 나의 기억에 남아 있는 분이라면 한학을 했고 생업으로 한약국을 했던 권병률 후보, 후보 중에서 학벌이 최고로 높았던 이상경 후보, 고종철 후보 그리고 한학자로서 유림의 지지를 얻고 있던 강달수 후보 등이 생각난다.

그 당시 누구의 입을 통해서 나왔는지는 몰라도 한참 선거운동 기간 중 우리는 고샅길을 쫓아다니면서 "먹고 보자 고종철" "이상하다 이상경" "감감하다 강달수"라 외쳐대기도 한 기억이 새롭다. 아마 입후보자들 중에서 이 세 후보가 강적이었지 않았나 싶다. 고종철 후보는 다른 사람에 비하여 선거 자금이 충분했기 때문에 유권자들 중에는 마부들로부터 막걸리 대접을 제법 받았을 법하다. 그러다 보니 투표장에서는 누구를 찍건 우선 '먹고 보자'는 뜻에서 그런 말이 생겨났을 것 같다. '이상하다 이상경'이란 말은 그의 과거의 경력으로 보아 제헌국회에는 진출하지 말아야 할 후보가 입후보했으니 이름 그대로 '이상하다'는 것이었다. '감감하다 강달수'는 선거 자금의 여유가 없다 보니 물량 공세도 펼 수 없는 처지라 아무래도 당선되기에는 어려움이 있다는 뜻에서 '감감하다'고 했지 않나 싶다.

그러나 개표 결과는 의외였다. '감감하다'던 강달수 후보가 당선되었다. 그러자 '뜻밖에 강달수'란 말이 입에 오르내리기 시작했다.

선거란 역시 예측을 뒤엎을 수도 있으니 결국 뚜껑을 열어 봐야 안다는 말이 이런 경우를 두고 하는 말인 듯 싶다.

당선자 강달수 후보의 경우는 학벌도 없었고 큰 돈도 없었다. 그러다 보니 처음의 예측도 '감감하다'였을 것이다. 그러나 선거 막바지에 가서 유림들이 힘을 씀과 동시에 적어도 내 고향 하동군에서만은 친일이나 부일의 전력이 있는 사람은 뽑지 않아야 한다는 큰 민심의 흐름이 그에게 유리하게 작용되었던 것 같다.

금년이 건국 60돌이다. 선량들이 명실상부한 금배지 값을 하고 있는지 곰곰이 생각도 해보고 있다.

처음 본 민주 선거 >>>>

<흥부전>을 보면 놀부의 고약한 심술타령이 나온다.

그 심술내용 중 내가 악동 시절에 행했던 것과 같은 것만을 골라보면, 우물가에 똥누기 · 패는 곡식 이삭빼기 · 논두렁에 구멍 뚫기 · 애호박에 말뚝 박기 · 똥누는 아이 주저앉히기 · 어린아이 꼬집기 등을 들 수 있다.

어디 이런 짓뿐이었으랴. 그저 고추를 차고 있다는 우월감에서 여자 아이들 골려먹기를 밥 먹듯이 했다.

내가 어릴 때만 해도 시골에서는 치마에 불구멍이 났을 때에는 구멍 난 곳을 붉은 천을 대어 기워 입고 다니는 풍습이 있었다. 그런 방법을 하지 않으면 만약 임산부의 경우라면 유산된다는 속신이 있었고 또 임신의 경우가 아니라면 그 구멍으로 귀신이 들어가 온갖 악랄한 오잡질을 다 한다고 생각했다. 붉은 색은 악귀를 물리친다는 속신이 있었으니 여자 아이들도 치마의 불구멍에는 붉은 천을 대 입고 다녔다.

이런 아이들이 놀이터에 나올 양이면 "귀신 붙었네, 귀신 붙었네"라고 외쳐대며 골려 주었고, 귀신이 옮아오지 않게 한다는 방법으로 침을 퉤퉤하고 내뱉으면 놀림받은 여자 아이는 얼굴이 홍당무가 되어 고 삽길을 따라 종종걸음으로 사라지곤 했다.

또 혹시 동리의 암캐와 수캐가 흘레를 붙어 끙끙대고 있으면 짓궂게도 여자 아이들을 불러내어 여자 아이가 어쩔 줄 몰라 하는 표정을 보는 데에 묘한 쾌감을 느끼기도 했다.

학교에서는 뱀허물을 여학생의 책상 안에 몰래 넣어 두었다가 자지러질 듯 놀라는 장면을 보고 우리들은 좋아라고 낄낄대기도 했다.

여자 아이들만이 아니라 다 큰 처녀들도 골려 주었다. 물을 길러 나오는 길에다 허방을 파서 나뭇가지로 살짝 덮어 놓고 흙을 눈가림으로 얹어 놓으면 멋모르고 물 길러 오가다가 헛디뎌 벌렁 넘어지는 광경을 멀리서 구경하며 깨춤을 추며 좋아라 했다. 한 번은 한 처녀가 넘어지면서 크게 다쳐 동리의 악동들이 호출당하며 생똥을 쌀 정도로 크게 혼벼락을 맞은 적도 있었다.

그런가 하면 더위팔기, 나무시집 보내기, 제웅 속의 돈 빼먹기 등도 열심히 해댔다. 정월 대보름날 아침이면 누구보다도 일찍 일어나 더위를 팔려고 이집 저집 앞을 기웃거렸다. 친구 이름을 불러서 멋모르고 대답하면 다짜고짜로 '내 더위 사가' 라 하고는 줄행랑을 쳤다. 몇 집을 다니면서 더위를 다 팔았다 싶으면 그 해는 더위를 먹지 않겠지 싶어 마치 의기양양한 개선장군처럼 집으로 돌아오곤 했다.

나무시집 보내기도 참 신나는 놀이였다. 설날이나 보름에 동리의 대추나무·감나무·배나무 가지 사이에 돌을 끼워 두려고 어린 악동패들은 마치 어른 중매쟁이나 창녀촌의 휘파리 아주머니라도 흉내내듯 열심히 쏘다녔다.

제웅 속의 돈 빼 먹는 재미는 일종의 용돈 사냥의 의미도 있었다. 음력 정월 대보름의 전날 밤에 그해 액년이 든 사람들은 짚으로 만든 인형 제웅을 길이나 냇가에 버리는 풍속이 있었다. 그것을 주우면 줍는 사람에게 액이 옮아간다는 미신이 있었지만 우리는 그것에는 아랑곳하지도 않고 돈 주으러 다니느라 여념이 없었다.

　이런 장난 외에도 동리의 놀이터에 놀러 나온 꼬마들을 놀려대서는 결국은 울음보를 터뜨리고 집으로 돌아가게도 했다.

　젖니를 뺀 꼬마들을 보면 이렇게 놀려대기도 했다.

　앞니 빠진 노장군/ 웃니 빠진 갈강새/ 뒷 냇가에 가지 마라/ 앞 냇가에 가지 마라/ 가재새끼 놀랜다/붕어새끼 놀랜다

　머리를 깎았거나 머리칼로 빡빡 머리를 밀었으면 이렇게 놀려대곤 했다.

　중중 까까중
　오줌독에 빠진 중아
　대꼭지로 건진 중아
　인두불로 지진 중아
　울 넘어 탱개 중아,

　이런 동요를 부르며 골려 먹기에 지치다 보면 이제는 죽마를 타고 고샅길을 누비고 다니면서 "흉내쟁이 막내쟁이/ 인두불로 지질 자식/ 오줌독에 빠질 자식/ 대꼭지로 건질 자식/ 구정물에 헹군 자식/ 부뚜막에 말릴 자식" 하며 목청껏 외쳐대기도 했다.

　나의 악동 시절의 악행 목록을 만들어 본 셈이다. 그런 내가 이제는 어른 순동(順童)이가 되어 있으니 '사람은 한평생 열두 번을 변한다' 는 말이 헛말이 아니구나 싶다. 해찰궂고 맹랑하던 내가 제법 의젓한 노신사로 탈바꿈되어 있으니 역시 나이가 사람을 만드는가 보다.

| 나는야 장돌뱅이 |

농경사회에 있어서 시골의 장날은 일종의 축제일이기도 하다. 이런 장날을 생각하면 누구에게나 문득 떠오르는 곳이 이효석의 〈메밀꽃 필 무렵〉에 나오는 강원도 봉평장이나 아니면 김동리의 〈역마〉에 나오는 하동의 화개장일 것이다. 그러나 나는 지금 꿈길을 더듬듯 내 고향 면의 장터를 더듬고 있다.

초등학교 시절, 나의 별명은 장돌뱅이였다. 5일마다 장이 섰으니 공교롭게 토요일에 장이 서는 날이면 학교를 마치고 단짝들과 함께 5리 길을 멀다 않고 걸어서 장 구경을 갔다. 문암장이라 불렸는데 그 뒤 면 소재지 있는 곳으로 옮겨져 지금은 구시장터라고 불린다.

장엘 가면 신나는 구경거리와 신나는 놀이가 어김없이 우리를 기다리고 있었다.

단짝들과 진외가의 내 또래의 조무래기 아재(아저씨)들과 어울려 엿목판에 빙 둘러서서 열심히 엿치기를 한다. 이 엿가락 저 엿가락을 들었다 놓았다 하며 마음에 드는 엿가락을 골라잡아 한가운데를 뚝 분질러서 구멍이 크면 이기는 놀이로써 지는 쪽이 그 판의 엿 값을 내는 일종의 내기 놀이인 셈이다.

이에 싫증이 나면 뺑뺑이 돌리기 판으로 가본다. 큰 대야만한 둥근 나무판 위를 종이로 발라 1, 2, 3, 4…… 숫자 칸을 만들어 놓고 가운데 는 돌림막대가 회전하도록 고안된 기구다. 한쪽 막대 끝에는 실이 매 달려 있고 또 그 끝에는 바늘이 매달려 있다. 한 판 값을 지불하고 그 막대(뺑뺑이)를 돌리면 어느 숫자에 가 멈추는데 그 해당 숫자에는 성 냥, 담배, 캐러멜 등이 경품으로 걸려 있었다. 숨을 죽이고 행운의 숫 자에 바늘이 멈춰 주기를 용도 써 보았지만 매번 허사였다. 좋지 않은 숫자에 바늘이 멈추도록 판 밑에 몰래 지남철(자석)을 붙여 놓았을 것 이라고 추측도 해 보았지만 그 사행심의 강한 유혹은 우리의 발길을 지남철처럼 끌어들이기만 했다.

물방개놀이도 있었다. 큰 함석(양철) 대야에다 성냥갑만큼 한 칸을 갈라서 물을 담아 놓았는데 그 칸마다에는 1, 2, 3, 4, 5… 하는 식으로 번호가 적혀 있다. 이 번호에 따라 역시 경품이 마련되어 있는데 물론 1번이 제일 좋다. 좋아야 캐러멜 한두 곽 정도고 끝번인 10번쯤에는 겨우 비가 아니면 눈깔사탕 한 개다. 돈을 내면 방개가 든 조그만 국자 를 내주는데 적당한 위치에서 한복판으로 방개를 떨어트린다. 방개는 한동안 어리둥절하다가 대야 안쪽 벽에다 만들어 놓은 칸막이로 헤엄 쳐 간다. 방개가 행운을 가져다주느냐 아니냐 하는 긴장된 순간이므로 우리는 침을 삼키며 지켜보곤 했다. 이 놀이 역시 뺑뺑이 돌리기 식과 마찬가지로 좀체 행운을 갖다 주지 않았다. 약이 오른 우리는 '나쁜 번 호에다 방개가 좋아하는 약을 칠해 둔대'라고 무슨 대단한 비밀을 알 아낸 것처럼 분풀이로 악선전을 하고 다니기도 했다.

놀이도 시들해지고 본전 생각이 절로 나면 구경판으로 가본다. 역시 약장수의 마술놀이와 야바위꾼의 화투놀이가 최고였다.

약장수들은 북을 치고 하모니카를 불다 사람들이 좀 모였다 싶으면 마술놀이를 보여준다. 빈 보자기에서 계란이 나오고, 병아리가 나오고, 입에서는 색종이 끈이 끝없이 이어져 나왔으니 '아라비안나이트'의 마술사를 보는 듯 신기하기 그지없었다.

특히 야바위꾼의 화투놀이는 사행심을 부추기는 데는 그만이었다. 코 묻은 주머니 돈의 사정으로는 언감생심의 큰 판이었으니 그저 구경하는 재미였다. 화투장 네 장을 섞어 놓고 그 중에서 팔공산 광을 집으면 걸었던 돈의 세 배를 준다고 하니 순진한 시골 사람들이지만 순간 욕심이 발동하여 바람잡이들의 술수인 줄도 모르고 자기도 눈썰미와 재수만 있다면 돈을 따겠다 싶어 달려들었다가 큰 낭패를 당하기 일쑤였다. 고추 판 돈, 마늘 판 돈, 계란 판 돈을 고스란히 날리거나, 심지어는 돼지 판 돈이나 소 판 돈까지도 축을 내곤 했다. 어떤 여자들은 아들의 공납금으로 준비해 둔 돈이었다며 애걸복걸 딱한 통사정을 늘어놓지만 역시 야바위판도 돈 놓고 돈 먹기식의 야박한 인심이라 그 반응은 매정하기만 했다.

놀이판과 구경판이 이렇게 지천에 널려 있었으니 어린 나에게는 장날이 몹시 기다려지는 날이 아닐 수 없었고 또 '장돌뱅이' 란 별명은 결코 근거 없는 말이 아니었다.

토요일에 장만 섰다 하면 어김없이 견학(?)을 갔으니 가히 개근상감이었다.

초등학교 시절의 나는 소 꼴 먹이랴 장 구경가랴 여간 바쁘지 않다 보니 공부에 별 취미를 붙이지 못했다. 아마 초등학교 5학년 때로 기억된다. 중학교 진학을 하려면 공부를 열심히 하라고 성화를 댔지만 도시 공부에 흥미가 없다 보니 어느 날 할머니에게 진학을 포기하고 장사를 하겠다는 큰 포부(?)를 밝힌 적이 있었다. 쓸데없는 생각이라고 타박만 들었는데 만약 그때 집안 형편이 어려웠다면 엿목판을 둘러메고 육자배기 가락을 흥얼거리며 장삿길로 나서는 〈역마〉(김동리의 단편소설)의 주인공 성기와 같은 길을 밟았을지도 모를 일이 아닌가.
그리고 또 운만 있었다면 지금쯤은 거부가 되어 있을지도 모를 일이
다.

그런데 인생의 진로가 바뀌어 이제는 지식의 장사꾼으로 만족하고
있으니 참으로 운명이란 종이 한 장 차이구나 싶은 생각을 실감하고
있다.

| 꼬마 좀도둑 일기 |

장 쥬네라는 불란서의 시인이면서 작가이고 극작가인 사람이 있다. 그는 1907년에 파리에서 태어났으며 어머니는 창녀이고 아버지는 누구인지도 모른 채 태어나자마자 어머니의 버림을 받아 고아원에서 양육되었다. 그 후 여러 곳을 전전하면서 온갖 악덕과 범죄를 저질러 수없이 감옥살이를 했다.

이러한 경험을 토대로 많은 작품을 썼으니, 실로 세계문학사상 유례가 없는 특이한 존재이다. 세계의 지성이라 일컬어졌던 사르트르가 '성(聖) 쥬네' 라고까지 극찬한 인물이다.

그가 쓴 작품 중에 《도둑일기》란 것이 있다. 일기라고는 하지만 일기체로 구성된 작품(소설)은 아니다. 자전적 회상록에 가까운, 스무 살부터 수년 동안의 방랑이 주된 내용으로 되어 있다

나도 그를 본따서 이 글의 제목을 '좀도둑 일기' 라 이름해 보았다.

돈도 귀했고 물건도 귀했던 시절이었다. 설이나 추석에 세뱃돈 몇 푼 생기는 것 외에는 일년 내내 용돈을 구경하기가 어려웠다. 이런 시절이라 학교를 파하고 집으로 돌아가는 길에는 늘 지서 앞 삼거리에

있는 점방 앞을 지나가게 되는 데 유리통 안의 알록달록한 구슬사탕이 밉도록 서럽게 그 군침 돌게 하는 모양을 드러내 놓고 있지만 그야말로 '그림의 떡'이라 고개를 돌려야만 했다.

용돈이 궁해서인지 참으로 먹고 싶은 것도, 갖고 싶은 것도 많아 몇몇 선택된 집안의 아이들이 마냥 부럽기만 했다. 지서장의 아들이나 금융조합 이사의 아들 그리고 면장의 아들이나 교장의 아들은 용돈도 궁색하지 않게 썼고 또 갖고 싶은 것은 대개 가지고 있었으니 부러움을 사지 않을 수 없는 처지였다. 그러나 대부분의 아이들은 학용품도 변변한 것을 갖지 못했고 용돈 구경은 그야말로 하늘의 별따기였다. 이런 사정이었으니 좀 짓궂고 맹랑한 학생이라면 누구나 좀도둑질의 유혹을 받지 않을 수 없었다. 학급에서도 더러 도난 사고가 나 방과 후 학급 전체가 남아 추궁을 받은 일도 있었다.

나 역시 좀도둑질의 경험이 있다. 동급생의 돈이나 물건은 한 번도 손댄 적이 없지만 주로 집안 내에서의 좀도둑질에는 선수급(?)이었다.

명절 때나 제사에 쓰려고 준비해 둔 곶감이나 밤을 슬쩍슬쩍 내다 먹기도 했고, 약에 쓴다고 선반 위에 감추어 둔 꿀단지가 손에 닿지 않아 두 살 아래인 막내 삼촌을 엎드리게 해 내려놓고서는 둘이서 입맛을 쪽쪽 다셔가며 번갈아 열심히 퍼먹기도 했다.

또 뒤주의 쌀을 두서너 되씩 훔쳐낸 기억도 있다. 한 번은 하모니카를 사기 위해서였는데 친구가 가지고 있는 그 하모니카가 그렇게도 탐날 수가 없어 그것을 사기 위해 식구들이 모두 잠자는 야밤중을 틈타 그런 모험을 감행해 보았다. 그것을 가진 뒤엔 행여 어디서 났느냐고 추달받으면 들통이 날까봐 몰래 뒷동산에 올라가 열심히 불어대다가 곧 싫증이 나서 얼마의 돈을 받고 친구에게 넘겨주었다.

또 한 번은 살구철이 되자 작은 고모가 자수를 놓아 주고 받아둔 돈을 슬쩍해다가 친구들을 데리고 가 살구 포식을 시켜 주었는데 곧 들통이 나 기둥에 매인 채 할아버지에게 호되게 매를 맞은 적도 있다.

밖에서의 좀도둑질은 꼭 두 번 있었다고 기억된다.

한 번은 모조지를 훔친 일이었다. 금융조합 이사의 아들이 나의 단짝이었는데 어느 날 숙제를 같이 한다고 조합 바로 뒤에 붙어 있는 관사에 들르게 되었다. 변소를 다녀오다 보니 모조지가 등사실에 흰눈처럼 수북이 쌓여 있는 것이 눈에 띄었다. 그 당시는 기껏 쇠똥종이 공책을 쓰거나 아니면 비료 부대 종이로 공책을 만들어 썼고 백로지도 귀하다 보니 도심이 절로 발동되어 몇 십 장 슬쩍해다가 도화지로 쓰면서 친구들에게 선심을 쓰기도 했다.

또 한 번은 우유가루를 훔친 일이다.

해방 직후는 물가가 하늘 높은 줄을 모르고 뛰었다. 1945년 11월에 쌀 한 가마니에 650원 하던 것이 이듬해 1월에는 1,800원에서 8월에는 9,200원으로 불과 1년도 채 안되어 14배가 뛰었으니 다른 물가도 거의 마찬가지였다. 이런 어려운 사정이 닥치자 옷, 밀가루, 강냉이가루, 우유가루 등의 구호물자를 미국에서 얻어와 배급을 주기도 했다.

정확히 초등학교 몇 학년 때인지는 기억할 수 없지만 우리도 학교에서 우유 배급을 받은 적이 있다. 고소하고 달작지근해서 맨 가루를 퍼 먹기도 하고 끓여서 사카린을 타 먹기도 하고, 밥솥에 쪄먹는 것도 일미였다. 청소 당번을 하던 어느 날, 창고에서 우유가루가 든 종이 드럼통을 발견하고 몇 됫박을 퍼 담아 와 친구들과 포식을 한 일도 있다.

이런 나의 좀도둑질이 과연 죄가 될 수 있을까? 굶주림에 우는 조카들을 위해 빵 한 조각을 훔친 장발장의 입장을 빅톨 위고가 《레 미제라블》(비참한 사람들)에서 변호해 주었듯이 나의 '좀도둑 일기'는 물자와 먹을 것이 귀한 비참한 시대에 있었던 애교스런 일종의 서리풍속이었다고 변호하고 싶다.

| 가을 그리고 새보기의 추억 |

가을이다.

입을 벌린 밤송이의 밤은 의좋은 형제처럼 불그스름한 머리통을 앙증스럽게 내밀고 있고, 대추 볼은 수줍음에 홍조를 띤 처녀의 볼처럼 탐스럽게 익어가고, 석류는 터질 듯한 풍만한 가슴팍의 부풀음에 못 이겨 껍질을 비집고 가슴살을 살짝 내놓기 시작할 계절이다.

아, 시골의 황금벌판들이 아련히 떠오른다.

도시에서 늘 가을을 맞는 나는 가을의 서정을, 가을의 풍물을 잊고 산지 너무나 오래다.

가을을 생각하면 고향의 가을이, 고향에서의 소년 시절이 생각나고, 소년 시절이 생각나면 벼논에서 새 쫓던 기억들이 주마등처럼 스쳐 지나간다.

그 시절, 왜 그렇게도 새떼들이 성화를 댔는지…. 가히 새 쫓기 전쟁이었다. 그나마 알갱이들이 영글어 갈 때쯤이면 쪼아서 까먹어야 하니 그 피해가 덜했지만 얄밉게도 풋 여물이 들 무렵이면 쪼아서 빨아먹어 버리니 그 피해가 막심했다.

초등학교 시절, 나도 학교만 파해서 돌아오면 새보기가 일과 중의 하나였다.

머슴들이 따가운 햇빛도 피하고 비도 피하라고 지어준 임시 새막에 앉아 열심히 훠어이 훠어이를 외쳐대곤 했다.

새떼들은 아침 식전부터 새참 때까지 극성을 부리다가 점심때쯤이면 제풀에 지쳐 좀 잠잠해진다. 낮잠을 자러 간다고들 했다.

그러다가 다시 해가 저물어 갈 무렵이면 또 극성을 부린다.

날아드는 새를 쫓기 위한 전래의 가장 원시적인 방법은 허수아비이었다. 그러나 경험에서 온 유전적 반사작용에서인지 별반 소용도 없었다. 강심장의 새들은 아예 허수아비 머리 위나 날갯죽지에 앉아 놀리기라도 하듯 눈치만 살금살금 본다.

허수아비는 명색(名色)뿐이다. 날아드는 새를 쫓기 위해서는 양손에 든 나무토막의 딱다기를 치거나 대나무로 손잡이 부분만 남겨놓고 쪼개어 만든 딱다기를 '딱―딱―' 소리가 나도록 세차게 흔들어대기도 했다.

해질 무렵이면 들판은 남녀노소가 제마다의 목소리로 훠어이 훠어이 하고 외쳐대는 소리로 가히 절정을 이루니 그것은 마치 새 쫓기 합창대회를 방불케 했고, 딱다기 소리는 반주음인 양 끼어들었다.

이 정도로써도 어림없는 수가 있다. 그럴 때면 어른들은 딸이란 것을 이용한다. 1미터 정도의 막대기 끝에 굵은 삼끈을 꼬아 동여 매달고 이것을 머리 위로 여러 차례 힘차게 빙빙 돌리다 가죽끈의 끈이 눈앞에 왔다 싶으면 돌리던 방향을 갑자기 바꾸어 공중에서 후려치면 딸이의 끈 꼬리가 막대기에 부딪혀 땅, 땅 총소리처럼 울렸다. 아니면 삼(森)으로 또아리처럼 땋아 만든 끈을 역시 머리 위로 빙빙 돌리다가 순간 아래로 땅바닥을 내려쳐 떵떵 소리가 나도록 하는 수도 있다.

그러나 새떼들이 멀찌감치 숨바꼭질을 하듯 안전구역에 날아 앉으면 이 정도로도 속수무책이다. 일부러 힘겹게 쫓아가 쫓든지 아니면 돌팔매질을 하는 수밖에 없다.

팔매질 기구에는 팔매용 삼끈 동아줄이 있고, 망태가 있으며 또 팡개도 있다. 삼끈 동아줄인 경우는, 돌을 끈으로 돌돌 말아서 힘껏 내던지는 식인데 물론 맨손 팔매질보다는 멀리 간다. 망태란 석전(石戰) 용으로도 쓰이긴 했는데 1m 정도의 끈을 가죽주머니나 헌 타이어 조각으로 된 주머니 안쪽 끝에다 매달아 그 주머니에다 돌을 넣어 던지는 기구이다.

이 망태라는 기구를 사용하는 경우는 줄의 양끝을 잡고 옆으로 휘휘 돌리다가 목표를 향해 한쪽 끝을 놓으면서 던지는 식이다. 팡개는 손아귀에 들어갈 만한 굵기의 대나무를 어깨 높이만큼의 길이로 잘라 한쪽 끝을 십자(十字)로 쪼개어 그 틈에 역시 십자모양으로 두 개의 가름대를 끼워 넣는다. 그리고 쪼개진 네 개의 대쪽을 칼로 뾰족하게 다듬고 나서 그 가름대가 움직이지 않도록 몸통에다 얽어 맨 기구이다. 이 팡개를 이용하는 경우는 팡개발로 진흙이나 돌을 찍어 던지는 식이다.

이런 것이 곧 전통적인 새 쫓기나 새보기의 기구와 연모들인 셈인데 이러다 보니 새 쫓기 기구나 연모의 지상(紙上) 민속박물관이라도 차린 듯한 느낌도 든다.

6·25 이후에는 새로운 형태의 풍경이 등장했다. 자기 논배미에다 대나무를 빙 둘러놓고 새끼줄을 쳐 그 줄에다 깡통이나 양철 쪽을 매달아 소리가 나도록 새막에서 잡아 흔드는 방식인데 참으로 편리했다. 그 시절만 해도 그나마 깡통 구하기가 수월치 않아 이용하는 농가가 그렇게 많지를 않았다.

그리고 6·25 이후에는 새들도 간이 커졌는지 웬만한 소리에도 꿈쩍하지 않았다. 사람들은 전쟁의 외중에서 고생한 뒤끝이라 새들도 총이나 대포소리를 자주 듣다 보니 간이 커져서 그렇다고 곧잘 투정스런 군담을 하곤 했다.

그 시절, 나와 같은 어린 소년들에게는 새보는 일이 지겹고 힘드는 일이긴 했지만 새의 출몰이 좀 뜸해질 틈을 타서 메뚜기도 잡고 미꾸라지를 잡는 재미가 있어서 좋았다. 요즈음 독한 화학제 농약을 뿌려대니 자연산 메뚜기도 미꾸라지도 거의 구경할 수 없다지만 그 시절은 멸구나 도열병이 생기더라도 기껏 친다는 약이 석유정도였고 유기농법이 대종을 이루었으니 메뚜기와 미꾸라지가 참으로 많기도 많았다.

메뚜기를 큰 됫병에다 잡아넣어 저녁에 집으로 돌아와 남비에다 간장을 붓고 졸여 놓으면 일미중의 일미였다. 육감(肉感)스러울 만큼 살이 오른 발그스름한 그 요리는 바싹바싹하고 간간하여 새보기의 피곤도 금방 잊게 해 주었다. 벼 잎을 갉아먹고 벼 잎에 내린 밤이슬을 먹고 자랐으니 그야말로 무공해 식품이었다.

또 미꾸라지도 지금과는 달리 그 당시는 무공해 식품이었다. 누렇게 살이 오른 미꾸라지를 잡아다 해먹는 추어탕은 시골 사람들에게는 최고의 영양보충식이었다.

6·25가 났던 해라고 기억된다. 학교가 임시휴교를 하고 있는 때라 나는 꼴머슴과 어울려 새를 보며 미꾸라지를 한껏 잡아 윈껏 먹었다. 얼마나 추어탕을 끓여댔던지 간장독의 간장이 바닥이 날 정도로 포식을 한 셈이다.

도시생활에서 간혹 맥주집에 들르는 경우가 있으면 나는 일부러 그 시절의 고향미각을 음미해 볼 요량으로 메뚜기 안주를 시켜 보기도 했고 또 입맛이 없을 때에는 추어탕 집을 찾곤 했다.

그러나 혀끝에 여운처럼 남아있는 그 시절의 미각은 도저히 되찾을 수가 없다. 비쩍 마른 메뚜기는 고소하기는커녕 씁쓰레하기만 하고, 추어탕도 달착지근하면서 구수했던 옛날 맛이 아니다. 그물을 쳐서 양식한 메뚜기요, 양식한 미꾸라지이니 깊은 맛이 있을 리 없다. 요즈음은 중국산 메뚜기와 미꾸라지까지 수입되는 세상이다.

언제부터라고 정확히 말할 수는 없지만 농약의 공해가 자연산 메뚜기와 미꾸라지를 앗아갔으니 이것도 생태계의 변화중의 변화이다.

세월의 흐름에 따라 그리고 문명이 발달함에 따라 비례적으로 새들도 소리에 면역성이 생겨 차츰 간이 커졌다 싶고 또 석유만 뿌리면 족했던 지난 시절에 비하면 농작물의 병충도 역시 면역이 생겨 메뚜기와 미꾸라지마저 죽일 수 있는 강한 농약을 뿌려야 할 정도로 독해졌다 싶으니 속절없는 문명과 세월의 한 그늘을 보는 듯하다. 새도 병충도 이렇게 독해졌으니 사람 역시 그만큼 독해진 것이 아닐까.

새보던 지난 시절을 잠시 떠올려보니 이제는 지겨웠던 일은 뒷전이고 오히려 재미있었던 추억거리가 되고 있다.

오늘따라 그 시절이 마냥 그립기만 하고, 온갖것 다 뿌리치고 돌아갈까 돌아가서 그 시절의 '나'를 연기(演技)해 보고도 싶다.

| 6 · 25 전야의 기막힌 풍경들 |

1950년 6월 24일 토요일.

운명의 시간은 서서히 다가오고 있었다. 이 운명의 시간을 태평스런 남쪽에서는 그 누구도 감지하지 못했다.

그날 오후, 서부 경남의 한적하고 평화스런 산골 마을의 소년이었던 나는 학교에서 돌아와 소꼴 먹이러 갔다. 삼베 잠방이를 걸친 또래들과 어울려 골짜기 도랑물에 된장을 풀어 가재잡기에 여념이 없을 무렵이었다.

그때, 서울에서는 찌푸렸던 하늘에서 비가 내리기 시작했다. 참모총장 채병덕은 일찍 퇴근하여 숙소에서 낮잠을 즐기다가 빗소리에 깨어 전속부관에게 오늘 저녁에도 비가 계속 내릴 것인지를 관상대에 알아보도록 지시하였다.

그날 저녁에 있을 육군회관 개관 기념 댄스파티에 지장이 있을까 봐 염려가 되어서였다. 육군본부는 미 고문단의 협조를 얻어 육군참모학교 건물을 대폭 개조하여 댄스파티도 즐길 수 있는 회관을 마련한 것이다. 말하자면 6 · 25 전야는 이 역사적(?)인 개관 기념 파티가 있는 밤이었던 셈이다.

북쪽에서는 남침의 작전 계획을 초를 다투며 점검하고 있는데 반하여 남쪽에서는 비 걱정이나 아니면 어떤 미희를 데리고 갈까를 궁리하고 있었으니 그 명암은 희비극을 보는 듯 너무나 대조적이었다.

7시가 가까워지자 한국군 고급 장교와 장성들 그리고 미군고문단의 위관급 장교까지 빗줄기를 아랑곳하지 않고 자기 부인 아닌 미희들을 동반하여 희희낙락하며 육군회관으로 모여들기 시작했다.

팡파르가 울려퍼지는 저녁 7시 정각. 참모총장 채병덕은 미고문 단장 로버트 소장과 함께 만면에 웃음을 띄며 의기양양하게 연단에 나타났다. 곧 이어 고문단장의 소개가 있고 개관기념에 관한 일장의 연설이 시작된다. '싸울 때는 싸우고 놀 때는 노는 것' 이 자기의 군대철학이니 '오늘 밤은 실컷 즐기고 사기를 앙양합시다' 라고 하자 일시에 환호성이 터져 나왔다. 샴페인 병이 터뜨려지면서 채병덕이 술잔을 높이 들고 '세계 최강의 미 육군과 극동 최강의 대한민국 육군을 위하여 브라보!' 라고 외치자 일제히 브라보를 외쳤다. 밴드에서는 라콤파르시타를 우렁차게 연주하기 시작했다. 탱고 멜로디가 회관내에 울려 퍼지자 일제히 쌍쌍이 되어 곡에 맞추어 탱고를 춤추기 시작했다.

이 무렵, 나는 산에서 소를 몰고 집으로 내려오고 있었다. 집에 돌아온 나는 잡아온 가재를 간장에 졸여 맛있게 저녁식사를 마쳤다. 그때가 아마 8시쯤이었을 것이다. 9시경에는 대청마루에서 삼을 삼는 할머니 곁에 작은 삼촌과 같이 누워서 옛이야기를 듣다가 11시경에는 잠에 빠져 꿈속을 헤매기 시작했다. 훗날 나의 손자놈들에게 들려줄 또 다른 옛이야기(6 · 25 전쟁)의 서막이 서서히 오르기 시작했다.

밤 12시가 지나서도 파티는 계속되었다. 6월 25일 새벽 2시가 되어서야 비로소 밴드 소리가 멎었다.

한 편, 인민군 주공(主攻) 부대는 38선 직후방 야산 뒤에 매복하여 일제 공격 개시 시각인 4시를 향해 카운트다운에 들어가고 있었다.

이 엄청난 대병력의 움직임을 전 전선에 걸쳐 단 한 명의 경계병도 발견하지 못하고 있었으니 이것이 바로 극동 최강의 군대라고 허풍만 떨던 그 당시 한국군의 경계 태세였다.

이윽고 4시 정각. 남침의 포문이 일제히 열렸다. 외출·외박·농번기 일손돕기 휴가 등으로 각 부대가 텅 비다시피 했고, 또 그 전날(24일) 갑자기 비상이 해제된 직후였으니 전선은 일시에 아비규환의 아수라장으로 바뀌면서 '비상, 비상, 비상!' 이란 외침만 드높았을 뿐 전 전선의 방어는 속수무책이었다.

김일성은 가만히 앉아서 천재일우의 호기를 맞은 셈이었다. 참모총장 채병덕은 파티에서 곤드레가 되어 새벽녘에 집에 돌아와 깊은 잠에 빠져 코를 골고 있었다. 그가 잠을 깬 시각이 대략 6시 10분 전후였다니 4시의 공격 개시에서 무려 두 시간이 지난 뒤였다.

이렇게 38선상에서 포성이 울리고 있을 때, 아침잠에서 깨어난 나는 소를 몰고 고샅길을 나서고 있었다. 그리고 또 이 일이 아버지를 앗아갈 비운의 그림자였음을 감히 누가 예상했으랴.

생각해 보면 참으로 한심스런 일이 아닐 수 없다. 적전 상황의 정보 입수는 영점이었고 또 평상시의 남침 대비에도 거의 영점이나 다름없었던 것이 아닌가. 인민군 20만 명이 38선을 침공해 왔을 때 우리 국군은 불과 절반인 10만 명에 지나지 않았고, 인민군은 야크형 전투기가 211대였는데 우리에겐 전투엔 쓸 수 없는 연습기만 20여 대 있었을 뿐이었다. 또 탱크 242대가 노도처럼 밀려오는데 반하여 우리에겐 단 한 대조차 없었으니 전쟁 발발 3일 만에 서울을 거저 내주다시피 한 그 당시의 사정은 자업자득의 결과가 아닌가.

말하자면 약체 국방력이었으니 인민군을 안방으로 스스로 불러들인 꼴이다. 김일성의 적화통일의 남침야욕도 단죄를 받아 마땅하겠지만 약체 국방력에 안심하고 있었던 당시의 책임자들도 책임을 물어야 마땅하다.

어느 결에 6·25가 일어난 지도 어언 58년이 되었다. 이제 전쟁 직접 체험세대는 이미 많은 분들이 저세상으로 갔으며, 나 같은 소년이었던 간접 체험세대도 어느새 70대 전후가 되어 있다.

그래서 이 민족 최대의 수난을 많은 사람들이 쉽게 잊어만 가고 있는 것같아 나는 딱딱한 전쟁사가 아니라 문학인들이 남기는 6·25 테마에세이집을 기획하여, 《그러나 나는 이렇게 말한다》라는 제목의 책을 재작년(2006년)에 내보낸 바 있다. 문단 지도급 인사를 비롯하여 전직 장관, 국회의원, 예비역 장성, 은행장, 의사, 변호사, 교수와 교장, 시장, 고급 공무원, 사업가와 같은 분들이 참여하여 '내가 본 6·25', '내가 겪은 6·25'를 생생하게 증언해 주었는데 전쟁 마지막 세대인 나로서는 매우 보람을 느끼고 있다.

| 내가 본 인공 시절 |

내가 6·25를 맞은 것은 초등학교 6학년 때였다. 순식간에 서울이 무너지고 또 대전이 무너졌다는 소식이 날아들었다. 대전을 장악한 인민군의 주력 부대는 두 패로 나뉘어 한 패는 경부선을 따라 영남으로 남하하고 또 한 패는 호남으로 남하하기 시작했다는 소식도 전해졌다.

전쟁의 불안이 고조되어 갈 무렵 어느새 전라지방을 석권한 병력은 장수(長水)를 거쳐 진주로 들어왔으며 또 한 패는 남원을 거쳐 하동으로 밀어 닥쳤다.

말로만 듣던 전쟁이 바로 우리의 코앞에 와 있었다. 하동 전투에서 전투군 참모총장 채병덕 소장이 전사하였다는 소식이 전해지면서 우리 면에도 드디어 7월 말경에 인민군이 얼굴을 내비쳤다. 전쟁 발발 약 한달 만에 인민공화국 세상으로 바뀌게 된 셈이다. 9월 15일의 그 역사적인 인천상륙작전을 기준해서 본다면 우리 면은 약 2개월간 공산 치하에 있었다.

제트기의 요란한 폭음이 더욱 빈번해지던 어느 날 밤 진주 대공습이 있었다. 멀리서 바라본 동쪽 하늘은 조명탄의 불빛으로 대낮 같았으며 공습의 폭음이 멀리까지 들려왔다. 진주가 쑥대밭이 되었다는 소식이 전해졌다.

그런 어느 날 아침 우리 면에도 처음으로 제트기가 나타나 기총소사를 한바탕 퍼부었다. 지서에서 조금 떨어진 다리거리에 모여 있던 민간인들이 인민군으로 오인되어 당한 공습이었는데 몇 사람의 희생자가 나타나자 사람들은 그 뒤부터 제트기 소리만 나면 혼비백산이었다. 기총소사의 표적이 되지 않으려면 민간인이라는 표시로 흰옷을 입고 다니라는 말이 나돌았고, 실제로 어른 아이 할 것 없이 흰옷 일색이었다.

난생 처음 보는 제트기라 겁도 났지만 한 편으로는 좋은 구경거리였다. '호주기' '호주띠기' '쌕쌕이' 라고도 불렀는데 특히 '호주기' 라는 말은 이 박사(이승만 대통령) 처가집 비행기라는 뜻이었다. 이승만 대통령의 부인 프란체스카 여사의 고국인 오스트리아를 그 당시 사람들은 오스트렐리아로 혼동해서 그렇게 잘못 불렀던 것이다. 그러다 보니 그 비행기가 미국에서 온 줄도 모르고 마냥 처가나라로 잘못 인식된 호주(오스트렐리아)에서 온 줄로만 알고 있었다.

인민군이 지서에 들어와 있다기에 우리는 구경을 가 보았다. 몽고말을 타고 가죽장화를 신은 군관들이 오가고 있었으며 붉은 완장을 두르고 레닌모를 쓴 사람들이 들랑거렸다. 세상이 바뀐 것을 실감할 수 있었다. 위력이 대단하다는 탱크는 구경할 수 없었으나 따발총을 맨 군인들은 볼 수 있었다. 한 편 지서가 '내무서' 로 바뀌었고 면장이 '인민위원장' 으로 불린다는 것을 알았다. '동무' '반동분자' '세포조직' '노동당' '여성동맹' 이란 새로운 말을 익혔다.

역시 처음 들어보는 '인민재판' 이란 걸 한다기에 초등학교로 구경을 갔다. 몇몇 유지들이 붙들려 나와 있었고, 이른바 인민재판관들이 한 사람 한 사람의 죄상을 밝혀 주며 말 그대로 인민(?)들의 뜻을 물으며 공개재판을 하고 있었다. 다행히도 우리 면에서는 희생자가 없었다. 우익으로서 또 우익의 변두리에 빌붙어 꼴사나운 짓은 했지만 악질은 아니었으니 용서하자는 것이 재판의 대세였다. 비록 어린 나이였지만 나는 관용이란 덕목이 사람을 죽이고 살릴 수 있구나 하는 것을 목격했다.

그런 어느 날, 방학 중인데 학교에서 소집 통고가 왔다. 학교에 갔더니 위대한 김일성 수령이 남조선을 해방시키기 위해 군대를 보냈으며 조국해방군은 혁혁한 전공을 세우고 있으니 8·15 해방 기념식을 평양이 아니라 부산에서 갖게 될 것이라고 했다. 또 프린트 된 악보를 나누어 주면서 이제부터는 이런 노래를 불러야 한다는 것이었다. '장백산 줄기줄기 피어린 자국'이라고 시작되는 〈김일성 장군의 노래〉, '아침은 빛나라……'로 시작되는 〈조선인민애국가〉그리고 '우리는 강철같은 조선인의 인민군……'이라는 〈인민군대의 노래〉를 멋모르고 열심히 따라 불렀다.

그날 우리는 김일성 장군의 항일 빨치산 활동에 관해 이야기를 들었는데, 옛이야기에 나오는 전설적 영웅담을 듣는 기분이었고 그는 백발이 성성한 노장군일 것이라고 상상해 보기도 했다. 나중에 안 일이지만 김일성 신화를 차용한 가짜 김일성으로 본명이 김성주임을 알게 되어 속임을 당했다 싶어 분하기도 했다.

이런 가운데 마을의 어느 집에서는 미군 정찰병이 비행기에서 내려서 놓고 갔다는 낙하산을 주워다 놓았다는 소문이 퍼졌다. 구경을 가보니 울타리에 걸쳐 놓았는데 그 천이 왜 그렇게 탐이 났는지……, 결국 질기기만 한 나일론 줄을 몇 가닥 얻어 와 그것을 땋아 허리끈을 했던 기억이 난다.

그리고 8월 중순경에는 현물세를 매긴다고 콩포기, 나락포기를 센다고 야단들이었다. 전체 논밭의 7할을 현물세로 매겨 놨으니 뼈빠지게 농사지어 먹을 것도 없게 되었다고 걱정이 태산이었다. 토지 분배를 받은 머슴 출신들도 오히려 머슴살이를 해 새경을 받던 때가 더 낫지 않을까 하고 불안해 했다.

이런 것들이 열세 살의 초등학생이었던 내가 직접 보고 들었던 공산 치하 2개월 동안의 체험담이다.

전쟁이란 역시 어른들의 잔인한 살상의 놀이임에 틀림없다는 생각을 그때부터 하기 시작했다고나 할까.

| 유행어와 말, 말로 본 6 · 25 |

전쟁이 일어났을 때 나는 서부 경남 하동군 옥종면 옥종초등학교 6학년생이었다. 이튿날이 월요일이라 학교에 나가서 비로소 전쟁이 났다는 소식을 처음 들었다.

그리고 며칠이 지난 어느 날 우리 집 앞 샘가의 큰 포구나무 그늘 아래에 동리의 몇몇 청장년들이 모여앉아 근심스런 얼굴로 남침 이야기를 나누고 있기에 호기심에서 엿들어 보았다. 어느 누가 소련제 71연발 기관단총을 '따발총' 이라 말한다는 것이다. 처음에는 왜 '따발총' 이라 하는지를 몰랐으나 나중에 알고 보니 '다발총(多發銃)' 을 센말로 '따발총' 이라 하며 근접전에서는 대단한 위력을 발휘한다는 것이다.

그러나 이것이 틀렸다는 사실을 아주 나중에야 알았다. 함경도 사투리로 '또아리' 를 '따발' 이라 하는데 '따발총' 의 그 드럼식 탄창이 꼭 '따발' 처럼 생겼다 하여 붙여진 이름이라는 것이다.

그리고 또 며칠 뒤 학교에 갔더니 선생님이 우리를 모아놓고는 전황을 설명해 주었다. 서울이 인민군에 의해 점령되었다며 말을 이어가는 중간 중간에 그들을 간혹 '괴뢰군' '주구' (走狗)라고 언급하는 것이었다. 어느 학생이 "그게 무슨 뜻입니까?"라고 물었는데 대답은 적군을 얕잡아 부르는 말이라면서 스탈린의 지령에 움직이는 '꼭두각시군' 과 '앞잡이'라는 설명이었다.

그 뒤 한달쯤 지나자 간혹 제트기 편대가 곡예를 하듯 멀리 어디론 가 날아가는 것을 보자 처음에는 우리들은 겁도 없이 멋모르고 산 위 로 올라가 신기한 듯 구경했다.

어느 날은 제트기가 지서에서 가까이 있는 다리거리에 모여 있는 사 람들을 인민군으로 착각하여 기총소사를 한 사건이 있었다. 이 일이 있은 지 며칠 후 인민군이 드디어 나타났다. 6·25발발 한 달 만인 것 같다. 그 후 약 두 달간 인공치하의 세상이 되고 말았다. 이 기간 동안 에 나는 우리와는 아주 다른 말들을 듣고 배우게 되었다. 장교를 '군 관', 병사를 '전사(戰士)'라고 하는 것을 들으며 같은 나라이면서 남북 이 아주 다른 말을 쓰는구나 싶었다.

뿐만 아니라 당원을 '동무', 같은 목적의 모임을 '동맹(同盟)'이라 하는 것도 알게 되었고, 또 매우 낯설다 싶은 말도 들었다. 과오를 범 했을 때 당원 앞에서 잘못을 밝히며 자기반성을 하는 것을 '자아비 판', 주민들 앞에서 공개적으로 하는 재판을 '인민재판'이라 하는 것 도 알았다.

또 이런 것만 아니라 과학시간에 배웠던 '분자(分子)'란 말이 단체를 이루는 각 개인을 말하고, 생물시간에 배웠던 '세포(細胞)'란 말이 조 직의 최소단위를 말하며, '공작(工作)'이 공작시간을 통해 물건을 만들 고 조립하는 것으로만 알았는데 어떤 일을 꾸미는 일에도 쓰이는 말이 라는 것도 알았다. '불평분자' '열성분자' '반동분자' '세포조직' '세 포원' '정치공작' '정치공작대' 등이 자주 입에 오르내렸던 말들이었 다.

그런데 이러한 새로운 말의 홍수 속에서 또 다른 말들을 들을 수 있는 기회가 왔다. 정규전이 아니라 유격전으로 자리바꿈된 시기였다. 인천상륙작전의 성공으로 퇴로가 막힌 남하 인민군들의 패잔병들이 속속 산으로 잠입하여 유격전을 개시했다. 그 본부는 지리산이었다.

내가 살았던 면은 그나마 지리산 발치에서 제법 멀리 떨어져 있었던 터라 큰 피해는 없었으나 지서가 몇 번 습격당하기는 했다. 그 당시 지리산 주변에는 사시사철 인공기가 펄럭이는 지역이 있었는가 하면, 밤은 인민군이 낮은 경찰이 밤낮을 바꾸어 가며 주인이 되는 지역도 있었는데 그나마 우리 면은 거리관계로 출몰회수가 적었다.

이런 시기에 소년이었던 우리는 유격대원을 러시아어로 '빨치산' 이라고 하는 것을 알았고 때론 '공비(共匪)' 또는 은어로 산에서 내려온다고 '산손님' 이라 하는 것을 알았다. 그리고 이런 '빨치산' 과 내통하고 있는 사람을 '통비(通匪)', 식량이나 기타 보급품을 구하기 위해 지서나 경찰서를 습격한 후 소나 닭, 쌀 등을 조달하는 행위를 '보급투쟁', 이런 과정에서 그들을 도와주는 일을 하면 '부역자(附逆者)' '부역행위' 라고 하는 것을 들었으며 또 아주 생소한 '소개(疎開)' 라는 말도 처음 알게 되었다. '소개령' 이 내려졌다느니, '소개지역' 으로 사람들이 몸과 가축과 가재도구 등을 옮겼다느니 하는 말을 자주 들었는데 '소개' 는 곧 공비 출몰이 잦아 피해가 많은 경우 일시적으로 삶의 터전을 다른 안전한 곳으로 분산시키는 것을 뜻했다.

그 당시 우리 경찰이나 방위대들의 개인화기는 미제 에무완(M-1)과 카빈소총 그리고 일제 99(구구)식이었고, '빨치산' 들은 장총(長銃)이나 따발총이었나. 행여 야심한 밤에 멀리서 신호인양 장총의 '딱쿵' 소리가 들리면 공비가 출몰했다는 은어가 되어 '떴다 떴어' 라고 했던 기억이 나고 또 그 장총을 '딱쿵총' 이라 했던 생각도 난다.

그리고 또 피난시절에도 새로운 말들이 많이 나왔다. 구제품이란 뜻의 은어 'KJP', '38따라지', '우골탑' (牛骨塔), '빽', '얌생이 몬다', '골로 간다' 등이 그 주요 목록이다.

'KJP' 는 대학생들의 은어였다. 외국에서 들어온 구호물자는 헌옷이 주종이었는데 그것을 몸에 맞게 말쑥이 고쳐 입고 다니면서 우스개 은어로 'KJP' 라 했는데 이는 곧 영어표기 'Ku Jai Pum' 의 약어에서 나온 말이었다.

'38따라지' 는 노름판에서 세끗과 여덟끗이 짝이 되어 한끗 짜리 패가 되는 데 이는 곧 38선을 넘어와 삶의 뿌리를 내리지 못한 이북사람들을 지칭하는 말로도 쓰였다. 따분하고 한심한 처지에 놓인 사람을 비유적으로 '38따라지 신세' 라고 일컫기도 했다.

'우골탑' 은 '대학' 이란 말의 은어적 대용어였다. 전시중에는 고교 졸업생은 간부후보생으로 징집이 되었지만 대학생이면 일단 징집이 보류되었다. 그러다 보니 자식의 목숨을 살리기 위해 안간힘이라도 쓰듯 너도나도 농촌에서 소를 팔아 대학으로 보냈다. 대학의 흰색 콘크리트 건물을 보자 문득 소뼈가 연상되어 빗대어 말해 본 것이 유행어가 되었다.

'빽' 이란 말도 크게 유행했다. 휴전 이후에도 무소불위로 위력을 발휘했다. 때론 '뒷빽' 이라고도 했다. 든든한 후견자나 '뒷줄' 이란 뜻으로 쓰였다. '돈도 없다 빽도 없다' 라는 말을 자주 했는데 돈도 없고 빽도 없어 군대에 가게 된 사람들은 총에 맞아 죽을 때는 원한이 맺혀 '빽' 하고 죽는다는 세태풍자적 우스개도 나온 적이 있다.

'얌생이 몬다' 는 말도 나왔다. 남의 물건을 몰래 슬쩍하는 도적질을 뜻하는데 이 말의 유래는 매우 엉뚱하다. 경상도에서 염소를 얌생이라고 하는 걸 보아 아마도 경상도지방에서 유래된 말이 아닐까 한다. 미군부대 창고에 들어가 물건을 슬쩍해 나오려면 민간인으로서는 부대 주위를 그냥 얼씬거릴 수는 없다. 철조망가에서 염소에게 풀을 먹이는 척이라도 하다 경비원의 눈을 피해 기회를 봐야 했기 때문에 유래된 말이다.

끝으로 뭐니뭐니해도 전쟁의 와중에 가장 무서운 말이 '골로 간다'는 말이었다. 곧 '죽는다' 는 뜻이기 때문이다. 좌익이다 우익이다, 반동분자다, 부역자다, 통비다 하여 수많은 사람들이 '골' 즉 골짜기로 끌려가 총살을 당했기에 유래된 말이다. '골' 은 골짜기인 동시에 죽음을 뜻했다. '골로 간다' 가 능동적인 뉘앙스가 있다면, '골로 보낸다' 는 표현은 피동적인 뉘앙스로 '죽임을 당하다' 는 뜻으로도 사용되었다.

대충 지금까지 나는 6 · 25시절에 난무했던 이 말 저 말을 살펴보았다. 유행어, 은어, 속어, 새로운 용어, 사전에서만 잠자던 낯선 단어 등등— 이 앞에서 우리는 마치 6 · 25의 총구 앞에 선 듯 당황하고 어리둥절했다. 더러는 신기한 듯한 말들이 있었는가 하면 어린 소년의 나이로서는 매우 이해하기 어렵고 소화하기 힘든 강도 높은 말들도 있었다.

아무튼 이 모든 말들은 각 말들이 지닌 배경 나름으로 전쟁체험의 어두운 그림자를 드리우고 있는데 지금 생각해 봐도 그 잔영만은 아직도 머릿속에 남아 있는 것 같다.

| 유행가에 나타난 6 · 25 |

해방이 되었다. 36년간의 압박과 서러움에서 말 그대로 '해방' 되었다고 사람들은 얼마나 기뻐했는지 모른다.

이런 기쁨을 상징적으로 담은 노래가 바로 1946년도에 나온 손석봉의 〈귀국선〉이다. '돌아오네 돌아오네 고향산천 찾아서' 로 시작되는 이 노래는 한껏 3천만의 가슴에 희망을 불어넣어 주었다. 만주와 일본 등지에서 귀환동포가 돌아오고 징병이나 징용갔던 그리던 아들이나 남편, 오빠가 돌아오고 또 애국지사들도 속속 돌아왔다.

그런데 이게 웬 일이란 말인가. 극도의 사회혼란과 겹쳐 조국이 금세 두동강이 났다. 그 당시의 한탄스런 표현을 빌리면 해방이 아니라 '메방' 이고 '훼방' 이었으며, 당시 유행어로라면 1원 가치도 채 못 되는 '85전' 짜리 8 · 15였다.

그러자 남과 북으로 갈라선 이런 현실이 너무 한탄스러워 1946년도에 남인수가 〈가리라 삼팔선〉을 목메이게 불렀다. 통일정부는 들어설 기미는 없고 시간이 흐르면 흐를수록 38선의 장벽은 높아만 갔다.

드디어 1948년 8월 15일에 남한은 남한대로 이승만 정부가 들어서

고, 같은 해 9월 9일에 북한은 북한대로 김일성 체제가 들어서 한 지붕 두 살림 꼴이 되고 말았다. 이런 조국 현실이 너무나 애달파 1949년도 는 역시 남인수가 〈달도 하나 해도 하나〉란 노래에서 '달도 하나 해도 하나 사랑도 하나/ 이 나라에 바친 마음 그도 하나이련만' 이라면서 단 군의 한 자손임을 환기시킴과 동시에 분단조국의 현실을 안타까워 했 다.

그런데 또 이게 웬 청천벽력인가. 6·25란 동족상잔의 싸움마저 일 어나고 말았다. 아닌 밤중에 파죽지세로 밀고 들어온 북한군에 의해 밀리고 밀려 낙동강전선까지 밀려 가히 풍전등화의 운명에까지 내몰 렸다. 이 때는 피난하기 바쁘고 살아남기 급하다 보니 이렇다 할 노래 를 남길 여유가 없었다.

그러다가 인천상륙작전으로 전세가 뒤바뀌고 또 서울이 탈환되자 비로소 현인이 그의 독특한 바이브레이션 창법으로 진중가요 〈전우야 잘 자라〉를 불렀다.

'전우의 시체를 넘고 넘어 앞으로 앞으로/ 낙동강아 잘 있거라 우리 는 전진한다/ 원한이야 피에 맺힌 적군을 무찌르고서/ 꽃잎처럼 떨어 져간 전우야 잘 자라' 로 끝나는 이 노래 1절 다음, 2절에는 추풍령이, 3 절에는 한강수가 각각 나오고 드디어 4절에서는 다시 38선을 무너뜨 리기 위해 북진한다는 내용이다.

이렇게 북진이 계속되고 또 철도 초겨울로 접어들어설 무렵에는 신 세영의 노래 〈전선야곡〉이 나왔다.

'가랑잎이 휘날리는 전선의 달밤/ 소리없이 내리는 이슬도 차가운 데/ 단잠을 못 이루고 돌아눕는 귓가에/ 장부의 길 일러주신 어머님의 목소리/ 아―아― 그 목소리 그리워' 란 가사다.

이 노랫말의 화자는 젊은 병사다. 생과 사가 촌각에 달려 있는 전선 의 밤에 잠을 청하려다 보니 잠이 오지 않아 몸을 뒤척이자 문득 고향의 어머니가 그리워진다는 내용이다. 약간은 애절도 하고 애틋도 하여 울적한 심사에 화자의 눈가에는 눈물도 맺힐 법한 노래다.

그러다가 1952년도에는 유춘산 노래의 〈군사우편〉이 나온다.

'행주치마 씻은 손에 받은 임소식은/ 능선에 향기 품고 그대에 향기 품어/ 군사우편 적혀 있는 전선 편지에/ 전해주던 배달부가 싸리문도 못가서' / 북받치는 기쁨에 나는 울었오.'

전선에서 온 군사편지란 원래 순간에 희비가 엇갈릴 수밖에 없다. 전사통지냐, 부상으로 후송되었느냐 아니면 잘 있다는 안부냐에 따라 그럴 수밖에 없다.

이 노래의 화자는 후방에 있는 아내다. 편지를 받아쥔 아내는 다행히도 잘 있다는 편지에 순간 기뻐 울 수밖에 없었으리라.

원래 전선에서는 전선이 하루가 다르게 바뀔 수밖에 없으니 일정한 주소가 있을 리 없다. 앞의 '군사편지' 란 노랫말처럼 일방적 군사편지만 있을 뿐 후방지역의 아내로서는 소식 전하기가 아예 불가능한 일이다.

그러다 보니 1953년도에는 후방의 아내가 노랫말의 화자가 된 금사향의 노래 〈임 계신 전선〉이 나온다.

'태극기 흔들며 임이 떠난 새벽정거장 기적도 울었오/ 만세소리 하늘 높이 들려오누나/ 지금은 어느 전선 어느 곳에서/ 지금은 어느 전선 어느 곳에서/ 용감하게 싸우시나 임이여 건강하소서.'

소식 없는 남편의 안부가 궁금하다 보니 편지는 할 길 없고 오로지 마음으로만 남편의 안부를 물으며 무사와 건강을 기원하고 있는 노래다.

그리고 또 1953년도 쯤에는 전쟁도 막바지로 치닫고 동시에 1 · 4후퇴시 실향민들이 이북 고향을 등지고 남하한 지도 제법 세월이 흐르다 보니 자연 고향생각이나 두고 온 부모형제나 아내 생각이 간절해지고 그립지 않을 수 없었으리라. 처음에는 빈 몸에 빈 손으로 내려와 고생도 하고 호구(糊口)가 급했지만 차츰 삶의 뿌리가 내려지자 마음의 여유가 다소 생겨났을 법도 했다.

그래서 이때 한정무의 〈꿈에 본 내 고향〉과 현인의 〈굳세어라 금순아〉가 나온다.

'고향이 그리워도 못가는 신세/ 저 하는 저 산 아래 아득한 천리/ 언제나 외로워라 타향에서 우는 몸/ 꿈에 본 내 고향이 마냥 그리워'(〈꿈에 본 내 고향〉), '눈보라가 휘날리는 바람찬 흥남부두에/ 목을 놓아 불러봤다 찾아도 봤다/ 금순아 어디로 가고 길을 잃고 헤매였던가/ 피눈물을 흘리면서 일사 이후 나홀로 왔다(〈굳세어라 금순아〉).

두 노래 모두가 실향민의 절절한 한과 슬픔을 노래하고 있는 경우다.

이러다가 드디어 1953년도에는 휴전이 체결된다. 그리고 부산 피난 생활을 거두고 서울로 다시 돌아온다. 이 때의 노래가 바로 남인수의 〈이별의 부산정거장〉이다.

'보슬비가 소리도 없이 이별 슬픈 부산정거장/ 잘 가세요 잘 있어요 눈물의 기적이 운다/ 한 많은 피난살이 설움도 많아 그래도 잊지 못할 판잣집이여/ 경상도 사투리에 아가씨가 슬퍼 우네/ 이별의 부산정거장.'

휴전이 되자 이제는 38선 아닌 휴전선이 새로 그어졌다. 남인수가 1946년도에 〈가거라 삼팔선아〉라고 애통하게 불렀던 그 노래가 1955년도에는 〈유선선 나그네〉로 바뀌이 '삼백리 임진강에 울고가는 저 물새야/ 송악산에 보초병은 오늘도 서 있더냐/ 서울도 고향이요 평양도 고향인데/ 철조망이 웬말이냐 휴전선아 가거라' 라고 외쳐 불렀던 것이다.

그 다음 뒤이어 1956년도에는 이해년이 불렀던 〈단장의 미아리고

개〉가 나와 6·25 바로 당시 납북으로 인한 생이별의 아픔과 비극을 다시 한 번 상기시켜 주었던 것이다.

이제 우리는 이런 노래가 처음으로 불려졌던 그 당시를 다시 한 번 거슬러 올라가 보자. 상상컨대 특히 〈전우야 잘 자라〉나 〈전선야곡〉이 유행했던 그 당시, 얼마나 많은 젊은 병사들이 이런 노래를 부르며 눈물을 흘렸을까도 싶고 또 얼마나 많은 실향민들이 〈꿈에 본 내 고향〉이나 〈굳세어라 금순아〉를 부르며 실향의 슬픔과 한을 달래며 울먹였을까도 싶다.

그런가 하면 남편을 사지(死地)와 다름없는 전선으로 보낸 젊은 아내들은 〈임계신 전선〉을 바라보며 또 얼마나 초조히 임을 그리워했을까. 아니 꼭 이런 것만이 아니었으리라. 무심한 삼팔선이나 휴전선을 바라보며 사람들은 우국충정에서 또 얼마나 분단의 조국현실을 한탄했을까도 싶고, 또 어느 누가 납북이산가족이었다면 〈단장의 미아리고개〉를 부르며 그 얼마나 쓰리고 아린 가슴을 쓸어내렸을 까도 싶다.

지금도 이런 노래가 흘러 나오면 나도 모르게 가슴이 찡해 오고 있다.

6 · 25만 되면 나에겐 어두운 기억 하나가 떠오른다. 어언 58년이란 세월이 벌써 흘렀건만 아직도 생생한 기억들이 나의 뇌리에 슬픈 흔적처럼 남아 있다. 그것은 생사를 확인할 수조차 없었던 아버지에 관한 기억이다.

아버지는 일제 말기에 징용을 가지 않을 방편으로 외할아버지의 주선으로 산청군 단성면에서 잠시 면서기 일을 보다가 할아버지가 한약국에만 전념하셔야 했기에 해방이 되자 농감(農監)을 하려고 곧바로 고향으로 돌아왔다. 그 당시에는 조금이라도 먹물이 들어갔으면 극히 예외적인 사람들, 가령 경찰관이나 군인, 일반 관공서 관리나 반공단체 인사들을 제외하고는 정도의 차이는 있지만 마치 무슨 유행 열병저럼 마르크스와 레닌의 붉은 사상에 물들어 있었다는 것은 널리 알려진 사실이었다. 아버지도 예외는 아니었는데 그러나 골수분자는 아니었고 단지 심정적 동조자였다는 것이 후일 사람들의 이야기였다.

그런 아버지가 날벼락을 맞았다. 1949년도에 '도와서 인도한다' 는 뜻의 '국민보도연맹' 이란 단체가 생겨 그 조직에 가입하면 면죄부를 주어 과거의 전력을 일체 불문에 붙인다 해서 자수한 몸인데, 그것이 날벼락이 될 줄을 어느 누가 알았으랴. 골수분자들은 지하로 잠적하고 그래도 떳떳이 살겠다고 자수를 했는데 사변이 나자 곧바로 7월초에 연맹원들을 모두 검거해 들였다. 그리고 모개죽음(떼죽음)을 당했다. 전세가 점점 불리해지자 행여 연맹원들이 후방에서 지하활동을 할까 봐 취해진 사세 부득의 조치였다는 것이다.

그러나 이 일이 얼마나 많은 사람들을 불행하게 만들었던가. 교전 시기가 늦은 남쪽 지방으로 오면 올수록 아버지나 삼촌, 외삼촌이나 이모부, 그리고 친척들 중에 그런 불행을 당하지 않은 사람이 거의 없을 정도였다. 어느 자료에 의하면 당시 가입된 보도연맹원이 무려 33만 5천명이 넘었다 하며, 그 중 희생자는 적어도 20만명에 달한다니 가히 짐작하고도 남을 것이다. 전란 중에 죽거나 이북으로 끌려간 불행 다음으로 민족사의 큰 불행이었다. 지나간 역사에 대한 회한이지만 무조건 모개죽음을 시킬 것이 아니라 그 정도에 따라 살릴 사람은 살리고 죽일 사람은 죽인다는 최소한 생명존중의 배려라도 있었으면 역사에 오점을 덜 남겼지 않았을까 싶다.

지서로 붙들려 간 아버지는 7월 9일경에 하동경찰서로 이송되었다. 뒤늦게나마 빼내 보려고 손을 써 보았지만 일(죽임)이 끝난 뒤라 사후 약방문이었다. 하루나 이틀 정도만 일찍 왔으면 하고 혀를 차더라는 소식을 들었을 때 그것은 억만간장이 녹아내리는 슬픔이요 한이었다.

며칠 후 같은 마을의 한 사람이 시체더미에서 기적적으로 살아서 돌아왔다기에 행여 만났다거나 보았다거나 하는 소식이나 들을까 하고 가보았지만 허사였다. 대신 그분의 천운을 그 얼마나 부러워했는지도 모른다. 그 뒤 여기저기 수소문도 해 보았지만 굴비 엮듯 엮어 어느 골(골짜기) 어디로 싣고 갔는지, 아니면 노량바다 어디에다 수장시켰는지 알 길이 막막했다. 설사 그 당시 유행어로 '골로 간' (죽음) 현장을 알았다 한들 모두가 악에 받혀 있는 살벌한 전시라 눈에 쌍심지를 켠 듯한 시퍼런 경찰들의 눈을 피해가며 그 누가 감히 시체구덩이들을 뒤져 볼 엄두를 낼 수가 있었겠는가. 얄궂은 집안 운이긴 하지만 공교롭게도 할아버지가 6·25 바로 2년 전에 돌아가셨으니 집에는 목숨을 걸고라도 찾아 나서 볼 피붙이 어른 남자가 한 사람도 없었다.

전쟁의 와중에 우리 집으로 뜬소문도 수시로 날아들었다. 세월이 지난 다음에야 비로소 허무맹랑한 이야기였다는 것을 실감할 수 있었지만 처음에는 아버지를 직접 만나 이야기를 해 본 사람이 있다더라든지 또는 진주에서 한 번 본 사람이 있다더라는 소식이 전해지는 날이면 온 식구들은 안달이 났고 또 직접 주검을 확인할 수 없었고 할 길도 없었으니 천운에만 안타까움을 도박하며 그저 살아서 돌아오기만을 빌고 또 빌었다.

할머니는 새벽마다 장독 위에 정화수를 떠놓고 손이 닳도록 빌었는데 효자로 소문난 아들이 돌아와 주기를 비는 한 맺힌 비원이었다. 어머니는 3남 1녀를 둔, 서른을 갓 넘긴 청상의 신세가 되었으니 남편을 잃은 슬픔을 겉으로 내색할 수는 없고 속으로만 새기느라 가슴앓이를 앓으셨다. 한 맺힌 여인의 일생을 사시다가 지난해 돌아가셨다.

6·25가 나던 해 유복자로 태어난 막내동생이 아장아장 걸어 다닐 때쯤에는 허허실실로 '아버지는 언제 오시지'라면서 머리를 긁어 보라고 하던 기억이 생생하다. 집 나간 식구들이 언제 돌아올지 궁금할 때 심심풀이로 해보는 '머리긁혀보기'의 점치기인데 앞머리를 긁으면 곧 돌아오시겠지 라는 서글픈 위안으로 삼기도 했고, 뒤꼭지를 긁으면 밉상스러워 화풀이까지도 했다.

또 용하다는 점쟁이만 있으면 답답한 궁금증을 풀어 보려고 할머니와 어머니는 열심히 복채를 들고 찾아다니시곤 했다.

5년 그리고 10년을 기다려 보았으나 영영 소식 없는 아들이었고, 남편이었으며, 아버지였다. 죽음이 실감나지 않아 한동안 제사도 지내지 않다가 오랜 세월 따라 희망도 바래어 절망으로 변색될 즈음에서야 비로소 집을 나간 날짜(7월 5일)를 기일로 잡아 추모하기 시작했다.

아버지가 집을 나가신 후 얼마 동안 집에는 장성한 남자가 있을 리 없었다. 아버지 밑으로 고모가 두 분 계셨고 그 밑으로 삼촌이 두 분 계셨는데 큰삼촌이 나보다 세 살 위라서 그 당시 중학교 3학년이었고, 막내삼촌은 나보다 두 살 아래로 초등학교 4학년이었다. 나는 그 당시 초등학교 6학년이었고, 둘째 남동생이 겨우 세 살이었으며, 막내동생은 유복자로서 태어났으니 고추 단 남자가 다섯 명이나 되었지만 모두가 까까머리가 아니면 코흘리개요 젖먹이였다.

이런 우리들을 밥상머리에서 바라본 할머니와 어머니는 측은스러워 깊은 한숨을 내쉬었고, 장성한 남자들이 있는 집이 부러워서 그저 많이 먹고 어서 크라는 말씀도 종종 하시곤 했다.

그 후 무심한 세월은 흐르고 흘러 어느새 그 다섯 숙질이 그나마 모두 어엿한 지아비가 되어 살아생전 '어서 크라' 시던 그 분들의 원풀이는 해 드렸지만 결국은 할머니 뒤를 이어 어머니마저 풀지 못한 한을 안고 세상을 뜨셨다.

이제는 속절없는 세월 따라 나 역시 중늙은이가 되어 있지만 고혼이 된 아버지의 넋만은 달랠 길이 없어 못내 가슴이 아프다. 서러운 아쉬움에 제사야 물론 해마다 지내왔지만 주검만은 실감이 나지 않아 한 맺힌 민족사에 무언의 저항이라도 하듯 무덤은 만들어 드리지 않았다. 그러다가 삼년 전에 비로소 어머니가 돌아가시자 허허롭기 한량없었지만 사진과 옷가지를 불살라 함께 납골묘에 안치시켜 드렸다. 북한강이 내려다보이는 양지 바른 공원묘원에 두 분이 나란히 누워 이제는 소곤소곤 만단설화를 펴 놓고 있을 듯도 싶고, 만단정회를 풀고 있을 듯도 싶다.

아무튼 이 모든 화근은 평소 할머니의 말씀처럼 '웬쑤 같은 6·25' 때문이었다. 전쟁은 무슨 명목이던 무슨 논리이건 악중의 악이다. 다만 전쟁 없는 평화통일의 나팔소리만이 그 당시 억울하게 죽어간 무수한 영혼들을 달랠 수 있는 진혼곡이요, 죄 많은 6·25의 민족사를 반성적으로 회개해 보는 회심곡이 아닐까 싶다.

| '고구마 먹이기' 의 습속 |

어릴 적 우리는 신작로에 나가 지나가는 차만 보면 꽁무니에다 대고 신나게 '고구마 먹이기' 를 했다. 지방에 따라서는 '감자 먹인다' 고 말하는데 '감자' 가 아니라 '감저(甘藷)' 가 아닌가 싶다. 고구마를 일명 감저라고 하기 때문이다. 경상도(서부 경남)에서는 '고구마 먹인다' 라고 하는데 이는 곧 팔과 손을 이용해 성교나 수음(手淫)하는 행위를 모방한 용두질치기를 일컫는다.

그리고 이 '고구마 먹이기' 의 용두질에는 그 단계가 있다. 욕을 먹이는 '나' 와 용두질을 당하는 상대와의 거리에 비례하여 용두질의 크기도 달라지는 3단계가 있다. 거리가 가까울 때면 팔로써 용두질을 한다. 그 사정거리와 효과면으로 보아 '소총식 용두질' 이라고나 할까. 그 다음 단계가 다리를 이용해 용두질을 친다. '기관총식 용두질' 인 셈이다. 거리가 점점 멀어져 이 정도로는 부족하다 싶으면 머리를 이용해 용두질을 친다. '박격포식 용두질' 이다.

그런데 이런 욕먹이기의 풍속에 얽힌 다음과 같은 우스개 이야기가 있다.

초대 미국 대사로 한국에 '말징거' 란 사람이 부임했다. 차를 타고 길에 나가다 보면 아이들이 열심히 손으로 '고구마 먹이기' 를 하는 것을 보고 하루는 한국인 통역관에게 저게 무슨 표시의 손짓이냐고 물어봤다. 욕하는 손동작이라 차마 말할 수 없어 엉겁결에 환영의 표시라고 둘러댔다. 그 말을 곧이곧대로 알아들은 그 대사도 길에서 어린애들이 고구마를 먹일 때면 좋아하며 그 답례로 '고구마 먹이기' 를 했다는 이야기이다.

사실은 우스개 이야기이다. '말징거' 란 대사가 있지도 않았고 이 이야기가 거짓말이란 것을 살짝 감추기 위해 '거짓말' 이란 단어를 거꾸로 바꾸어 외국인 이름 비슷하게 '말징거' 를 내세워 꾸민 이야기이다.

그렇지만 한 나라에 처음 온 외국인이라면 그럴 수 있는 개연성이 없지는 않을 것이다.

초대 주한 미국대사 무초가 왔을 시절, 특히 시골에서는 차가 지나가기만 하면 어린이들은 고구마를 먹이는 심술통을 부렸다.

그 후 1950년대 말까지만 해도 시골에 가면 새로운 문명의 침입에 항의라도 하듯 '고구마 먹이기' 유습이 남아 있기도 했다. 아이들뿐만이 아니라 좀 짓궂은 청장년들도 논두렁에서 풀을 베거나 논을 매다가 버스나 택시가 빵빵거리고 지나간다든지 또는 기차가 삐익삐익 기적을 울리고 지나가면 에라 이거나 먹으라는 식으로 손과 머리로써 용두질을 쳐댔다.

과연 언제부터 이런 욕질이 생겨났으며, 왜 생겨났을까? 아마 개화와 함께 신작로와 철로가 생기고 이 땅에 신문명이 들어오면서일 것이다.

신고산이 우르릉 화물차 떠나는 소리/ 고무공장 큰 애기 변또밥만 싸노라/ 어랑어랑 어허야 어루엄마 내 사랑/ 신고산에 우루루 우루루 기차 가

는 소리/ 신고산 큰 애기들이 에루화 단보짐 싼다/ 이 산 넘어를 가라 할
까 저 산 넘어를 갈까/ 총각낭군 다리고 수풀노름을 갈까/ 신작로가 넓어
서 몸이 횡횡 돈다.

〈원산(元山)아리랑〉의 일부다. 기찻길이 생기고 신작로가 생겨난 일
제하의 변해진 조국 산하의 한 풍경이다.

그리고 '전답 좋은 것은 철도길로 나고, 계집애 고운 것은 갈보로 간
다' 라는 내용의 민요에서는 철로를 통하여 일본의 침략과 착취가 방
방곡곡으로 퍼져 나가는 것을 한탄하고 있으며, 농토를 잃은 농민의
딸들이 생계를 위하여 윤락가로 빠져드는 참상을 탄식하고 있다.

뿐만 아니라 '낙동강 칠백리 공굴 놓고, 하이칼라 잡놈이 왕래한다'
는 민요에서는 한국을 침략한 일인들이나 이에 아부하는 친일배들이
기차를 타고 왔다갔다 하는 그 꼴사나운 행동을 빗대어 노래하고도 있
었다.

이런 시대적 상황이다 보니 신작로 한복판에는 하이야가 지나고 하
이야 한복판에는 신랑신부가 타고 있다든지 또는 기차 여행을 하는 특
수층을 바라볼 때에는 욕지거리가 절로 나오지 않을 수 없었을 것이
다. 바로 그 욕지거리가 행동으로 표현된 것이 이른바 '고구마 먹이
기' 인 셈이다.

따라서 우리는 '고구마 먹이기' 의 유래를 쉽게 짐작할 수도 있다.
크게 보아 그것은 일본인의 침략에 대한 무언의 욕이요 저항이었다.
또 좁게 해석해 보면 팔자 좋은 특수층에 대한 선망의 질투심의 표현
이기도 하고 없는 자의 저항심리의 표현이기도 했다.

그러나 이제는 산간벽지를 가도 이런 행위를 구경할 수 없게 되었
다. 문명의 이기(利器)들이 대중화되었기 때문이다. 아무리 달동네에
사는 아이들이라 해도 날아가는 비행기를 보고 그런 행동은 하지 않을

정도로 세상은 변했다.

　오히려 나는 노사분규현장에서 구호나 노래에 맞춰 손을 높이 들었다 내렸다 하는 그 반복 동작에서 어릴 때 내가 했던 '고구마 먹이기'의 그 현대적 변형을 보는 것 같다. 겉의 명분과는 달리 속으로는 잘 먹고 잘 살고 또 팔자 좋은 사람들에 대한 성토요 저항이라는 측면에서 본다면 그 유사성이 너무나 많지 않은가.

| 담배 먹고 맴맴 |

담배는 콜럼버스가 1492년에 아메리카 대륙에 상륙하여 당시 토인들이 피우는 담배를 처음으로 본 이후부터 비로소 문명인들에게 알려진 식물이다.

우리나라에 이 담배가 전래된 연대와 경로에 대해서 고정된 설은 없다. 다만 국내 문헌에 단편적으로 나타난 기록들을 종합하면 1608~1616년 사이, 즉 광해군 때에 일본으로부터 들어왔다는 것이다.

조선 제14대 선조 때부터 인조 때까지 명관(名官)이며 석학이었던 지봉(芝峰) 이수광(李睡光)이 1614년에 발간한 《지봉유설(芝峰類說)》을 보면 담배의 최초 이름은 남령초(南靈草)로 불리었고 근세 왜국에서 들어왔다고 적고 있다. 또 남령초란 초명(初名)이 속명(俗名)으로 '담바고'라고 불리게 된 경위는 남만국(南蠻國)이라는 나라에 담바고(淡婆姑)라는 여인이 있었는데 이 여인은 오랫동안 담(痰)을 앓았는데 우연히 여러 해 동안 이 풀을 복용하고 그 병이 나았다 하여 '담바고' 라 불리게 되었다는 것이다. 그러고 보면 오늘날 우리가 쓰는 담배라는 말이 결국은 '담바고' 란 말에서 나왔음을 알 수 있다. 아닌 게 아니라 오래된 경상도 민요 중에 담배에 대한 노래로서 〈담바귀타령〉 또는 〈담바구타령〉이란 것이 있는 걸 보면 충분히 짐작이 간다.

인조(仁祖) 때의 장유(張維)의 저서인 《계곡만필(溪谷漫筆)》에도 담배가 일본에서 전하여졌다고 기록되어 있다.

이런 기록들만 보면 일단 담배는 일본에서 들어왔으며, 그 이름은 처음에는 '남령초' 라 했고 속명으로는 '담바고' 라고 불리다가 오늘의 '담배' 라는 말로 굳어졌다 하겠다.

이렇게 들어온 담배는 조선시대에 널리 일반 국민에게 보급되었다. 그 큰 이유는 담배를 피우는 맛도 맛이지만 다른 무엇보다도 의약품이 없었던 시절이라 의약품의 대용으로 자주 상용되었기 때문이 아닌가 한다. 회충에 의한 복통에 이를 피워 진통을 삭혔고 충치 예방이나 치통에 담배가 좋다 하여 곧잘 피워댔으며 곤충에 물렸을 때는 담배를 피운 입안의 침을 그 부위에 발랐으며 나아가 상처의 지혈이나 화농 방지에 담배가 이용되기도 했다.

하멜이 쓴 《표류기(漂流記)》를 보면 한국 사람들은 4~5세만 되면 담배를 피운다고 적고 있는데 이는 질병 치료를 위해 아이들이 담배를 피우는 것을 보고 그렇게 쓴 것이 아닐까 싶다.

아무튼 내가 시골에서 초등학교를 다니던 시절만 해도 담배를 피우던 초등학생들이 제법 있었다. 이들은 아마 치통이나 회충으로 인한 복통이 있다 보니 그 치료책으로 담배를 피우던 것이 그만 습관이 되어 어쩌면 준골초가 된 게 아닌가 싶다. 심지어 나의 동급생 중 나이가 좀 위인 학생들 중에는 담배쌈지에다가 10센티미터 정도의 몽당 담배대를 가지고 다니던 학생도 한두 명 있었다.

그 당시로서는 어른이건 누구이건 시골에서 궐련을 피우는 사람은 퍽 귀했다.

내가 초등학교 1학년 때에 해방이 되었는데 그 기념 담배가 바로 그

해 조선 군정청 전매국에서 '승리' 라는 이름으로 나왔다. 초등학교 3학년 때인 1947년에는 조선 전매국에서 '무궁화' 란 담배가 나왔다. 1949년에 비로소 대한민국 전매국 이름으로 처음으로 '백합' 과 '샛별' 이란 담배가 나왔다. 그때 나는 초등학교 5학년 때였다.

다시 말해 내가 초등학교 재학 시절에 이런 궐련들이 속속 나왔지만 시골 사람들에게는 여전히 '그림의 떡' 이었다.

특히 시골의 머슴들은 말린 담뱃잎을 손으로 썰어서 곰방대로 피웠다. 그러다가 조금 세월이 지나 형편이 나아지자 주인집에서는 전매국에서 나온 '봉초(封草)' 를 사주기도 했다. 봉초는 '각연초(刻煙草)', 즉 썰어서 만든 살담배를 봉지 포장으로 팔았기 때문에 그렇게 불려졌다. 그 봉초 담배의 이름은 바로 '희연(喜煙)' 이었다.

이 '희연' 으로 머슴들의 담배가 바뀌자 대부분의 머슴들은 곰방대를 처분해 버렸다. 대신 신문지를 잘라 손으로 말아 피우는 시대로 변했다고나 할까.

이런 시절에 우리 집에 한 사건이 생겼다. 중학교에 다니던 큰삼촌이 방학을 맞아 공부할 책을 싸들고 집으로 왔다. 그 책들 중에는 일본에서 나온 영일사전이 있었다. 어느 날 공부를 하다가 그 사전을 사랑방에 두었는데 그만 그 사전이 감쪽같이 없어져 버렸다. 나도 사전을 못 보았느냐고 닦달을 받았다.

그런데 나중에 알고 보니 범인은 다름 아닌 머슴이었다. 얇고 보드라운 인디안지로 만든 그 사전의 종이가 신문지에 비하면 담배종이로서는 천하일품인지라 몰래 뜯어서 담배종이를 했던 사건이었다.

이제는 아무리 형편이 어려운 사람도 궐련을 피우는 세상이 되었고 종이도 각양각색으로 지천에 널려 있는 세상이 되었다. 지난 시절을 생각해 보면 지금은 너무 물자가 흔한 것이 오히려 탈인 것 같다.

| 슬픈 백정(白丁)의 노래 |

백정(白丁)이란 말은 이제 일상용어에서는 완전히 사라졌고 다만 사전에서나 나오는 유물 같은 단어가 되어 있다. 그러나 내가 초등학교 다니던 시절만 해도 상스러운 욕으로 입에 자주 오르내렸다. '백정보다도 못한 놈'이니 '백정놈의 자식'이니 하며 대판 입싸움이 벌어질 때면 자주 들었던 말이었다.

뿐만 아니라 그 당시만 해도 백정이나 백정 출신들을 천대하는 습성이 남아 있었다. 설사 외지에서 들어와 신분을 가리고 농업에 종사하더라도 그 뿌리가 밝혀지는 날이면 그 후부터는 동리에서 기를 펴고 살 수 없었다. 나의 상급반에도 백정 출신의 자녀들이 있었는데 늘 풀이 죽어 뒷자리나 뒷구석에서만 맴돌곤 했다. 특히 남한 가운데서도 영남은 종래부터 봉건적 신분 질서를 존중하는 유학 사상이 어느 곳보다도 강하여 최하층의 백정에 대한 멸시도 특히 심했으니 그런 점도 쉽게 상상이 가능하다.

나는 어릴 때 백정이라면 도살업에 종사하는 사람만을 그렇게 부르는 줄로만 알았다. 그래서 '쇠백정' '개백정' '돼지백정'만 있는 줄 알았다. 그러나 그게 아님을 확인한 것이 대학생이 되었을 때였다.

원래 백정이란 말은 고려시대에 있어서는 농민의 칭호였다 한다. 그러나 조선 왕조가 들어서자 농업에 종사하는 양인(良人)의 수효를 늘리기 위해 고려 왕조에서 천민 대우를 받던 화척(禾尺)이나 재인(才人)들을 정착생활을 하는 농민으로 전환시키기 위해 그들을 고려시대 농민의 칭호를 따 백정이라 고쳐 부르게 되었다는 것이다.

그러나 조선 왕조의 이런 정책도 결국은 실패로 돌아가 백정은 하나의 특이한 사회집단을 이루어 살 수밖에 없었다 한다. 그들은 일반 농민들과는 달리 수렵에 종사하거나 특수한 수공품을 생산하든지 또는 떠돌이 생활을 하며 노래와 춤을 팔아 생계를 유지하는 부류로 전락되었던 것이다.

그들이 생계유지의 방편으로 택한 대표적인 직업 중의 하나가 바로 도살업이다 보니 '쇠백정'이나 '개백정'이 곧 백정의 직업인 양 인식될 수밖에 없었다. 그러나 가죽을 만들거나 가죽신을 만드는 사람은 물론 유기(柳器)를 제조 판매하는 사람들도 백정이라 불렸다. 가령 유기 제조업자들이 주로 옷을 넣는 고리짝을 만들다 보니 그들을 '고리백정'이라 부르기도 했다.

그런가 하면 떼를 지어 다니며 악기를 연주하고 노래나 춤, 기타 재주를 보이면서 유랑 걸식하던 사람들을 '재인백정(才人白丁)'이라 부르기도 했다.

그리고 보면 대충 백정의 큰 계보는 세 가지인 것을 알 수 있다. '도살업 백정' '수공업 백정' '재인백정' 등.

이들이 당한 천대는 이루 말할 수가 없다. 노비들보다 더 심한 차별 대우를 받았다. 일반 평민들의 부락에 함께 살 수조차 없어 특수부락을 형성해 살다 보니 '성아랫것(城下人)'이라고 불리기도 했다. 또한 교육을 받을 기회조차 봉쇄되어 있었으니 성(姓)을 가지고 있으면서도 그 관향(貫鄕)조차 모르는 사람들이 허다했으며 이름도 보통 사람처럼 짓지 못하게 되어 있어 그 이름에 '인(仁)' '의(義)' '효(孝)' '충(忠)' 등과 같은 훌륭한 글자도 못 쓰게 했다 한다.

백정은 이렇게 천민 중의 천민 신세였다. 그러다 서양 문물이 들어와 인권 의식이 싹트기 시작하자 1894년 갑오경장 때에는 역인(驛人)·창우(倡優)·피공(皮工) 등에 대한 면천(免賤)의 조치가 형식상 취해지고 또 동학혁명 때에는 '칠반천인(七般賤人)의 대우는 개선하고, 백정머리의 평양갓은 벗게 하라' 는 조항이 포함되기 시작했다. 그러나 백정은 그 후 일제 치하에서도 멸시와 천대의 대상이 되었다.

그러다 보니 진주를 중심으로 이른바 백정들의 인권해방운동이라 할 만한 운동이 전개되었다.

1923년 5월 경남 진주에서 횃불이 올려진 후 전국적으로 확산된 '형평운동' 이 그것이다. '형평운동' 이란 백정들이 고기를 달아서 파는 데 사용하는 저울대와 같이 사회 신분을 평등케 한다는 운동이었다. 마침 일본에서 일어난 '수평운동(水平運動)' 과 거의 때를 같이 해서 일어났는데 일본에서는 우리보다 한 해 앞서 1922년에 우리나라의 백정에 해당되는 천민 집단이 '수평운동' 을 일으킨 바 있다.

그 당시 전국적으로 백정의 호수가 7,588호였으며 이에 따른 사람 수는 33,712명이었다는 통계가 있는데 이 중에서 경남에는 811호에다 3,384명의 백정 수가 있었다 한다.

이들은 신분을 가리기 위해 타지로 멀리 이사를 가기도 했다. 우리 면에도 타지에서 늘어온 백정 출신들이 두세 집 있었는데 모두 농사에 종사했다. 이렇게 백정들의 직업 전환이 농사 일일 수도 있었지만 대부분은 장사 쪽이었다. 그러고 보면 우리나라 자본주의 사회의 기본 틀이 일부는 그들에 의해 구축되었다고 할 수도 있겠다. 그들은 천대받던 사회에 대한 복수심으로 열심히 돈을 모았을 것이다.

　이제는 평등사회에서 그들의 후손들이 양반 집의 후손들보다 더 많
은 부를 누리고 있을 것 같다. 당연하고 공평한 보상이라 생각한다.
　세월이 흐르면 역시 세상은 변하기 마련인가 보다. 서슬 푸르던 조
선시대의 사(士), 농(農), 공(工), 상(商)이라는 직업 귀천 위계가 변한지
는 물론 오래 되었지만 현대의 여러 직업도 시대에 따라 선호도의 우
선 순위가 부침을 해 왔다. 그러나 변호사, 회계사, 의사, 판사, 검사 등
의 '사' (士, 師, 事)자 돌림만은 늘 건재하구나 싶다.

| 몽유병 환자 이야기 |

몽유병이라 하면 대개 사람들은 꿈과 관련이 있는 것으로 생각한다. 글자대로 풀이하면 '꿈을 꾸며 돌아다닌다' 라는 뜻이니 그런 속설을 믿기 마련이고 또 나 자신도 그렇게 믿은 적이 있다. 그러나 사실은 그 축자적 풀이와는 전혀 관계가 없다는 것이다. 꿈에서 일어나 그 꿈의 행동을 재현하는 것이 아니라 단지 깊은 잠에서 갑자기 깨어나긴 했지만 덜 깨어난 상태에서 자신도 모르게 걸어다니다 다시 잠자는 것이라는 것이 전문가들의 해석이다.

냉장고에서 음식을 꺼내 먹고 다시 잠자리로 돌아가기도 하고, 유리창문을 향해 육탄공격을 시도하다 정신이 번쩍 들어 깨어나기도 하고, 마루로 걸어다니다 축담으로 뚝 떨어지기도 하며, 속옷차림 그대로 집 밖으로 나가 놀아나니나 쓰러져 자기도 한다는 것이다.

아침에 일어나서는 밤에 일어난 이런 일들을 거의 기억하지 못하거나, 아니면 환각과 같은 내용을 기억해서 이야기하는 수도 있다 한다. 대개 이 몽유병은 우선 꿈이 몰려 있는 새벽보다는 잠자는 시간의 전반부에 잘 일어나고 또 어린아이에게서 흔히 나타나고 어른인 경우에는 백 명 중 약 두 명이 이런 증상을 보이고 있다 한다. 그래서 몽유병자에게는 종종 극적인 사건도 일어나기 마련이다.

이런 현상은 문학이나 영화 그리고 오페라의 좋은 소재가 되기도 했다. 이태리의 작곡가 벨리니의 오페라 중에 〈몽유병의 여인〉이란 작품이 있다. 마을의 젊은 지주(地主) 에르비노의 약혼녀 아미나는 몽유병자다. 그녀는 결혼식이 있는 전날 밤에 마을의 여관에 와 머물고 있는 영주(領主)인 백작의 방에 나타난다. 백작은 낯선 미인이 방으로 들어오자 예의를 지켜 방을 비워 준다. 거기서 쓰러져 자고 있는 아미나를 본 약혼자 에르비노는 오해를 한 나머지 파혼하고 여관 주인인 리자와 결혼하려고 한다. 그러나 백작의 해명과 아미나가 몽유병자라는 것을 알고 두 사람은 다시 결합한다는 내용이다.

그리고 1950년대 초반에 우리나라에서 상영된 바 있는 외화 〈싱고아라〉가 있다. 싱고아라는 집시 여자이고, 남주인공 에루랑은 고성(古城)에서 살고 있는 왕자인데 몽유병자이다. 이 영화는 이 두 남녀 사이의 사랑의 영원성과 사랑의 비극을 그리고 있다.

내가 초등학교 다닐 시절에 실제로 우리 마을에서도 몽유병으로 말미암은 해프닝이 있었다. 안학동댁이라고 불리던 한 아주머니가 바로 그런 증세가 있었는데 그 당시 40여세 전후의 나이였다. 이 이야기는 문제의 사건이 있고 난 바로 뒤에 들은 이야기이다.

어느 여름날 밤이었다. 남편과 큰방에서 모기장을 치고 자고 있는데 남편 되는 그 아저씨가 선잠결에 보니 안학동댁 아주머니가 슬그머니 일어나 축담 쪽으로 내려가더라는 것이다. 자정 무렵이었다. 뒷간에 간 줄로만 알고 있었는데 아무리 기다려도 돌아오지 않기에 불길한 생각이 들어 집안의 구석구석을 다 찾아봐도 종적이 없더라는 것이다.

여름철이라 우리 집의 대청마루에는 동리의 부녀자들이 모여 앉아 삼(麻)를 삼고 있었고, 동리의 사랑방이나 머슴방에서도 모여 앉아 이야기를 하거나 새끼를 꼬고 있었는데 삽시간에 사람이 없어졌다는 소식이 날아들었다. 한 시쯤 되었다. '호식(虎食) 갔다' 는 소문이 퍼졌다. '호식 갔다' 라는 말은 호랑이의 밥이 되어 갔다라는 뜻이니 호랑이가 물고 갔다는 소문이다.

그날 저녁, 큰 동리와 작은 동리의 청장년들과 중년들이 그 집으로 모여들었고 등불을 준비하거나 횃불을 켜들고 몇 패로 나뉘어 뒷산 쪽으로 찾아 나섰다. 그러나 헛탕이었다. 멀리까지 가다 보니 날이 밝아와 사람들은 아침이나 먹고 다시 찾아 나선다고 돌아오던 참이었다.

그런데 요행히도 마을에서 얼마 떨어져 있지 않는 개골창 바위틈에 고꾸라져 정신을 잃은 채 흙투성이가 되어 있는 아주머니를 발견했다. 들쳐업고 내려오면서 일행들이 '찾았다' 고 외쳤다. 사람들은 호식을 가지 않은 것만도 천만다행이라 생각하며 일단 안심을 했다. 안씨네 집안 사람들과 동리 사람들이 아침을 먹고 안부를 알려고 그 집으로 모여들었다. 크게 다친 곳은 없으나 온몸에 피멍이 들어 기절해 있었다. 쌀무리를 해서 먹이고 또 한약국으로 사람을 보냈다. 2, 3일이 지나자 완전히 깨어났다는 것이다. 차츰 문밖 출입도 하고 말도 할 정도로 회복되어 갔다.

당사자의 입에서 나온 이야기에 의하면 그날 저녁의 사건 경위는 대충 이러했다.

한밤중에 자고 있는데 사립문 밖에서 순경 두 사람이 서서 나오라고 손짓을 하더라는 것이다. 나가 보니 볼 일이 있다면서 우리가 늘 소 먹이러 다니던 '농마위디' 라는 곳을 함께 가자고 하더라는 것이다. 그래서 따라 나섰는데 그 후는 통 기억이 나지 않더라는 것이다.

말하자면 그날 저녁의 사건은 몽유병의 하나인 몽중 유행(遊行)이 아니었나 싶다. 사람들은 이 일을 두고 허깨비에 홀린 것이라고 하면서 특히 부녀자들의 입을 통해서는 심심찮은 이야기가 꼬리에 꼬리를 물고 나돌기 시작했다. 자기 친정 동리의 어느 누구는 허깨비에 홀려 밤에 공동묘지로 간 적이 있었다고도 했고, 또 어느 동리에서는 어떤 여자가 밤마다 일어나 우물가로 나가 방망이질을 하다 돌아와 곤히 잠들기도 했던 사건이 있었다는 것이다.

그런가 하면 허깨비에 홀린 사람은 3년이나 길어야 5년 이상을 넘기지 못하고 죽더라는 풍설도 떠돌았다. 그러나 그 안학동 아주머니는 그 후로는 별다른 몽중 유행증에 시달리지 않았고 또 풍설과는 달리 오래오래 살았다. 그 일이 있고 몇 년 지나서는 착실한 기독교 신자가 되어 예배당에 열심히 다니기도 했다. 부농인지라 예배당에 헌금도 아끼지 않고 낸다는 소식도 들렸다.

오늘, 내가 고향 마을의 이 아주머니 이야기를 생각하게 된 것은 우연히 오페라 해설판을 읽다 벨리니의 오페라 〈몽유병의 여인〉에 눈이 갔기 때문이다.

| 겨울과 참새잡기 놀이 |

겨울철만 오면 시골에서 참새 잡던 재미와 또 그것을 요리해 맛있게 먹었던 기억이 새롭다.

참새는 제비처럼 익조는 아니다. 그러나 무수한 새중에서 '참' 자를 선물해 준 것을 보면 우리의 선조들이 그렇게 나쁘게만 본 것은 아닌 듯하다. 명사 앞의 '참' 자란 접두어는 '진짜' 나 '먹을 수 있는' 이란 뜻이 있는 만큼 '참새' '참미나리' '참비름' '참외' '참살구' 처럼 '참' 자 항렬에 들고 있으니 이 새에 대한 등급을 제법 높게 보았다고 나 할까.

내가 초등학교 다니던 시절만 해도 일개 면에서 산탄(散彈) 새총이나 새그물이 있는 집은 기껏해 봐야 한두 집 정도에 불과했다. 그리고 우리가 친구를 통해 빌릴 수 있었던 것은 새그물이 고작이었다 새가 자주 날아 앉는 울타리에다 그물을 쳐두고 다른 집 울타리에 가서 새몰이를 하다 보면 한꺼번에 몇 마리 정도의 새를 잡을 수가 있어 신나는 놀이가 아닐 수 없었다. 그러나 대개는 전통적인 원시적 방법에 의존하는 도리밖에 없었다.

특히 음력 12월 납향일이나 그 전후를 해서 참새잡기에 더욱 열을 올리기도 했다. 이때를 전후한 새고기는 맛이 특별하고 또 한 편 납향일에 새고기를 먹으면 일년 내내 무병(無病)하게 지낸다는 속신이 있어 갖은 애를 써가며 새잡기 놀이를 했다.

그 방식에는 여러 가지가 있었다.

첫째, 야밤에 초가지붕의 짚시렁에 있는 새집을 뒤지는 일이었다. 간혹 짚시렁의 새집에 뱀이 들어 있는 수도 있어 새집에다 손을 직접 넣기가 무서우면 천으로 자루를 만들어 지붕에다 사다리를 걸쳐놓고 손전등을 비추며 꼬챙이(막대기)로 안쪽을 쑤시다 보면 새가 자루로 들어오기 마련이었다.

둘째, 그믐밤이나 눈 오는 밤이면 대숲으로 가서 갑자기 대나무를 흔들어대면 잠자던 새들이 엉겁결에 그만 땅으로 떨어지는데 그 순간 손전등을 비추면 눈앞이 캄캄해져 꼼짝 못하므로 이때 잡아서 자루에 담기만 하면 되었다.

셋째, 눈 오는 날이면 나락 섬을 쌓아 놓은 고집(고방) 문을 열어두면 먹을 것을 찾아 새가 날아든다. 제법 여러 마리가 날아들었다 싶으면 인기척을 죽이고 고방 쪽으로 가서 얼른 문을 닫아 버린다. 문을 몇 차례 세차게 두들기다 보면 새들이 놀라 안쪽 벽이나 천장으로 날아가 붙어 있다. 이때 들고 들어간 마당비로 두들겨서 잡는 방식도 있다.

넷째, 역시 눈 오는 날의 새잡기 놀이인데 마당 한구석에다 바지게를 30센티미터 길이의 막대기로 받쳐 그 위에 솥뚜껑이나 큰 돌을 눌러두고 막대기에다 새끼줄을 매어 방안으로 끌어들여 문구멍으로 지켜보다가 새가 바지게 밑에 뿌려논 볍씨나 쌀을 쪼아 먹으러 들어갔다 싶으면 줄을 당긴다. 그러면 새가 바지게 밑에 깔리게 되는 데 발로 밟아서 반죽음을 시킨 뒤 집어내는 방식도 있다.

다섯째, 삼지창같이 뾰족뾰족하게 생긴 '홀대머리'를 이용해 새를

잡는 방식도 있었다. 홀대머리는 손으로 하는 일종의 간이 탈곡기구인
데 머리빗 모양의 쇠로 만든 기구이다. 본격적인 추수철에는 '홀깨'를
이용해 대대적으로 탈곡을 하지만 한두 섬 정도의 오나락을 베어 추석
제수용 햅쌀을 준비해야 한다거나 또는 묵은 곡식(쌀)이 다 되어 미리
익은 나락을 좀 베어다가 탈곡을 해야 하는 경우에 사용되는 기구가
바로 홀대머리이다. 이 홀대머리를 마당 한구석에 갖다 놓고 볍씨를
뿌려 놓고 참새를 잡는 방식을 말한다. 홀대머리 밑에 뿌려 놓은 볍씨
를 쪼아 먹으러 몰려든 참새떼는 열심히 쪼아 먹다 보면 홀대날 사이
로 발이 빠져들게 마련이다. 발이 빠졌다 하면 홀대 밑에 벌어져 있는
발가락이 좀체 오무라들지 않으므로 그때 가서 새를 덮치기만 하면 되
었다.

　전통적인 새잡기 놀이 방식에는 이렇게 여러 가지가 있었다. 지붕의
짚시렁 새잡기·대나무 숲에서 잠자는 새를 흔들어서 잡는 방식·고
방을 이용하는 방식·바지게를 이용하는 방식·홀대머리를 이용하는
방식 등을 들 수 있다.

　그리고 그때그때 적절한 방식을 이용해서 잡은 새는 겨울철 우리의
입맛을 한껏 돋구어 주었다. 육식에 굶주린 우리에게는 별미중의 별미
였다. 간장에 졸여서 먹기도 했고, 구워서 먹기도 했으며, 또 마리 수
가 많을 때에는 무를 넣어 새국을 끓여 먹기도 했다.

　시골에서 자라면서 참새 맛에 길들여진 나는 옛날의 미각을 찾으려
한때는 포장마차 집을 자주 드나들기도 했다. 그러나 간혹 잡새나 병
아리가 참새로 둔갑한다는 사실을 알고부디는 발을 끊었다.

　고향의 미각을 담보로 하여 속임 장사를 하는 그 상혼이 얄밉기만
하다. 올 겨울에는 호사한 여행은 그만두고 고향으로 참새잡기 여행이
나 떠났으면 한다.

| 가뭄과 논물대기 소동 |

농본사회에서 물은 생명수다. 그래서 동양의 군왕들 중에서는 치산 치수에 각별히 역점을 두었던 분들이 많다.

삼국시대에는 관개시설로 저수지를 쌓은 기록이 있고, 조선시대에는 보(洑)·제방 등의 축조에 힘을 기울여 논에 물을 대고 가뭄에 대비해 왔으나 대부분의 농토는 강우량에만 의존하는 천수답이었다.

우리나라에서 근대적인 수리시설이 처음 시작된 것은 1910년 동진강과 만경강 유역의 전라북도 옥구군 소재의 일본인 농장에서였다 한다.

그 후 1920년 이래 일제하의 산미증식 계획에 의해 수리조합 사업이 활발해지자 이의 증설이 있어 왔다. 그리하여 1945년 일제말에는 수리조합 구역이 전국 567개소로 총 전답 면적의 약 20%로 확대되었다는 기록이 나와 있다.

조선시대에 비하면 상당히 호전되었지만 그러나 농토를 가진 전체 농민의 입장에서는 그 혜택이 극히 한정되어 있을 따름이었다. 따라서 가뭄만 들었다 하면 전국 곳곳에서 물대기 소동이나 물싸움이 끊일 날이 없었다 해도 과언이 아니다.

역사적으로 자연재해는 심각했다. 조선시대만 보더라도 정종 원년 (1399년)에서 고종 25년(1888년)에 걸친 약 500년간에 큰 한발이 104회나 있었다니 평균 5년마다 한 번씩 가뭄의 고통과 피해를 당했다는 계산이다. 그리고 일제하에서도 많은 자연재해가 있었겠지만 특히 내가 태어나기 전후만 해도 큰 홍수와 가뭄이 있었다는 얘기를 나는 여러 번 들은 적이 있다.

병자년 대홍수(1936년)와 기묘년 대한발(1939년)이 바로 그것이다. 병자년에 물난리를 겪고 겨우 정신을 차릴까 싶으니 설상가상으로 또 3년만에 가뭄 난리를 만난 셈이었다.

하늘마저 하 수상하여 그 시절의 어려움을 한탄한 다음과 같은 요언 (謠言)들이 근심에 찬 농민들의 입에서 한숨처럼 새어 나왔다니 그 정황을 쉽게 상상해 볼 수 있을 것이다.

병자년(36년) : 병든 자식
정축년(37년) : 소에 싣고
무인년(38년) : 무인지경 들어가니
기묘년(39년) : 기묘한 일이 많도다

내가 초등학교 다니던 시절 우리 집에서 부치고 있던 몇 필지의 논들도 수리 혜택을 보지 못했다. 그렇다고 산 깊은 계곡에 있는 '골논'도 아니었고, 물 사정이 좋은 '고논'도 아니었다. '산다랭이논'이거나, 봇물에 의존하는 '봉답'이 있었고, 집 옆의 '움벙배미논'이었다.

그래서 여름철만 되면 논물대기가 일이었다. 혹시 가뭄이 오기 시작하면 온 식구들이 매달려 움벙에서 물을 퍼올리거나 봇물대느라 정신이 없었다.

특히 봇물대기란 여간 신경 쓰이는 일이 아니었다. 물 사정이 좋을 때라면 물꼬만 열어놓으면 물댈 걱정이 크지는 않았으나 가뭄이 들라치면 매일 한두 번씩 논에 나가 누가 물꼬를 봉창하는지를 지키고 있어야만 했으니 마음대로 뛰어놀아야 할 나이에 큰 고역중의 하나였다. 간혹 논배미에서 물싸움으로 어른들 사이에서 삿대질이 오가기도 했다.

그러나 이 정도는 약과다. 더욱 가뭄이 심하면 '분수(分水)'에 의해 차례대로 논에 물을 대었는데 이를 위반하며 몰래 곧잘 '투수(盜水 · 投水)' 행위를 하는 사람들이 생기곤 했다. 격투 일보 직전까지 가는 장면을 여러 번 구경했다.

그런가 하면 논은 타 들어가고 봇도랑의 수량은 '메기침' 만큼 흐르다 보면 '분수'의 자기 차례를 기다릴 수 없어 안타까운 심정에서 논두렁을 뚫어 살짝 남의 논물을 빼가는 물도적질도 더러 있어 격투가 벌어지곤 했다. '절수자'라고 하면서 집안의 내력까지 나오기 마련이다.

이런 지경에 이르면 극심한 한발이다. 논바닥은 쩍쩍 갈라지고 애꿎은 하늘을 목이 빠져라 하고 쳐다보아도 구름자락이나 바람결에는 어느 한점 비소식이 묻어 있지 않고 보면 동리사람들은 하도 답답하여 안산(案山)에 누가 묘를 써서 그렇다고 생각하여 묘자리 찾기에 혈안이 된다.

이것으로도 영험이 없다 싶으면 최후의 기대는 기우제(祈雨祭)였다. 이때를 전후해서 마을에서는 금기(禁忌) 사항을 철저히 지키도록 했다. 노래나 술을 못하게 했고, 또 약간의 비가 오더라도 우장(雨裝)이나 우산을 입거나 쓰지 못하도록 했으며, 빨래를 햇볕에 널지 못하도록 했다.

기우제가 있는 날에는 마을 뒷쪽에 있는 옥산(玉山)의 산제단에 가서 약간의 음식을 차려놓고 생 돼지의 목을 잘라 그 피를 뿌리는 주술 행위를 하며 제를 올렸다. 이러다 공교롭게도 자비로운 '빗님' 이 내릴라치면 서럽도록 반갑다는 '영우무' (迎雨舞 ; 필자가 만들어 본 말임)를 추곤 했다.

그러나 만약 이런 기우제도 영험이 없다 싶으면 이제는 마을의 부인들이 방뇨기우(放尿祈雨)에 동원되기도 했다. 마을의 부인들이 총출동하여 산꼭대기의 영처(靈處)에 가서 집단으로 방뇨하면 비가 내린다는 속신을 믿었기 때문이다.

그러나 이제는 이 모두가 지나간 시절의 이야기가 되고 말았다. 지속적인 농지 개량 사업의 덕분임은 누구나 다 아는 사실이다.

| 시골 친구들의 재미있는 이름들 |

사람의 이름에 대한 감각도 변하나 보다.

내가 재직하고 있었던 여자대학에서 매년 신학기를 맞아 출석부를 가지고 수업에 들어가 출석을 체크하다 보면 간혹 시대감각에 맞지 않는 이름들을 만난다. 어쩐지 촌스럽고 전근대적인 연상이 떠오르는 이름일 경우라면 공연히 호기심이 발동한다.

가령 '점순(點順)' 이란 이름을 부르다 보면 문득 족집게 점쟁이 노릇을 하고픈 충동이 인다. 우선 농담 삼아 성명풀이를 해주겠다고 운을 뗀 후, '자네의 신체 어느 부위에 반드시 점이 있을 걸세' 라고 하면서 그 진위의 응답을 물으면 십중팔구 자기 신체의 비밀이 노출되었다는 부끄러움에 상기된 표정을 지으면서 고개를 끄덕이기 마련이다.

이름자에 '점여(點女)' '점례(點禮)' '점자(點子)' 처럼 '점' 이란 글자가 들어가 있으면 태어날 때부터 특징이 될 만한 점이 있기에 그런 특징을 따서 지어진 이름이라는 작명의 기본 원리가 있으니, 나는 즉석 족집게 점쟁이란 소리를 듣는 영광(?)을 차지하지 않을 수 없다.

'순자(順子)' 란 이름을 만나도 입이 근질근질하다. 말하자면 일본 여

자식 이름이요 그 모방이다. 일제 36년이 여자의 이름에 '자(子)' 자 풍
년을 만들어 주지 않았던가.

만약 이런 이름자를 가진 사람이 일제하에 태어난 사람이라면 그건
나름으로 이해가 간다 하겠으나 개명천지(開明天地)하의 꽃다운 아가
씨가 '순자' 이니 땡감을 씹는 기분이다.

전 대통령의 영부인 이순자 여사의 이름이 처음으로 신문에 오르내
릴 때 이 이름이 어느 필부의 아내 이름이라면 몰라도 적어도 일국의
퍼스트레이디의 이름으로서는 세련이 덜 되었다는 느낌을 받은 적도
있다. 하물며 스무살 전후의 아가씨 이름이 '순자' 이니 현대적 감각으
로는 등외품이란 느낌이다.

또 복임(福任)이란 이름은 또 무어란 말인가. 얼마나 복 없는 집안의
딸이었기에 이름에서까지 복타령을 하고 있단 말인가. 아무튼 이런 풍
속의 이름들은 옛날로 거슬러 올라가면 갈수록 많다.

내가 시골에서 초등학교를 다니던 시절만 해도 이런 이름들이 지천
이었다. 재미있고 좀 이상하다 싶은 이름을 만나면 일부러 골려준다고
불러댔고 또 이런 이름들을 많이 듣기도 했다.

태어난 해의 간지(干支)나 태어난 달 또는 출산시의 장소를 따 지어
준 재미있는 이름들이 있었다. 가령 갑진년에 낳았으면 '갑진(甲辰)'
'갑득(甲得)' '갑돌(甲乭)' 이고, 7월 7석에 낳았으면 '칠석(七夕)' 이었
고, 사랑에서 낳았다고 '사랑쇠', 일을 하다 밭에서 낳았으면 '밭네(田
女)', 부엌일을 하다 낳았으면 '부엌손' 혹은 '부엌돌', 실 가다 낳았으
면 '행길(行吉)', 마당에서 낳았으면 '마당여(馬當女)' 나 '마당쇠' 였다.

아이의 태어난 당시의 상태를 보아 작명된 재미있는 이름들도 있었
다. 어질다고 '어진(魚鎭)', 단단하다고 '바위' 혹은 '암이(岩伊)', 예쁘
다고 '예쁜(立粉 또는 入粉)', 얼굴이 오목하게 생겼다고 '오목(五木)',
납작하게 생겼다고 '납작(納作 또는 納乥)', 튼튼하다고 '미력(미륵)',

욕심이 많고 억지가 많으면 '억척(億尺)' 혹은 '억지(億之)', 몽실몽실하게 생겼으면 남아의 경우는 '몽술(蒙述)'이고, 여아의 경우는 '몽실'이었다.

그리고 민속신앙과 관계가 있는 이름들도 있었다. '칠성(七星)' '삼룡(三龍)'과 같은 이름들이다.

그러나 이와는 달리 소박하긴 하지만 작명 철학(?)이 깃든 이름들도 있었다. 딸을 몇 공주나 둔 부모들이기에 이젠 아들을 하나 얻었으면 하다 다시 딸을 보았을 때 '딸그만'이라 불렀고, 하도 애를 낳기만 하면 저승차사가 불러가므로 꼭 붙들어 두겠다는 간절한 염원에서 '부뜰이'라 지었고, 또 거꾸로 난 아이라면 '꺼꾸리' '꺽돌' '꺽둘'이라 불러 주어야만 액을 면하고 오래 살 수 있다고 믿어 그렇게 부르기도 했다.

그리고 아들이건 딸이건 이젠 그만 낳았으면 싶을 때라면, 남아의 경우는 '끝돌' '막돌'이라 했고, 여아인 경우는 '끝둘' '막둘' '끝점' '끝순' '막순' '끝선' '막선'이라 했다.

또 귀한 아들이긴 하지만 행여 죽지나 않을까 우려해서 튼튼히 자라라고 '차돌' '무쇠' '쇠맹이' '바우' '바구'라고 불러 주었고 심지어는 더럽고 추한 이름을 붙여주면 병 없이 잘 자란다는 속신에서 '똥개' '쇠똥이' '개똥이' '마당개' '돼지'라 부르기도 했다.

부모의 염원이 그대로 표현된 이름들도 있었다. 애들이 낳기만 하면 죽어버리니 명이 길라고 '명길(命吉)'이라 했는가 하면, 오래 살아 주었으면 하여 '억령(億齡)' '천령(千齡)' '백령(百齡)' '만수(萬壽)' '천수(千壽)'라 했고 또 하도 가난하여 만석꾼과 천석꾼 같은 부자가 되어 달라고 '만석(萬石)' '천석(千石)'이라고도 했다.

한 마디로 이런 작명의 풍속은 크게 보아 전근대적인 농촌 사회의 작명법이요 그 이름들이다.

빗돌 타던 그 시절의 그 '복남(福男)'이나 '만석(萬石)'이가 과연 이름 그대로 지금쯤은 부자가 되어 있는지 죽었는지 또 '꺽둘'이나 '만수(萬壽)'가 지금 살아 있다면 앞으로 오래오래 더 살 것인지도 그저 궁금하기만 하다.

| 무서운 '인간호랑이' 들 |

지금 서울에서 가장 무서운 사람들이 누구일까 라고 물으면 아마 이구동성으로 가정파괴범, 인신매매단원, 떼강도들이라 할 것 같다. 그럼 시골에서는 누구일까 라고 하면 이렇다 하게 떠오르는 특별한 유형의 사람이 없을 것이다.

그러나 내가 초등학교 다니던 시절만 해도 분명 무서운 사람들이 있었다. 순경과 밀주 단속반 그리고 산림계원들이었다. 그들이 동리에 떴다(나타났다) 하면 비록 산천초목이 떨 정도는 아니었지만 집안의 대추나무나 석류나무가 떨 정도의 시절이었다.

해방조국의 순사였지만 순사라면 우선 무단통치하의 일제시 순사의 이미지가 그대로 떠올랐고 또 실질적으로 일제시 순사의 군림하는 자세를 어느 기간까지는 버리지 못하고 있었던 실정이었다.

알다시피 일제하의 순사들은 무고한 조선인들을 무차별 영창에 집어넣어 고문을 일삼았던 실로 범 같은 존재였다. 우리 면내에서도 많은 사람들이 천장 들보에 달아매고 때리는 이른바 '비행기 태우기' '학춤 추기' 의 고문을 당했는가 하면 거꾸로 매달아 놓고 콧구멍에 고춧가루를 뿌리는 고문을 당했고 얼굴에 먹으로 그림이나 글을 써 붙이고 여러 사람 앞을 돌아다니면서 모욕적 문답을 하게 하는 창피를 당했다. 얼마나 무서운 존재였기에 우는 아이의 울음을 그치게 하는 위협으로 '순사 온다' 라는 말이 나왔겠는가.

해방 후 초대 경무부장이었던 조병옥 씨는 1946년 4월에 〈경찰 직원 제위에게 고함〉이라는 제목의 경찰지침을 발표하여 민주경찰로서 민중의 신뢰를 받아야 할 경찰관의 자세를 강조한 바 있다. 그리고 경찰 표어로 '봉사와 질서' 를 채택하여 그 표어의 마크를 가슴에 부착하게 한 바 있었다.

그러나 일제하의 오랜 유습에 젖어 여전히 관존민비의 서슬 푸른 고자세였으니 '순경아저씨' 가 아니라 '순경호랑이' 였다 코흘리개 어린 학생이었지만 '주재소' 에서 '지서' 로 이름이 바뀌었는데도 그 앞을 지나가려면 괜히 오금이 저렸던 기억이 있다.

밀주단속반은 군 세무서에서 나왔다. 일제하와 마찬가지로 해방 후에도 가용으로 조금 빚은 농주나 제주(祭酒)조차 일체 법으로 금지시켜 술 도가(都家)를 이용하라는 것이었다. 그러나 돈도 돈이려니와 오랜 전통적 관행이라 집집마다 몰래 술을 빚어 쓰곤 했다. 밀기울이 있으니 누룩을 디디었고 또 쌀이 있으니 누구나 손쉽게 술을 빚었다.

이런 사정이었으니 단속반이 나왔다 하면 집집마다 법석이다. 누룩이나 술 동이를 감추려고 어른들은 숨바꼭질을 하는 양 종종걸음을 친다. 아예 어떤 집은 통째로 집을 비워두기도 했고 또 어떤 집은 안방에 술독이 있는 경우라면 이불을 둘러쓰고 환자를 가장하여 끙끙 앓는 흉내를 내기도 했고 또 아이를 낳아 금줄을 걸어놓은 이웃집은 안전하니까 술독을 옮겨놓기도 했다.

단속반원들은 차압시 입회인이 필요하니 늘 이장을 데리고 왔다. 그들은 용케도 감추어 둔 곳을 잘도 찾아내었다. 들킨 날이면 벌금이 나왔으니 코가 땅에 닿도록 용서를 빌던 장면이 눈에 선하다.

우리 집도 예외는 아니었다. 한 번은 '술 치러' 나왔다기에 차마 무례하게 빈소까지 뒤지지는 않겠지 싶어 할아버지 빈소의 병풍 뒤에 술독을 감추어 두었다가 조마조마하게 위기를 모면한 적도 있으며 한 번은 몇 짝의 누룩 때문에 벌금을 무는 곤욕도 치렀다.

하도 단속을 해도 막을 수가 없으니 특히 명절 때면 '누이 좋고 매부 좋은' 편법을 쓰기도 했다. 술 도가에서 배당된 술을 사는 대신 단속을 안 나오게 한다는 조건이었다.

그러나 명절은 이렇게 눈을 감아주었으나 수시로 '술 치러' 나온 날엔 모두가 벌벌 떨었으니 실로 무서운 존재였다.

그 다음 무서운 존재는 군청에서 나온 산림계원들이었다. 밀주단속반원들에 비하면 다소 인간적이었지 않았나 싶다. 그들은 생나무(입목)을 베어다 놓았는지 또는 생솔가지(청솔가지)를 찍어다 놓았는지를 조사하러 다녔다. 갈비(소나무잎)나 썩은 나무 등걸이나 삭정이 그리고 마른 나뭇가지는 괜찮았으나 생솔가지 나무나 화목용 생나무가 발견되면 벌금을 매겼다.

그래서 청솔가지 나뭇짐이나 생나무 등걸은 아예 뒷산에 몰래 재어 놓고 마르면 날라 쓰는 꾀를 부리기도 했던 시절이었다.

지금 나는 그런 위법을 미화하고픈 생각은 추호도 없다. 그러나 우리는 그 시절의 시골 사정을 이해하지 않으면 안 된다. 돈이 원수였다. 쌀 한두 되나 달걀 한 꾸러미 정도를 장에 가지고 나가 현금을 바꾸어 썼던 시절이었으니 있는 누룩, 있는 쌀을 두고 일부러 비싼 술 도가의 술을 사다 쓸 형편이 안 되었던 시절이었고 더욱이 벌금은 생활을 위협하는 큰 부담이라 조사나 단속에 걸려들지 않으려고 안간힘을 쓰지 않으면 안 되었던 그 시절의 가난이 부끄럽기만 하다.

이런 시절이었지만 그래도 미담 아닌 미담도 있었다. 조사 계원이나 단속반이 나오면 이장이 재빨리 알려 주어 화를 면하게 해준 예도 있었다.

그리고 재미있는 일은 꽃 같은 딸을 두고 있는 집일 경우에는 딸 덕을 톡톡히 본 경우도 있었다. 조사반원이나 단속반원 중에 총각이 끼여 있는 날이면 '건성단속' 의 특혜를 누려 부러움을 사기도 했다.

그러나 이제는 이 모든 일들이 '아 옛날이여!' 다. '순경 호랑이' 가 '순경 아저씨' 로 바뀐 지 오래이고 또 소주가 보편화되고 쌀 막걸리가 나오는 세상이 된지도 오래다. 또한 시골의 아궁이도 연탄이나 기름보일러로 대체되었으니 금석지감(今昔之感)이 든다.

| 연애 편지 소동 |

해방이 되고 조금 지나서 우리 면에도 중학교가 생겼다. 학령기에 맞춰 도시(진주)로 나가 제 나이의 과정을 밟고 있는 학생들과는 달리 개중에는 중학생치고는 겉늙은 나이배기(나이든 학생)들이 있었다. 말하자면 2~3년 심지어는 4~5년 정도를 거르다가 들어온 학생들인 셈이다.

초등학교 5학년 때의 일이다. 하루는 학교를 마치고 중학교 앞 논두렁을 타고 집으로 가는 길이었다. 저만치 떨어져 있는 논두렁길 밑에서 평소 안면이 있는 나이배기의 중3학년 학생이 친구와 함께 서 있다가 나에게 내려오라고 연신 손짓을 하는 것이다. 손짓하는 그 중학생은 말이 중학생이지 어른과 다름없는 우리 반 친구의 큰형이었다. 내려가니 심부름을 하나 해달라고 했다. 용건은 우리 마을에 사는 어느 처녀에게 연애편지를 전해 달라면서 곁들여 선물이 든 보자기를 내밀며 그것도 함께 전해 달라면서 심부름의 대가로 약간의 돈을 손에 쥐어 주었다. 막상 이렇게 되고 보니 못하겠다는 소리도 감히 할 수 없는 처지에다 또 한 편 용돈도 생기는 재미가 있을 것 같아 그만 '예' 하고 말았다.

그 당시 우리 마을에는 암내를 피워 숫총각들의 애간장을 녹일 만한 꽃다운 이팔청춘의 아가씨가 두 명 있었다. 약속한 문제의 그 처녀는 내 바로 아래 학급 학생의 누님이었다. 초등학교만 나오고 집에서 살림을 돌보고 있었는데 나이는 열일곱 살쯤 되었지만 성숙하여 제법 처녀티가 절절 흐르고 있었으니, 한 번 본 총각이라면 침을 꼴깍꼴깍 삼킬 만한 탐스런 산딸기요 앵두였다. 현철의 〈봉선화 연정〉이란 노래에 나오듯이 '손대면 톡— 하고 터질 것만 같은 그대'였다고나 할까.

집으로 돌아온 나는 몰래 골방에 숨어 호기심에 부풀어 편지도 뜯어 보고 선물보자기도 풀어 보았다. 편지지는 두어 장 되었는데 어디서 구했는지 그야말로 분홍빛 러브레터였다. '사랑하는 준자씨'라고 그 편지의 내용은 어느 편지 문에서 따왔는지 모르지만 구구절절이 미사여구로 칭찬과 사랑한다는 말로 수놓아져 있었다. 마지막에는 '영원한 나의 줄리엣'이라는 말에다 쌍감탄 부호(!!)로 끝나고 있었으며, 맨 밑에는 조그마한 글씨로 어느 날 어느 시각쯤 어느 장소에서 만나자는 일방적인 요구도 적혀 있었다.

그리고 보자기를 풀어 보니 향긋한 향내의 미제 럭스(Lux) 비누와 역시 미제 골드게이트(Gold gate) 치약과 미제 칫솔, 그리고 얼굴크림이 한 통 들어 있었다. 그 시절로 봐서는 정말 아가씨들의 환심을 충분히 살 만한 선물이었다. 크림은 럭키화학공업사에서 나온 것으로서 상표에는 외국 여자사진이 붙어 있었다. 나중에 알고 보니 그 사진은 〈백만인의 오케스트라〉라는 영화에서 꼬마 역할을 한 그 당시 미국의 인기 여배우 다이애너 다빈의 얼굴이었다.

그리고 치약과 칫솔도 6·25전이었으니 참으로 귀한 것이었다.

6·25동란 전에는 국산이래야 기껏 유한양행에서 만든 대나무 대궁에다 돼지털을 꽂아 만든 칫솔이 고작이었고 또 그것도 치약이 없어

소금으로 칫솔질을 하던 세상이었으니 튜브식 치약에다 플라스틱 대궁에다 보드라운 나일론 털로 만든 미제 칫솔은 누구나 탐을 낼 만한 선물이 아닐 수 없었다.

그러나 막상 전해 주려고 생각하니 선뜻 용기가 나지 않았다. 며칠 간만이라도 감추어 두어야겠다는 생각에서 마루 찬장에 깊숙이 넣어 두었다. 그런데 그만 곧 들통이 나고 말았다. 이른바 '연애편지 소동'이 벌어진 셈이다. 어른들은 이런 심부름을 하면 큰일 난다고 호되게 꾸중을 하면서 빨리 돌려주라는 것이었다. 그러나 돌려줄 형편도 못 되었다. 심부름 값을 거의 다 까먹었으니 이러지도 저러지도 못하고 있다가 묘책을 하나 생각해 냈다. 그 처녀의 동생을 불러내어 과자를 사주면서 심부름을 대신 해달라고 적당히 구슬렀더니 해 주겠다는 것이다. 이튿날 학교에서 돌아오는 길에 찾아 가 물어 보니 성공을 했다는 것이었다.

그 뒤 나에게 심부름 부탁을 했던 그 중학생을 만나 내 손으로 직접 전해 주었으니 안심하라고 그럴 듯한 거짓말을 하고는 그 '연애편지 소동'에서 해방되었다는 통쾌감에 나는 휘파람을 불며 집으로 돌아왔다.

그 후의 사정을 나는 지금도 모른다. 전화도 없었고 또 그 처녀들의 출입이 자유롭지 못했던 시절이었다. 청춘남녀들의 통정(通情)의 일차적 수단이 편지밖에 다른 도리가 없고 보면 내 나이 또래의 청소년들이 그 당시는 부득이 사랑의 우편배달부 노릇을 할 수밖에 없었던 시절이었다.

전화나 미팅을 통해 사랑을 호소하는 산문적인 이 시대에 그래도 연애편지를 통해 사랑을 호소했던 그 시절이 그리워지는 걸 보면 그것을 꼭 회고지향의 감상주의라고 할 수만은 없을 것 같다.

| 우물가 송사 |

라디오도 텔레비전도 없던 시절이다. 이런 시절에 시골 아낙네들의 유일한 공개생방송(?) 자리는 우물가나 디딜방아간 아니면 두레길쌈이나 놋그릇 닦는 자리였다.

그곳에서는 곧잘 남편에게서 들어 안 세상 돌아가는 이야기며, 이웃 마을이나 같은 마을에 있었던 크고 작은 이야기, 남의 흉보는 이야기 등으로 신나는 말 잔치판이 벌어진다. 어느 집 남편이 노름판에 휩쓸려 논밭을 잡혀 먹게 되었다느니, 어느 집 시아버지가 장터의 새로 난 술집의 색시한테 빠져 늦바람을 피운다느니, 또 이웃마을의 어느 누가 가까운 친척뻘의 여자와 상피(相避)를 붙어먹었다는 등 이야기는 그칠 줄을 모른다.

최해군이란 작가가 쓴 〈절규(絶叫)〉라는 단편소설을 보면 이런 대목이 나온다.

"오늘은 무슨 지랄로 또 비가 오노?"
길쌈질로 모여 앉은 그런 때면 산청댁은 우스갯소리도 잘도 했다.

“비가 오면 와?”

둘레둘레 둘러앉은 길쌈질 자리에는 얘깃거리가 끊이지 않았다.

“비가 오면 서방들이 농삿일 제쳐 놓고 낮잠만 자지 않나?”

“그라면 와?”

“그라면 밤에는 우리만 죽으라 욕을 보잖꼬? 아이고 그놈의 그 지랄들 아이 무서라. 그놈의 그것은 살모사 모양 바싹 독을 올려선 사람을 못 살게 굴고……”

“또 지랄하네.”

우스갯소리를 잘도 한다는 이 장면 속의 산청댁은 남녀관계를 음탕할 정도로 사실적으로 말해 길쌈질의 흥을 한껏 돋구고 있는 셈이다. 그러나 뭐니뭐니해도 이런저런 이야기의 왕자급 장소는 우물가이다. 디딜방아간의 일이나 두레길쌈 그리고 놋그릇 닦기가 매일 있는 일이 아닌 이상 연중무휴 이야기의 샘이 솟는 곳은 역시 우물가이다.

특히 이렇다 할 개울이나 내가 없는 마을이라면 물을 길으려고 나오는 아침 저녁은 말할 것도 없지만 우물가가 빨래터 구실까지 해야 하니 거의 하루 종일 아낙네들의 발걸음이 끊이지 않는 곳이 바로 우물가이다.

내가 살던 마을이 바로 그런 곳이었다. 집 앞에 우물이 있고 보니 간혹 웃음판이 벌어지기도 하고 또 때로는 왁자지껄 한바탕 싸움이 벌어지는 경우가 있어 어머니나 할머니의 치마꼬리에 붙어 서서 심심찮게 구경을 하곤 했다. 대개 이런 싸움판의 경우는 이른바 ‘소두레’ 가 주범이다. ‘소두레’ 란 ‘있는 소문이나 헛소문 퍼트리기’ 에 해당되는 전남, 경남지방의 방언이다. 어느 마을이건 꼭 한두 사람 정도의 ‘소두레꾼’ 은 있기 마련이다. 지금 생각해 보면 이 ‘소두레꾼’ 이야말로 선천적인 이야기꾼이 아니었나 싶다.

우물가는 물론 디딜방아간이나 두레길쌈자리 그리고 놋그릇 닦는 자리에서 나온 이야기가 이런 '소두레꾼'의 입을 통해 입에서 입으로 전해지다 보면 눈덩이처럼 이야기가 불어 결국은 피해자의 귀에까지 들어가기 마련이다. 그러다 보면 그 진원지가 어느 장소였건 간에 역시 그런 '소두레'의 송사가 일어나는 곳은 우물가이다. 왜 남의 흉을 보았냐 느니, 왜 알지도 못하는 이야기를 퍼뜨렸냐 느니, 왜 보지도 않고 본 것처럼 이야기를 꾸며댔느냐 느니 한바탕 소동이 벌어진다.

그래서 그 발설자(소두레꾼)를 찾기 위해 3인 대질이나 4인 대질의 소동이 벌어지다 보면 우물가는 이내 간이재판장으로 변하고 만다. 결과는 원발설자가 '소두레'를 꾸민 경우도 있고, 또는 중간에서 듣고 '소두레'를 꾸민 것으로 밝혀지기도 한다.

대개 이런 경우엔 언제나 원고(소두레에 얹힌 사람)건 피고(소두레를 꾸민 사람)건 변호사가 따라붙기 마련이고 또 재판관이 나오기 마련이다. 밝혀진 결과에 따라 재판관은 '소두레꾼'에게 입 조심하라는 훈계(?)가 내려지고 피해자인 원고에게는 결백이 밝혀졌으니 참으라는 말로 위로하면서 사건을 종결지운다. 한동안 마을은 조용해지면서 다시 우물가는 웃음을 되찾는다.

라디오도 텔레비전도 없던 시절이라 어딘가 여자들이 모여 앉으면 입이 간질 귀가 간질하다 보니 생겨난 우물가의 풍경들이다. 그 시절 우리 집도 '소두레'에 얹힌 적이 있다. 미혼이었던 작은고모가 핑크빛 '소두레'에 얹혔으니 할머니가 다 큰 처녀 혼인길 막을 셈이냐고 노발대발하여 결국 '우물가 송사'를 붙여 혐의를 벗겨 주었다

생각해 보건대 그 당시의 소두레꾼들은 이미 거의 이 세상을 떠났겠지만 그러나 아직도 살아 있다면 무엇을 하고 있을까. 아마도 이제는 소두레 꾸미는 일보다는 텔레비전을 보는 데 더 흥미를 느끼고 있을 것 같다.

제3부 기를 못 편 학교 성적

| 악질 지서 주임 이야기 |

6·25 다음해로 기억된다. 우리 면에 경위 계급장을 단 30을 갓 넘은 지서 주임이 새로 부임해 왔다.

그는 용맹성을 떨친 주임이었다. 하루 저녁에는 지서에서 5리쯤 떨어진 마을에 공비들이 나타났다. 이 소식을 들은 그는 한밤중에 경기 관총을 소련제 사이드카에 장치한 후 한 순경에게 운전케 해 마을 입구에까지 가서 마을의 뒷산을 향해 콩 볶듯이 총을 난사해 공비들을 일격에 격퇴시켰다는 이야기가 전해진 적도 있다.

공비가 출몰하는 계엄지구하의 작전 지구에는 주민들의 안전도모를 위해서라면 반드시 이런 용감한 주임이 있어야만 했다.

그런데 그에게서의 문제성은 비록 용치(勇治)는 있어도 덕치(德治)가 없었다는 데 있다. 입으로 입으로 '악질' 이란 소문이 퍼졌으니 그것이 문제였고 또 일부의 면민이 당한 불행의 근원이었다.

간혹 공비들이 출몰하는 지역이었으니 자연히 총구의 위협에 못 이겨 밥을 주어야 했고, 식량을 제공해 주어야 했으며, 때론 보급품을 지게에 져 나르는 일이 비일비재했다. 이러다 보면 선량한 촌민들은 이래저래 무고한 고초를 겪기 마련이다. 통비분자(通匪分子)라 해서 지서로 붙들려가 심한 고문을 당했다. 뿐만 아니라 주임이나 순경에게 평소에 밉보였던 사람들도 조그마한 꼬투리만 생기면 붙들려가 고초를 당했다.

그 당시 나는 심부름을 가거나 다녀올 때는 지서 뒷담길이 지름길이라서 그 길을 자주 이용하기도 했는데 유치장에서 개패듯 하는 소리가 담 너머로 들려오면 마음이 오싹오싹해지면서 또 누구의 아버지가 또 누구의 삼촌이 당하는가 싶어 궁금하기만 했다.

반죽음을 당해서 나오지 않으려면 돈을 갖다 바쳐야 한다는 소문이 나돌았다. 많은 사람들이 밭을 팔고 소를 팔아 갖다 바쳤다. 비합법적인 보석금(?)이라도 넣지 않으면 반죽음이 되어 들것에 실려 나왔기 때문이다.

사법권까지 행사했으니 때리기만 하면 돈이 생기는 세상이었다. 이런 일들이 너무나 빈번히 자행되었기 때문에 사람들은 사랑방이나 정자나무 그늘 밑에서 모여앉아 '악질 주임' 이란 별명을 붙여 주었다.

또 이런 일도 있었다. 1952년도라고 기억된다. 초등학교 교정에서 8·15 기념행사가 있었다. 많은 면민들이 모였다. 진주에서 중학을 다니던 나도 방학 때라서 구경을 갔다. 몇몇의 면 유지들이 앞자리에 도열해 앉아 있는데 식이 끝나자 유지석에 있던 지서 주임이 조회대의 단상으로 올라갔다. 그리고는 순경들이 호송해 온 세 사람을 조회대 10미터쯤 앞에 옆으로 나란히 서게 했다.

우리는 영문도 모르고 호기심 어린 눈으로 지켜만 보았다. 이윽고 그는 일장의 짤막한 연설을 했다. 듣고 보니 일종의 공개재판이었다. 그들은 부역행위를 했는데 개과천선을 해 앞으로 대한민국을 위해 봉사하겠다는 사람은 살려줄 것이고 그렇지 않은 사람은 죽이겠다는 어마어마한 선포였다. 곧 가부를 묻는 의식(?)이 있었다. 손을 들면 살아

나고 들지 않으면 죽는 절박한 순간이었다. 운동장은 일순 쥐 죽은 듯이 조용해졌다. 이윽고 두 사람이 손을 번쩍 들었다. 유독 한 사람만이 손을 들지 않았다. 죽음을 자초하는구나 싶어 사람들은 발을 동동 굴렀다.

이제는 그 사람만이 운동장 한가운데 남아 있다. 주임은 조회대 양 옆으로 순경을 한 사람씩 서게 하더니 총알을 장전하라고 했다. 그리고 '겨누어 총'을 시키더니 그가 권총을 빼서 먼저 한 방을 쏘고 그 다음 순경들에게 발사를 명했다.

나중에 안 일이지만 그의 죄목은 공비들의 보급품을 져다 주었다는 부역행위였고 또 그가 손을 들지 못한 이유는 가는 귀가 먹었기 때문이었다는 것이다. 동리에서 '먹귀'라는 별명으로 불렸으니 지서 주임의 말을 잘 알아들을 리 만무했다. 다른 사람들은 잘도 손을 번쩍번쩍 들었는데 영문도 모르고 엉거주춤해 있다가 당한 불행이었다.

이러한 사실을 안 면민들은 몰래나마 그의 돈키호테적 행동을 질타하기도 했고 또 어떤 사람들은 돈 없고 빽도 없어 희생양으로 찍혀 당한 죽음이라고 애석해 하며 혀를 끌끌 차기도 했다.

뿐만 아니라 그는 박격포 사격 연습을 하다 두 번이나 큰 실수를 저질러 몇 집을 풍비박산시킨 적도 있는 사람이다.

남이야 어찌 되었건 그 시절이 그에게는 '삐까삐까' 하게 날리던 시절이 아니었나 싶다. 소련제 사이드카를 타고 지서 앞을 부르릉거리며 오가던 그의 모습이 눈에 선하다. 그가 만약 살아 있다면 90 가까운 나이일 텐데 경찰직을 그만 둔 그의 후일담이 궁금하다. 마음을 바꾸어 좋은 일을 많이 했다면 외롭지 않았을 것이고, 역시 젊은 시절 그대로였다면 그 값을 톡톡히 치렀지 않았나 싶다.

| 내가 본 빨치산 |

민족의 영산인 지리산이 빨치산의 소굴이 될 줄을 누가 감히 상상할 수 있었으랴!

지리산 공비 토벌 작전이 성공적으로 끝나기 전까지는 지리산 일원에 있는 무수한 마을 사람들은 6 · 25 못지 않을 정도의 악몽을 치렀다. 지리산이 경남, 전남, 전북 이렇게 3도에 걸치고 있으니 3도의 주민들은 크고 작은 피해를 입었다. 가까우면 가까울수록 그 피해가 극심했다. 피해 1급지라면 아무래도 그들의 근거지였다. 경남의 관내인 중산리골이나 대원사골 일대의 마을, 남원 관내의 뱀사골과 달궁골, 그리고 전남 관내의 일부 지역은 아예 밤낮으로 인공기가 휘날리는 이른바 '해방지구'였다. 2급지라면 밤으로는 빨치산 세상이 되었다가 낮에는 대한민국이 되었던 시역을 밀힐 수 있으며, 3급지는 빨치산들의 근거지에서 멀리 떨어져 있긴 하지만 간혹 보급 투쟁을 나와 양민들의 재산을 탈취해 가거나 또는 지서가 습격을 받았던 지역을 들 수 있다.

다행히도 내가 살았던 지역은 3급지에 속해서 1급지나 2급지에 비하면 고생을 덜 했다. 같은 하동군 관내지만 가령 청암면 같은 곳은 2급지라서 빨치산들의 등쌀에 못 이겨 농토를 버리고 아예 대처(大處)나 안전 지역으로 소개(疏開)를 나와 버린 사람도 많았다.

빨치산들은 내 고향 옥종면에도 간혹 내려오긴 했지만 주로 지서에서 북쪽으로 5리나 10리쯤 떨어져 있는 마을로만 보급 투쟁을 나오곤 했다. 출몰의 횟수가 잦은 편은 아니었지만 그래도 혹시 집에서 자다가 '산사람' 들에게 끌려갈까 봐 불안하여 청장년들은 해거름만 되면 소를 몰고 지서 인근의 인친척집으로 내려와 잠을 자고는 이른 아침에 소를 몰고 집으로 돌아가곤 했다. 뿐만 아니라 일용할 약간의 곡식만 남겨 두고 나머지는 역시 인친척 집에 보관해 두는 사람도 많았다. 한때는 우리 집의 몸채와 아랫채가 그런 인친척들로 붐볐던 기억이 새롭기만 하다.

우리 집이나 인근 마을들은 지서에서 가까웠기 때문에 보급 투쟁의 '밤손님' 들을 직접 맞이해 본 적은 없다. 빨치산들은 주로 밤을 이용했으므로 '밤손님' 이라 불렸다. 그러나 더러는 지서가 습격을 받기도 했기 때문에 밤만 되면 오늘 밤은 무사할지 어쩔지 늘 불안에 떨었다. 몇 번의 공격을 받았지만 한 번도 그들의 손에 들어간 적이 없어 불행 중 다행이었다. 만약 사정이 바뀌어 '해방지구' 가 되었더라면 무고한 양민 학살이 자행되었을 것이고 또 재산상의 피해도 막심했을 것이다.

이 모든 결과는 물론 전투 경찰들과 방위대(의용경찰)들이 용감히 싸운 덕도 있겠지만 사전에 방어 준비를 철통같이 해둔 덕도 있었던 것 같다. 처음에는 지서의 둘레를 큰 돌로 성벽을 쌓듯 지붕 높이 정도로 쌓아 올려 요새마냥 구축해 두었는데, 한두 번의 가벼운 습격을 받고 난 다음부터는 팔뚝만한 크기의 장대나무로 빙 둘러 이중의 울을 쳐 놓았기 때문이었다.

뿐만 아니라 지서를 겨냥해 기관총이나 박격포를 쏴댈 만한 주변 야산의 고지(高地)마다 진지를 구축해 간이 경비초소를 만들어 밤이면 전경과 방위대 그리고 민간인 야경꾼들이 경비를 섰고, 일단 유사시에는 그들이 빨치산들의 침입로를 막아 준 덕도 있었다.

뿐만 아니라 마을을 지켜 주고 고장을 지켜 주는 전경들이나 방위대들의 사기를 북돋기 위해 주민(면민)들이 최대의 협조를 아끼지 않았다. 노력불사는 물론 웬만큼 사는 집이라면 한두 차례씩 지서의 전투요원들에 점심을 지어다 주었고 또 마을 뒷산 고지의 경비원들에게도 수시로 돌아가며 야참(야식)을 올려다주곤 했다. 민(民)과 경(警)이 합동한 내 고장, 내 마을 지키기였다.

이런 지역에 살면서 내 눈으로 직접 빨치산들을 본 적이 꼭 한 번 있었다. 어느 해 겨울, 할머니를 따라 5리쯤 떨어져 있는 할머니의 친정(선동 부락), 다시 말해 나의 진외가에 갔을 때의 일이었다.

나는 한밤중에 들이닥친 그들이 옷가지며 무명베를 열심히 챙겨 넣는 것을 겁에 질린 눈으로 지켜보기도 했는데 그 무명베들이 양말을 대신하는 발싸개용이라는 것을 감발하고 있는 그들의 발을 보고 짐작할 수 있었다.

그리고 그들이 사용하는 숟가락은 하나같이 휴대하기에 간편하도록 일부러 몽당하게 잘라 버린 놋숟가락이라는 것도 알게 되었다. 그것이 '빨치산 당증' 이라는 은어로 통한다는 것은 뒤에 안 일이다.

아무튼 지금도 그 시절을 생각해 보면 나의 귀에서는 빨치산들의 출몰을 알리는 야경꾼들의 '떴다' 라는 신호소리와 빨치산들이 신호탄인양 쏘아댄 '딱콩' 하는 총소리가 되살아나는 듯해 전율마저 느껴진다.

이데올로기 싸움이란 한갖 환상의 물거품에 지나지 않는다는 것을 우리는 '통일 독일' 에서 뒤늦게 배우고 있는 셈이다.

| 상이군인들의 구걸 행각 |

작가 하근찬의 작품 중에 〈수난 2대〉란 단편이 있다. 태평양전쟁에 끌려가 한쪽 팔을 잃은 아버지가 나오고 6·25 전쟁에 나갔다가 한쪽 다리를 잃은 아들이 나온다. 제목 그대로 '수난 2대' 인 셈이다. 제대하여 돌아온다는 소식을 받고 아버지가 기차역으로 아들 마중을 나가 보니 뜻밖에도 아들은 목발에 몸을 의지한 상이군인의 모습으로 기차에서 내리는 장면을 목도하게 되는데 그 아들을 데리고 집으로 돌아온다는 것이 전체 줄거리이다.

집으로 돌아오는 도중에 부자간에는 다음과 같은 대화가 오간다.

"아부지."

"와?"

"이래 가지고 나 우째 살까 싶습니더."

"우째 살긴 뭘 우째 살아. 목숨만 붙어 있으면 다 사는기다. 그런 소리 하지 마라."

"……"

“나 봐라. 팔뚝이 하나 없어도 잘만 안 사나. 남 봄에 좀 덜 좋아서 그렇지. 살기사 와 못 살아.”

“차라리 아부지같이 팔이 하나 없는 편이 낫겠어예. 다리가 없어노니 첫째 걸어 댕기기가 불편해서 똑 죽겠심더.”

“야야. 안 그렇다. 걸어댕기기만 하면 뭐하노. 손을 제대로 놀려야 일이 뜻대로 되지.”

“그럴까예?”

“그렇다니까. 그러니까 집에 앉아서 할 일은 니가 하고, 나댕기메 할 일은 내가 하고 그라면 안 되겠나, 그제?”

“예.”

슬프도록 비극적이며 감동적인 장면이다. 적어도 이 작품의 문맥으로 봐서 상이군인인 아들 진수는 절망하지 않고 앉아서 손으로만 하는 일을 통해 자활할 수 있는 마음의 준비를 이미 하고 있는 셈이다. 다시 말해 그 당시의 상이군인들이 쉽게 생활의 방편으로 삼았던 구걸 행각은 아예 하지 않을 사람으로 설정된 셈이다.

그러나 6·25 전란 당시나 휴전 후 얼마 동안은 제대하여 후방으로 돌아온 상이군인들이 자활 쪽보다는 쉽게 구걸 행각에 나섰던 사실을 적어도 60대쯤 이상이면 누구나 기억할 것이다. 농촌에서건 도시에서건 이들의 반강제적 구걸 행각에 많은 사람들이 공포와 불안을 느꼈던 시절이었다.

도시의 극장에서는 무료입장을 시켜 주지 않으면 행패를 부리기도 했다. 그 당시 인기 절정에 있었던 여성국극단, 가령 임춘앵의 여성국악단, 김경애의 햇님국극단, 조농옥·조금앵·조금례 세자매의 신라국극단 그리고 박보아·박옥진·조양금이 주축이 된 삼성국극단이나 강숙자의 우리국악단이 지방도시로 흥행을 오면 극장의 출입구는 으

상이군인들의 구걸 행각 >>>>

레 극장기도와 상이군인들간에 실랑이가 벌어지기 일쑤였다.

　농촌에서는 2, 3명씩 몰려다니면서 연필을 내밀고 쌀을 요구했다. '상이용사의 집'이란 빨간 딱지가 붙어있는 집은 제외하고 웬만한 집들은 가가호호 방문하면서 연필을 강매했다. 이런 상이용사들의 등쌀에 못 이겨 약삭빠른 사람들은 아예 사랑채를 상이용사 가족들에게 무료로 내주어 그런 성가신 일을 미리 예방하려고 '상이용사의 집'이란 딱지를 대문에 여봐란 듯이 붙여 놓고 지내기도 했다.

　그 당시 우리 집의 경우도 예외는 아니었다. 살림집은 양구리라는 곳에 있었지만 방앗간이 면 소재지가 있는 청룡리의 새시장터 부근에 있었으므로 장날만 되면 그들이 떼로 몰려들어 피해가 이만저만이 아니었다.

　내가 진주에서 중·고등학교를 다닐 무렵이었다. 방학이 되면 집에 와서 방앗간 일을 거들었는데 5일장이 서는 날이면 색안경을 쓴 상이군인들이 몇 패씩 밀어닥쳤다. 구걸이라기보다는 반 강제, 반 위협으로 연필을 떠맡기면서 쌀을 요구했다. 연필 한 자루에 무조건 쌀 한 되라며 한 다스 아니면 반 다스를 팔아 달라 했으니 공갈과 위협이 따르기 마련이었다. 대팻밥으로 말아 만든 최하급품으로 공책에 쓰다 보면 심이 자주 부러지는 조잡하기 이를 데 없는 연필이었다.

　정당한 값의 흥정이 아니라 무조건 떠맡기는 통에 오히려 우리가 구걸을 하듯 사정을 봐 달라며 한두 되로 낙착을 보기도 했다. 못 사주겠다고 하면 바로 수갑보다 무섭고 징그러운 쇠갈고리의 의수가 소매깃에서 나오면서 얼굴을 할퀼 듯 가슴을 쥐어박고 찍을 듯이 윽박지르기 때문에 울며 겨자먹기식이 아닐 수 없었다.

　이런 강매행위가 비록 많은 원성을 샀지만 지서 순경도 손을 못 쓰고 그저 못 본 체하고 지나갔다. 전쟁터에 나가 잃어버린 팔과 다리 그리고 눈알이나 불알을 보상해 주면 나도 이짓 하지 않겠다는 그들의 생떼를 당할 사람이 어디 있었겠는가.

지금 생각해 보면 무례했던 그들의 행동도 비난받아야 마땅하지만 국가에서도 시의적절한 조치를 취해 주지 못했던 책임도 있었던 것 같다.

지나고 보니 이 모두가 다 전쟁의 잔해 같은 후유현상이라 굳이 누구를 크게 탓할 수만도 없는 것 같다.

| 수틀 위의 머나먼 나라들 |

십자수가 다시 한때 유행한 적이 있다. 이 자수가 처음 크게 유행하기 시작한 것은 6·25 이후의 1950년대 초였다. 근 50여 년만에 다시 맞는 유행이었다.

내가 중학교를 다닐 무렵이었다. 미당 서정주 시인의 어느 시에 "누님의 어깨 너머로/ 수틀을 보듯 수틀을 보듯/ 세상을 보자"라는 구절이 나오는데, 이 시인이 누님의 수틀에서 본 세상이 동양자수의 풍물이었다면, 내가 당시 고모의 수틀에서 본 세상은 너무나 다른 먼 나라의 풍물들이었다.

큰고모는 해방을 얼마 앞두고 시집을 갔고, 작은고모는 6·25 후 내가 중학교 다닐 때에 시집을 갔다. 방학이 되어 집에 가서 보면 짬만 나면 수를 놓고 있었다. 더러는 동리의 또래 처녀들이 고모 방에 모여 희미한 석유 호롱불 밑에서 우스갯소리를 주고받으며 수를 놓고 있는 것도 보았다. 그 수가 바로 그때 유행하던 십자수였다. 수본에 나와 있는 그림을 본떠 하얀 옥양목을 수틀에 끼워 여러 색실로 수를 놓는 것을 어깨 너머로 지켜보곤 했다. 횃대보·책상보·밥상보·방석·손수건에다 열심히 수를 놓았다. 십자수란 가로로 한 땀 세로로 한 땀, 말 그대로 십(十)자 모양이 되도록 놓는 수를 말한다.

요즘은 세상이 달라져 돈만 있으면 신부가 손끝 하나 까딱하지 않고 혼수품을 모두 사서 가져가지만, 그 시절에는 직접 신부 손으로 반드시 준비해 가는 것이 수예품 십자수였다.

이 중에서 수놓는 데 시간이 많이 걸리는 것은 횃대보였다. 권문세가나 부잣집이야 달랐지만 일반 서민들 집에서는 그때그때 입지 않는 옷은 고리짝이나 장롱에 개어 넣고 그 위에다 이불을 얹어 커다란 보자기를 덮어놓으면 그만이다. 매일 입는 옷은 안방이건 사랑방이건 별도로 옷장이 없다 보니 옷이 접히거나 주름이 잡히지 않도록 횃대나 횃줄에 걸어 놓았다.

횃대란 벽 길이에 맞춰 적당하게 잘라 만든 대나무를 말하는데, 벽 양끝에 줄을 달아 수평으로 매달아 두는 옷걸이다. 횃줄은 대 대신 줄을 이용한다는 뜻이다.

그 다음 크기가 책상보·밥상보·방석이며, 제일 작은 것은 손수건이다. 횃대보·책상보·밥상보·방석은 주로 그림을 수놓았지만 손수건은 글자 수를 놓았다. 그 중에서도 'Home Sweet Home' 이란 글씨의 손수건을 많이 보았는데, 이런 손수건은 우인 대표들에게 주는 최상의 신부선물이었고 한 편 일반화되지 않았던 손수건 문화 보급에 크게 기여한 계기가 되기도 했다.

그런데 이와는 달리 그림 자수를 놓고 있는 고모의 수틀 위에 보이는 세상은 낯선 나라요 낯선 나라의 풍물 일색이었다. 인도의 공작새, 아라비아의 사막과 오아시스 그리고 낙타와 캐러밴, 남국의 야자수, 이집트의 피라미드와 스핑크스, 네덜란드의 풍차 그림 등이었다.

고모가 미래의 낭군을 머릿속에 그리며 한 땀 한 땀 수를 놓을 때 〈이상한 나라의 앨리스〉 아닌 서부 경남의 한 청소년인 나는 그런 이상하고 신기한 나라들을 꿈속처럼 상상해 보곤 했다.

　뿐만 아니라 십자수의 이런 이국 풍물과 거의 때를 같이해 공교롭게
도 유행가에서도 이국 풍정을 담은 노래가 나오기 시작했다. 중학교 2
학년 때인 1952년도에는 〈인도의 향불〉이란 노래가 나왔고, 고등학교
1학년 때인 1954년도에는 〈페르시아 왕자〉란 노래가 나왔다. 여기에
다 일제시기인 1929년에 나온 노래이긴 하지만 〈사막의 한〉이란 노래
도 한몫하여 호기심 많은 우리 청소년들의 상상력에 이국 정조나 이국
정서를 한껏 심어 주었다.

　그 시절 이런 노래들을 목청껏 불렀던 기억이 새로운데, 그 시절로
돌아간 듯 그 노랫말들을 추억처럼 다시 한 번 읊어 볼까 한다.

　자고 나도 사막의 길 꿈속에도 사막의 길/ 사막은 영원의 길 고달픈 나
그네의 길/ 낙타 등에 꿈을 싣고 사막을 걸어가면/ 황혼의 지평선도 고달
픈 나그네의 길

— 〈사막의 한〉

　공작새 날개를 휘감는 염불 소리/ 간지스강 푸른 물에 찰랑거린다/ 무
릎꿇고 하늘에다 두 손 비는 인디아 처녀/ 파고다의 사랑이냐 향불의 노
래냐/ 아~ 깊어 가는 인도의 밤이여

— 〈인도의 향불〉

　별을 보고 점을 치는 페르시아 왕자/ 눈감으면 찾아드는 검은 그림자/
가슴에다 불을 놓고 재를 뿌리는 아라비아 공주는 꿈속의 공주/ 오늘밤도
외로운 밤 별빛이 흐른다

— 〈페르시아 왕자〉

　십자수의 유행과 이국 풍물의 등장 그리고 유행가에서도 인도의 공
작새가 나오고 페르시아와 아라비아가 나왔으니 이국에 대한 나의 상
상은 가히 날개를 달았다고나 할까. 장차 어른이 되어 꼭 그런 나라에

한 번 가보았으면 하는 꿈도 가졌다.

한편 처녀들은 횃대보에다 낙타와 오아시스 그리고 캐러밴의 수를 놓으며 〈페르시아 왕자〉를 마음 속으로 홍얼거리며 언제쯤 자기에게도 페르시아 왕자 같은 낭군이 나타날 것인가를 상상해 보았을 것이고, 또 공작새 수를 놓으면서는 마치 '무릎 꿇고 하늘에다 두 손 비는 인디아 처녀' 처럼 멋진 사랑을 꿈꾸었을 것이다.

생각해 보면 어언 60년 가까운 세월이 흘렀다. 그때 처녀들은 이제 나이 80 가까운 할머니가 되어 있을 것이고, 혼수품으로 가져왔던 십자수들이 손때 묻은 채 아직도 고이 간직되어 있다면 귀한 민예품이 되어 있을 듯하다. 또 혹시 손녀가 십자수를 놓고 있는 것을 보면 불현듯 옛 생각이 나서 다시 꺼내 보며 한없는 감회에 젖을 듯싶기도 하다.

그 동안 나는 물론 대학과의 자매결연이나 세미나 주제 발표 또는 문화시찰차이긴 했지만 수틀 위에서 본 야자수의 나라 하와이·필리핀·인도네시아도 다녀왔고, 풍차의 나라 네덜란드 그리고 사막과 낙타의 나라 중동도 다녀왔다.

그러나 공작새의 나라 인도, 피라미드의 나라 이집트는 아직 가보지 못했다. 특히 청소년 시절에 그려보던 그 나라들이라 더 나이 들기 전에 언젠가 한 번은 꼭 가보리라 마음 먹고 있다.

작은고모부가 장가를 왔다. 전통혼례식을 올렸다. 그때 스무 살을 갓 넘은 총각이었다. 진주에서 5리쯤 떨어진 곳에 너우니라는 곳이 있었는데 그곳의 평거리(平居里) '오동골' 이라는 곳에 살았다. 그 당시 평거초등학교의 신출내기 교사였다.

첫날밤을 지내고 이튿날이 되었다. 아침식사를 마치고 조금 있다가 신방에서 이른바 '신랑 다루기' 가 시작되었다. 집안 인친척의 젊은이들이 신랑을 방 한가운데 앉히고 긴 무명베 끈으로 양다리를 묶어 한 사람이 거꾸로 어깨에 메고 마치 죄인을 다루듯이 다른 사람들이 발바닥을 방망이로 사정없이 두들겨 패면서 '왜 신부를 훔치러 왔느냐' '상놈이 왜 양반의 규수에게 장가를 왔느냐?' '신부가 예쁘냐?' '신부가 마음에 드느냐?' 고 연신 질문을 던졌다.

옳게 답을 했건 그르게 답을 했건 무조건 매질이었다. 괜한 트집에 대답이 막혀서 우물쭈물하면 또 그렇게 한다고 야단을 쳤다. 얼마나 아팠기에 참다참다 못하여 화를 내는 것을 보기도 했는데 이 '신랑 다루기' 는 앞으로 서로가 다정해지자는 뜻도 있다고는 하지만 악습이었던 것 같다.

　어느 마을에서는 얼마나 우악스럽게 신랑을 다루었는지 그 고역을 치르다 죽은 사람도 있었으니 아무래도 지나친 장난이 아니었나 싶다. 방망이로 '신랑 다루기'를 하다 보면 아프다는 고함소리에 안방에서 할머니가 건너오신다. 한 상 가득 차려올 테니 살살 다루라고 하면 그 때부터는 방망이 대신 마른 명태로 발바닥을 때렸다. 그리고 곧이어 푸짐한 술상이 나오면 신랑을 풀어주고 서로가 대작을 하며 흥겹게 논다. 점심을 먹고 난 후 또 2차 '신랑 다루기'가 계속되었다. 이제는 신랑신부를 맞보도록 묶어 놓고 곤욕을 치르게 했다. '신부가 마음에 드느냐?' '신랑이 마음에 드느냐?' '풀어 주면 신부를 업어 주겠느냐?' '신부에게 노래를 시켜 보겠느냐?'는 등 여러 질문을 해댔다. 역시 오후에도 술상이 마련되었고 곧 이어 노래판이 벌어졌다.

　그리고 이튿날은 신행(新行)길에 올랐다. 3일 신행이었는데 작은 고모는 연지곤지 찍고 가마 타고 시집을 갔다. 20년 가까이 키운 딸을 시집보내니 서운한 마음이려니와 과연 시집살이를 잘 견디어 낼 수 있을까 하는 안쓰러움에 할머니는 가마의 뒤꽁무니를 보면서 눈물만 훔쳐냈다.

　그리고 고모부가 재행(再行)을 왔다. '재행'이란 혼인한 후 신랑이 처음으로 처가에 오는 것을 말하는데 처가에서 처남이나 친척이 데리러 오면 함께 가는 것이 그 당시의 관례였다. 재행을 온 것은 신행한 지 약 1주일 뒤였다고 기억된다. 술 한 병에 삶은 닭 한 마리 그리고 장모의 선물로 담뱃대를 사시고 왔었다.

　재행을 왔을 때에도 또 '신랑 다루기'가 있었다. 양다리를 묶어 둘러 메고 역시 방망이로 발바닥을 때리며 '여자를 훔쳐 갔으면서 어찌하여 이제까지 말이 없느냐?' '무엇 때문에 다시 왔느냐?' '귀한 딸을 시집살이를 시킬 것인가?' '신부를 언제쯤 친정으로 보내 줄 것인가?'라며 야단을 쳐댔다.

그리고 곧 동상례(東床禮)라는 의식이 뒤따랐다. 동상례란 신랑이 재행을 와서 신부의 친척과 동리의 청년들을 위해 큰 음식상을 차려 대접하는 풍습을 말하는데 이는 곧 그동안 장가를 와서 잘 얻어 먹고 잘 대접을 받았으니 그 답례로 한 턱을 내는 전통적인 풍습이었다. '신랑 다루기'에서는 이 동상례의 비용을 얼마나 내겠느냐고 또 윽박지른다. 액수가 적으면 가만두지 않을 테니 알아서 액수를 종이에 적으라는 것이었다. 대개 이런 경우 종이에 적힌 액수에 따라 음식상이 차려져 나와야지 그렇지 않으면 또 '신랑 다루기' 하겠다고 신랑의 장모에게 으름장을 놓는다.

우리 집은 고모부가 약 1주일 만에 재행을 왔으니 혼례식 때 장만한 음식들은 거의 동이 났고 동상례용으로 일부를 남겨 두었지만 그것으로는 어림도 없다고 하도 성화를 해서 결국은 닭을 잡아 새롭게 술안주를 만들어 주었다. 이런 동상례의 비용은 이름만 신랑 부담이었지 결국은 신부측의 음식 대접으로 끝나기 마련이었다.

지난날의 전통혼례식은 이런 아기자기한 맛이 있었던 것 같다. 30분만에 끝나는 현대식 '반짝 결혼식'이나 간소화된 혼인대사의 절차를 보면 전통혼례식은 한결 여유가 있었던 것 같다. 그것은 농경사회에 알맞은 잔치 풍속이었고 또 이런 기회를 통해 인친척이 만나 서로 끈끈한 유대를 유지했던 좋은 계기가 되었다.

장가를 와 '신랑 다루기'에 곤욕을 치룬 나의 작은고모부는 초등학교 교장 선생으로서 명예퇴직을 한 후 얼마쯤 사시다가 돌아가신 지 제법 오래 되었고 또 새색시였던 고모도 이제 80을 아니 멀리 바라보고 있으니 세월의 흐름은 정말 유수 같기만 하다.

| 첫날밤의 신방 지킴 |

나에게는 두 분의 고모님이 있다. 큰고모는 해방 바로 전에 결혼을 했고, 작은고모는 6·25가 난 그 이듬해에 결혼한 것으로 기억된다.

그 당시 어린 나이였던 나는 '신방 지킴' 이란 풍속을 꽤 호기심을 가지고 뒷전에서 지켜보았다. 지방마다 첫날밤의 풍속에 약간의 차이야 있겠지만 '신방 지킴' 만은 어느 곳이나 마찬가지였다.

나의 고향에서는 첫날밤을 위해 신방에 병풍을 치고 방바닥에는 돗자리를 펴놓고 머리맡쯤에는 주안상을 준비해 둔다. 신랑이 신방에 먼저 들어와 기다리면 곧이어 신부가 들어온다. 이때 신랑은 돌아서서 신부를 맞이한다. 신부가 돌아서서 살포시 앉으면 신랑이 자기 쪽으로 돌려 앉힌다. 그 다음 주안상의 술과 안주를 들면서 간단한 수인사와 함께 이야기를 나눈다. 그 다음 신랑이 신부의 족두리를 벗기고 머리를 풀어준다. 곧이어 신부의 저고리의 옷고름을 풀어주는데 이를 일러 '가슴 풀어준다' 라고 한다.

이를 신호로 하여 신부가 직접 옷을 벗기 시작하고 옷을 벗으면 신랑은 그를 안아다가 자리에 눕힌다. 방에 켜 놓은 촛불을 입김으로 끄면 복을 불어낸다고 해서 젓가락이나 손가락 또는 이불자락으로 끈다.

'신방 지킴'은 신부가 신랑이 있는 신방에 들어가면서 시작된다. 친척이나 동리 사람들이 신방의 문구멍을 뚫고 엿보는데 이를 곧 '신방 지킴' '신방 엿보기'라고 하는데 유식하게 말해서는 '상직(上直)한다'라고도 했다. 이런 '신방 지킴'의 유래에는 대개 세 가지 이야기가 전해져 내려오고 있다.

옛날에 한 신부가 혼인하기 전에 장래를 약속한 남자가 있었는데 신부가 부모의 강권에 못 이겨 딴 남자와 혼인을 하여 첫날 밤 곤히 잠들었을 때 과거에 약속했던 그 남자가 몰래 신방에 들어와 신랑을 죽이고 신부와 같이 멀리 도망을 쳐버렸다. 그 후부터는 이런 불미한 일이 없도록 신방을 지키게 했다는 것이다.

다른 한 설은 옛날에 백정(白丁)이 있었는데 아들이 장가 갈 때 신부를 잘 다루라고 당부를 했는데 아들은 어리석게도 그만 칼질을 잘하라고 하는 줄만 알고 신부에게 칼질을 해버렸다 한다. 이런 참변을 막기 위해 망을 보게 했다는 다소 허황된 우스개 이야기이다.

마지막 한 설은 옛날에 아들이 장가 갈 때 무조건 벗겨야 한다고 일러 주었고, 신부 쪽에서는 딸에게 무조건 참아야 한다고만 일러 주었다. 신랑은 옷을 벗기라는 말을 착각해 살을 벗기게 되었고, 신부는 아파서 '벗기네' '벗기네' 하면서 울어도 신부의 어머니는 '참아야 한다 참아야 한다'고 말했다 한다. 그 후부터는 이런 어리석은 일을 미연에 방지하기 위해 신방을 지키게 되었다는 이야기이다.

사실 이 세 가지의 이야기를 듣고 보면 그래도 설득력이 있는 것이 첫 번째 이야기인 듯하다. 두 번째와 세 번째의 이야기는 입담 좋은 사람들이 우스갯소리로 그럴 듯하게 만들어 낸 느낌이 강하다.

'신방 지킴'의 유래는 이쯤 해 두기로 하고 다시 작은고모가 첫날밤을 보내던 날의 '신방 지킴'을 공개해 볼까 한다. 그날 밤의 상직꾼 중에는 인척뻘 되는 분이 한 사람 있었는데 그분은 앞서 큰고모의 ‘신방 지킴’ 도 했던 분이다. 큰방의 술상 앞으로 돌아온 그는 두 ‘신방 지킴’ 에 관한 품평회를 했다. 작은고모부가 신방을 관리(?)하는 데 더 꾀가 많더라는 것이다. 다시 말해 신랑신부의 일거일동을 노출시키지 않기 위해 출입문 쪽으로 쳐둔 병풍을 이부자리 쪽으로 바싹 당겨 놓더라는 것이다. 그러니 좀체 엿보기를 할 수 없었다고 했다.

이에 반하여 큰고모부는 문 쪽에 쳐둔 병풍을 그대로 두고 첫날밤을 보냈기 때문에 문 맨 위쪽에다 문구멍을 뚫고 보니 신방 안이 훤히 보이더라는 것이다.

병풍을 바싹 당겨 쳐 신방 안 엿보기를 아예 봉쇄해 버린 작은 고모부는 꾀가 많은 놈이라고 입살에 오를 수밖에 없었을 것이다. 일이 이렇게 되자 장난기가 심한 어느 한 상직꾼은 뒤란으로 가서 신방의 뒷벽을 곡괭이로 뚫어 결국은 ‘신방 엿보기’ 에 성공했다.

‘엿보기’ 의 매력이란 참으로 모든 인간에게는 강한 유혹 중의 하나가 아닌가 싶다. 가령 포르노 영화의 장면 구성이 바로 이런 심리를 이용한 예가 많다. 또는 일반영화나 소설의 어느 장면에서도 이런 심리를 이용한 예를 많이 볼 수 있는데 ‘엿보기’ 심리를 자극하는 계산된 구성이라 하겠다.

결국 ‘신방 지킴’ 이라는 그럴듯한 명분도 알고 보면 ‘엿보기’ 심리의 한 변형이 아닐까. 그러나 이제는 사라져 간 풍속 중의 하나가 되고 말았다.

| 마을 자치의 풍기 단속 |

19세기의 미국 작가 나다니엘 호돈이 쓴 《주홍글씨》라는 장편이 있다. 17세기 미국 식민시대를 배경으로 뉴 잉글랜드가 무대인 작품이다. 그 당시 청교도들에 의해 개척된 보스톤은 계율이 엄격하였다. 이 작품 속의 여주인공 헤스터 프린도 간통죄를 범한 벌로써 간통(Adultery)이라는 단어의 첫 글자인 'A' 자를 수놓은 주홍글씨의 헝겊 조각을 일평생 가슴에다 낙인처럼 달고 살아야만 했다.

어느 나라에서건 전통사회에서는 정도나 풍속의 차이가 있을 뿐 이 같은 마을 자치의 풍기 단속의 계율이 있었다.

우리나라에서도 지난 날 시골로 갈수록 더욱 엄하게 다스려지던 풍기 단속의 풍습이 남아 있었다.

도적질과 같은 부정행위를 하거나 부모나 어른들에게 불경(不敬)스런 행위를 했을 때 그리고 간통을 하거나 상피(相避)가 붙었을 때 그에 준하는 응분의 풍기 단속의 벌이 있었다.

이 중에서 가장 큰 추문은 뭐니뭐니해도 상피 붙어먹은 일이다. '상피 붙었다' 라는 말은 가까운 친척뻘의 남녀가 육체적인 교접을 피해야 하는데도 '서로 피하지' 않고 통정을 했다는 뜻인 만큼 일종의 근친상간에 해당되는데 유교적 전통사회에서는 이것이 살인보다 더 수치스러운 일이었다.

풍기 단속은 풍기 문란의 정도에 따라 훈계·동네우세·동네매나 덕석몰이·추방 등과 같은 벌로써 낙착된다.

'동네우세'란 죄인으로 하여금 동리를 돌면서 자기의 잘못을 고하게 해 '우세'를 시키는 일이었다. '우세'란 말이 곧 '남이 비웃을 만한 부끄러운 짓'이란 뜻인 만큼 죄인을 앞세우고 북을 치고 동리를 돌면서 '나는 도둑놈이요' '나는 불효자요'라고 고하도록 하는 행위 자체가 바로 본인에게는 큰 '우세'가 아닐 수 없다.

5·16 이후 전국 깡패들을 잡아 '나는 깡패요'라는 패찰을 달아 대로변을 돌게 한 것도 결국은 이런 '우세'의 전통에서 얻은 발상이다.

그리고 판소리계에서 이런 '우세'의 발상으로 주인공의 버릇을 고치게 한 작품은 다름 아닌 《배비장전》이다. 여색을 탐하는 배비장을 많은 사람들이 모인 동헌 마당에서 궤짝에서 나오게 하여 알몸으로 개헤엄을 치게 한 계락도 결국은 '우세'를 통한 버릇 고치기였다.

'덕석몰이'란 나쁜 짓을 한 사람을 동청에 데려다가 누가 누군지 모르게 죄인의 눈을 감겨 덕석에 눕힌 후 덕석으로 말아서 동리 사람들이 몽둥이 찜질을 하는 처벌을 말한다. 구장이 몽둥이를 들고 먼저 한 대를 때리고 난 다음 모인 사람들이 차례로 몽둥이를 넘겨받아 때리는 것이다.

'동네매'는 죄인과 동네 사람들이 서로 보는 데서 행하는 일종의 돌림매를 말한다.

이와 유사한 것으로 심지어 시체 태형이란 것도 있다. 부정한 짓을 하고 자살했을 때 시체에다 매를 가하는 태형이다.

작고한 여류소설가 손소희의 장편 《남풍(南風)》을 보면 이와 같은 장면이 나온다.

일제시의 함경도 장연이 주무대로 되어 있는데 여기에 남주인공의 어머니는 과수댁으로 나온다. 주인공이 어렸을 때 과부였던 어머니는 외간 남자의 애를 갖게 되자 양심의 가책을 느껴 자살하고 만다. 체면과 이목을 중시하던 때라 마을에서는 장례식날 그녀의 주검에 태형을 가해 본보기를 보여 준다. 그런데 이를 주선한 사람이 촌장인데 아이러니컬하게도 그가 바로 그 여인을 겁탈한 장본인이라는 사실이 이 작품의 후반에서 밝혀져 흥미를 더욱 고조시키고 있다.

끝으로 '동네추방' 이라는 벌에는 두 가지가 있다. 단순 추방과 육형(肉刑) 추방이다.

단순 추방이라면 우리는 그 예를 쉽게 《변강쇠전》에서도 찾아볼 수 있다. 강쇠와 옹녀는 천하의 잡놈과 잡년으로 나온다. 그들을 그대로 두었다가는 한 도의 여자와 남자들이 온전할 것 같지 않아 추방을 시킨다. 옹녀는 평안도에서 삼남(三南)을 향해 남으로 내려오고, 강쇠는 삼남에서 양서(兩西 : 평안도와 황해도)로 향해 북으로 가는 노정기로서 이 작품은 시작된다.

육형 추방은 가장 엄한 벌이다. 영원한 치욕과 수치의 표시로 코끝을 자르거나 발뒤꿈치를 자른 다음, 마을에서 추방하는 벌이다.

지난 시절, 이른바 속칭 '코베' 라는 별명을 가진 여자들이 그런 부류에 속하는 도덕적인 죄인들인 셈인데 이는 '코보' 라는 별명과는 전혀 다른 말이다. '울보' 나 '먹보' 란 말이 있듯이 '코보' 라면 코를 잘 흘리는 사람의 별명일 수도 있고 또는 코가 큰 사람의 별명일 수도 있다. 그러나 '코베' 라는 말은 '코를 베인 사람' 의 약칭인 것이다.

나는 어릴 때 우리 면에서 '코베' 라는 여인을 보기도 했고 또 덕석몰이나 동네우세를 시키는 일을 호기심을 가지고 구경하기도 했다.

점점 세상과 사람들이 부도덕해져 가고 있다고 개탄하는 소리가 높은 이 시대에, 마을 자치의 풍기 단속이라는 그 전통을 현대적으로 부활시켜 봤으면 하는 것이 나의 '희망사항' 중의 하나이다. 무조건 법에 의존하고, 무조건 경찰에 의존하는 것을 능사로 삼을 것이 아니다. 일단은 마을 단위 자체에서 자율적으로 처리해 보는 것도 바람직한 일이 아닐까도 싶다.

| '서리'의 습속 |

'서리' 란 말은 이제는 거의 잊혀져 가는 말이다. 특히 도시 사람들은 이 말의 뜻을 아예 모르고 있다.

'서리' 란 시골 생활의 한 풍속이었다. 여러 사람들이 모여 주인 몰래 훔쳐다 먹는 장난을 이렇게 불렀다. 단독 범행이 아닌 공동 범행의 일종의 주전부리 사냥이라고 할 수 있다. 도둑질과는 그 어감이 사뭇 다르다. 남의 것에 손을 대는 것이지만 애교스런 좀도둑질로서 누구나 장난으로 치부하고 말았다.

주인 몰래 훔치는 일을 '서리한다' 라고 했으며, 주인집에서는 '서리 맞았다' 라고 했다. 서리를 하다가 주인에게 들키거나 잡혀도 크게 벌받지는 않았고, 훈계 정도로 끝내는 것이 지난 시절 농촌의 풍속이었다. 이 서리는 긴장된 재미가 있어 시골 출신이라면 누구나 한두 번쯤의 경험을 가지고 있는 것이 보통이었다.

서리의 대상물에 따라 콩서리, 수박서리, 닭서리라고도 불렀으며 또 서리를 하는 시간에 따라 낮서리와 밤서리로 구별되기도 했다. 낮서리에는 주로 콩서리, 밀서리, 쌀보리서리, 감자나 고구마서리가 있었고,

밤서리의 주요 목표물은 참외나 수박, 곶감이나 홍시 그리고 닭이었다.

서리의 대상물은 일년 내내 있었다. 봄이면 밀서리나 쌀보리서리를 했다. 늦봄의 보리누름이 되면 소에게 아침꼴을 먹이러 나가 누렁누렁한 밀이나 쌀보리를 베어다가 솔가지 불에다 구워서 모갱이(모가지)를 손으로 비벼서 입으로 이리저리 후욱후욱 불다 보면 껍질들은 날아가고 낱알만이 남는데 한 웅큼씩 입 안으로 털어넣어 맛있게 씹어 먹기도 했다. 한참 이러다가 자리를 털고 일어나면 모두의 입 언저리는 검정칠이 되어 있어 제법 구경감이 되기도 했다.

여름철이면 밤으로 강변이나 들판으로 나가 참외나 수박서리를 했다. 원두막에 앉아 있는 주인의 눈을 피해 낮은 포복을 해서 밭으로 기어들어가 참외나 수박을 따다 강변에 앉아 별을 쳐다보며 먹어 치우던 재미도 시골에서만 맛볼 수 있었던 여름밤의 낭만이었다.

그리고 여름철의 감자서리는 특히 소먹이를 나간 오후 한때의 시간 보내기로는 안성맞춤이었다. 산비알밭이라고 불리던 산비탈에서 감자를 서리해다가 '산꽃'이란 것을 해서 익혀서 먹었다. 산꽃이란 돌들을 불에 달구어 그 달구어진 돌들 위에 감자를 얹고 흙으로 덮어 꼭꼭 눌러 두었다가 시간이 좀 지났다 싶으면 구멍을 뚫어 그 구멍으로 물을 부으면 뜨거운 김이 올라 감자가 익는 방식을 말한다. 전통적인 '삼(麻)산꽃'에서 따온 방식인 셈인데 그 재료에 따라 '감자산꽃' '고무마산꽃'이라 했다.

가을이면 주로 버논의 논두렁 콩을 꺾어다가 콩서리를 했다.

겨울철이면 곶감서리, 홍시서리, 닭서리를 했다.

초겨울철이면 곶감을 만들기 위해 감을 깎아 새끼줄에 끼워 추녀 밑에 주렁주렁 매달아 놓는데 반곶감이 된 것을 훔쳐다 먹는 것을 곶감서리라 했다.

홍시서리는 감나무 가지에 얹어 묶어 놓은 홍시의 저장고(?)에서 홍시를 꺼내다 먹는 것을 말한다. 시골에서는 대체로 감을 따서 홍시를 만들어 장기 보관하기 위해 닭둥우리에 담아 짚을 덮어 집마당의 큰 감나무 가지에 얹어 놓았는데 이것이 바로 홍시서리의 표적이었다.

닭서리는 주로 6·25 이후부터 유행하기 시작했다. 그 이전에는 동리의 청장년들이 밤에 모여 놀다 배가 고프다 싶으면 돈이나 쌀을 추렴하여 닭을 사오는 것을 보았는데 6·25 이후부터는 세상이 변하여 닭도 서리의 대상이 되어 전국적으로 닭서리가 크게 유행을 했다. 이런 것을 보고 배운 우리들도 고등학생이 되고부터는 겨울방학만 되면 고향에 내려와 닭서리를 다녔다.

그 당시에는 토종닭, 레그혼, 뉴햄프셔가 시골 닭의 주종을 이루고 있었다. 특히 뉴햄프셔는 미국에서 수입되어 온 신종 닭으로 몸집이 토종닭의 두 배쯤 되었다. 맛이야 토종닭이 최고였지만 군식구가 많으면 뉴햄프셔 사냥이 제격이었다. 만약 뉴햄프셔가 없다면 토종닭 두 마리쯤은 그날 밤 초상을 당하기 마련이었다.

다른 서리와는 달리 이 닭서리에는 특별한 기술이 필요했다. 우리도 그 비법을 전수받아 신나게 실습을 하고 돌아다녔다. 닭이란 서리의 목표물 중 유일한 짐승인 동시에 소리내는 짐승이므로 각별한 서리 기술이 없으면 주인에게 들키기 십상이었다. 닭장 밑에다 제사 때에나 쓰는 인조 향을 피워 놓고 한참 있다 보면 향내가 수면제 역할을 해서 닭들은 그만 죽은 듯이 잠들어 버린다. 그때 슬쩍 집어내면 성공이었다. 그리고 향이 없으면 손바닥을 따뜻하게 해 가지고 날개 밑으로 살포시 넣으면 닭은 추운 겨울밤에 따뜻한 온기가 느껴져서인지 놀라지 않고 그저 골골 소리만 낸다. 이때 목을 꽉 조이면 찍 소리 한 마디 못하고 두어 번 퍼덕이다가 숨이 멎는다.

이런 비법을 익힌 우리들은 같은 동리에서 서리를 하면 소문이 날까

봐 옆 동리로 원정을 가기도 했고, 심지어는 5리길이나 떨어진 마을로 장거리 원정을 가기도 했다.

　이런 시절, 우리 집도 한두 번 서리를 당했다. 세상에는 공짜란 것이 없다는 것을 깨달았다. 서리를 하고, 서리를 당했으니 본전치기요 제 살 제 뜯어 먹기식이었다.

　지금 생각해 보면 서리 중에서 좀 고약한 것이 닭서리가 아니었나 싶다. 계란과 닭이 시장에 나가면 바로 현찰로 바뀌어 성냥이나 비누 그리고 석유를 살 수 있었던 그 시절이고 보면 아무래도 닭서리만은 ‘서리’ 란 이름을 빌린 도둑질이었던 것 같다.

| 머슴의 노동 대가 |

요즘은 이익집단들의 목소리가 높아짐에 따라 노사분규도 자주 일어난다.

이런 보도를 보면서 나는 1950년대의 머슴의 노동 대가를 다시 한 번 생각해 보게 되었다. 착취였을까 아니면 정당했을까를 우리 집의 경우를 두고 생각해 보겠다.

내가 중학교 다니던 시절, 우리 집은 중농급에 속했다. 빈농이 농토 너댓 마지기에 날품 아니면 머슴생활로 호구지책을 꾸려갔다면, 소농은 10여 마지기, 중농은 20여 마지기, 부농은 30여 마지기, 대농은 40~50여 마지기를 소유했던 시절이다. 한 면을 기준하여 대농은 한두 집 있을 정도이고, 부농은 한 마을에 한두 집 정도 중농은 두세 집 정도가 있었다.

준부농급인 우리 집은 논 25마지기에다 밭 한두 뙈기를 경작하고 있었다. 남자 일손이 전혀 없었던 우리 집은 순전히 머슴의 노동력에 의존할 수밖에 없었다. 상머슴, 중머슴, 꼴머슴(꼴담이)이 있었다. 논에서 나오는 수확이 벼 50섬과 보리나 밀의 수확이 약 10여 가마쯤 되었다. 지금처럼 과학적 영농법이 개발되어 있지도 않았고 또 다수확 품종도 개발되어 있지 않았던 시절이라 기껏 1마지기에 벼 두 섬 정도가 고작이었다. 그것도 상토답이어야만 그랬지 건답(乾畓)이나 천수답이라면 1섬 정도였다. 풍해나 수해 또는 가뭄이 들었다 하면 설사 상토답이라도 1마지기에 1섬이나 1섬 반 정도의 소출 밖에 없었다.

이런 시절이었으니 머슴에게 주는 새경도 큰 부담이었다. 새경이란 입히고 먹이는 것 외에 가을에 나락으로 쳐주는 머슴의 노동 대가인데 상머슴이 5섬(벼 열 가마니), 중머슴이 2섬 내지 3섬, 꼴머슴이 1섬 정도였다. 해방 직후만 헤도 상머슴 새경이 3섬이었던 것이 1950년대에 와서는 5섬으로 인상되었고 그 뒤 줄곧 새경이 올라 1960년대 중반에는 7섬이 되었고 1970년대 초에는 10섬으로까지 껑충 올랐다. 과학적 영농 기술의 보급과 다수확 품종 개발 그리고 인건비가 오르면서 상대적으로 새경도 올라갔던 것이다.

아무튼 1950년대를 기준으로 해서 상머슴의 새경 5섬을 요사이 곡가로 환산하면 대충 짐작이 갈 것이다. 호랑이 담배 먹던 시절의 노동 대가이긴 하지만 그 당시의 실정을 잘 모른다면 착취라고 펄펄 뛸지도 모른다.

그러나 벼 수확을 기준으로 했을 때, 머슴 세 사람 술밥 먹이고 옷 해 입히고 담배값에다 용돈 그리고 새경을 합치면 수확의 약 40% 이상이 나갔고, 현물세(농지세)에다 비료값이네 농약값이네 하는 기타의 영농비를 합하면 50퍼센트 이상이 나갔던 것이다. 자기 등으로 일하면서 머슴을 둔 집안은 그래도 지출을 줄일 수 있어 다행이었다.

그러나 우리 집에는 등에 지게 질 사람이 하나도 없어 순전히 남의 힘에 의존할 수밖에 없다 보니, 간혹 할머니는 머슴 치송하느라 농사 지어 봐야 헛농사라는 군담을 하시곤 했다.

지금 생각해 보면 그런 군담이 충분히 이해될 것 같다. 25마지기의

50섬의 소출에 상머슴, 중머슴 그리고 꼴머슴의 입치송, 옷치송에다 새경 그리고 현물세와 영농비를 모두 합하면 약 25섬이 없어지고 남는 것이 25섬이었다. 우리 식구들의 양식으로 또 10섬이 나갔다. 결국 15섬 정도가 남는데 바로 이것이 25마지기의 순이익인 셈. 그것으로 우리들의 학비 충당도 힘겨웠다. 머슴치송이 무서워 내가 고등학교 다닐 때에는 일부러 논 일부를 팔아 방앗간을 차렸다. 할머니와 어머니가 방앗간 일은 도울 수 있다 싶어 생각해 낸 궁여지책이었다.

이런 사정을 떠올려 볼 때에 그 당시의 머슴들의 새경은 결코 많은 것도 적은 것도 아니었던 것 같다. 농사 경영의 수입 한계내에서 합의된 합당한 노동 대가요 보수였다 싶다.

바꾸어 말해 혹사시킨 것은 아니었다. 가령 노는 날을 따져 보아도 오늘에 못지 않은 배려도 있었다. 정초에 15일간이나 쉬었으니 요샛말로 치면 연가(年暇)도 있었다. 추석에 3일간 쉬었으며 음력의 중요절기마다 쉬었고, 삼일절이나 광복절 등 중요 국경일도 쉬었다. 비오는 날과 눈오는 날도 쉬었으니 일요일이 없었다고 크게 불평할 일이 못 된다.

또 요샛말로 하면 노동절도 있었다. 일년에 두 번의 '머슴날'이 있었으니 두 번이나 노동절을 찾아 먹은 셈이었다. 음력 2월 1일을 '머슴날'이라 하여 농사 준비가 본격적으로 시작되기 전에 하루를 즐겁게 쉬게 했다. 그리고 음력 7월 15일 전후해서 어느 날이건 그 마을 형편에 따라 '호미씻이날' 즉 '머슴날'을 정해서 놀게 했다.

'호미씻이날'이란 이제 농사일도 거의 끝나 추수만 기다리게 되었으니 호미가 필요 없게 되었다고 호미를 씻어 둔다는 데서 유래된 날이다. 이 날에는 마을에서 벼농사가 가장 잘된 집의 머슴을 뽑아 삿갓을 씌워 소에 태워 마을을 돌아다니게 하고 주인집에서 마을의 머슴들에게 축하주를 한턱 내는 날이기도 하다. 일종의 '영농상'의 대관식이 있는 날인 셈이다. 우리 집 상머슴도 이 영예를 한 번 누린 적이 있다. 그때 할머니는 그해 새경에다 보너스로 나락 1가마를 덤으로 주었던 기억이 난다.

이런 생각을 하며 나는 오늘의 노사문제를 다시 한 번 생각해 본다. 노와 사가 서로의 욕심만 부려서는 안 되고, 노와 사가 공생하는 길이 무엇인가를 발견하는 지혜가 더욱 필요할 것 같다. 역지사지(易地思之) 즉 입장 바꿔 생각해 보면 쉽게 공생 해법이 나오리라 본다. 평생을 살다 보면 사측의 어느 개인도 영원히 사일 수 없을 것이고, 노측 역시 마찬가지일 것이나. 노는 자기가 시일 때를, 반대로 사는 노였을 때를 생각해 봐야 할 것이다.

| 타고난 입담꾼 이야기 |

할머니의 큰 언니의 아들 중에 '되쟁이' 아저씨라고 불리던 분이 있었다. 나의 아버지와는 이종사촌간으로 형님뻘이었다. 이십대에는 일본으로 돈벌이를 갔다가 얼마 되지 않아 해방이 되자 고향으로 돌아와 농사를 지었다. 인물도 좋았고 허우대(체격)도 컸으며 입담도 좋았다. 설이나 추석이 되면 일본에서 가지고 나온 양복을 입고 이모댁인 우리 집으로 들어설 때에는 주위가 훤할 정도였다. 술도 잘했고 투전판에도 잘 어울렸다. 입심도 세고 뱃심도 있어 사람들을 제압하는 힘이 있었다. 공부만 많이 했으면 한 자리 할 사람인데 시골에서 썩기가 아깝다고들 했다.

내가 중학교에 다닐 무렵인데 말하자면 휴전 협정이 체결될 그 무렵에 시장이 지서와 면사무소에 있는 곳으로 옮겨졌다. 5일장이 서는 날이면 아저씨는 '되쟁이'를 했다. 시골 사람들이 쌀이나 다른 곡식을 팔려고 나오면 살 사람을 연결시켜 필요한 양을 되나 말(斗)로 되어서 넘겨주고 수고 삯으로 얼마의 쌀이나 곡식을 받는 일종의 거간꾼을 그 당시는 '되쟁이'라 했다.

이 '되쟁이' 아저씨는 간혹 파장이 되면 술 한 잔을 걸치고 저녁에 우리 집에 들르곤 했다. 이야기방의 낭독꾼으로 나타나는 것이다. 자기가 이야기책을 구해 오거나 아니면 우리 집에 있는 이야기책이나 동리에서 구한 책으로 그날 밤에 걸쭉한 이야기책 낭독판이 벌어진다. 동리의 부녀자들이 우리 집 큰 안방으로 모인다. 저녁 설거지를 끝내고 난 초로의 여인이나 과수댁을 비롯하여 시집살이의 때가 얼마큼 묻은 새댁들도 시어머니를 따라 우리 집으로 모여든다. 방에는 상이 마련되고 그 옆에는 막걸리가 준비된다. 낭랑한 목소리로 이야기책을 읽어가다가 목이 마르면 막걸리를 한 사발 쭉 들이키고는 이야기의 큰 줄거리를 요약해 주기도 했고, 또 어떤 부분에 가서는 그럴 듯한 설명까지 곁들여 더욱 분위기를 잡아주곤 했다.

이야기책의 목록은 대개 이런 것이었다.

옥루몽(玉樓夢)—천상의 백옥루(白玉樓)에서 우연히 상봉하게 된 인연으로 죄를 입은 문창성(文昌星)과 네 선녀가 지상에서 다시 태어나 서로 인연을 맺고 나라에 공을 세운 후 부귀영화를 누리다가 다시 천상으로 올라간다는 이야기이다.

숙향전(淑香傳)—천상에서 죄를 받아 적강(謫降)한 숙향과 이선(李仙)이란 두 주인공이 온갖 고난 끝에 지상에서 가연(佳緣)을 맺고 다시 재결합하여 영화를 누린다는 내용이다.

숙영낭자전(淑英娘子傳)—백선군(白仙君)과 선비 숙영과의 재생(再生) 및 결연(結緣) 이야기이다.

조웅전(趙雄傳)—산신의 모함을 빚어 독약을 먹고 자살한 조승상(趙丞相)에게 아들 웅이 있었는데 장 소저와 결혼하고 태자를 도와 역적을 멸한다는 이야기이다.

유충렬전(劉忠烈傳)—주인공 충렬의 무용담과 헤어졌던 강 낭자를 다시 만나 뒤에 승상이 되어 부귀공명을 누린다는 이야기이다.

소대성전(蘇大成傳)—주인공이 밤낮으로 잠만 자고 있었기 때문에 큰 그릇임을 주변에서 알지 못했으나 뒤에 적을 물리치고 승상의 딸 채봉과 다시 만나 뒤에 왕이 된다는 이야기이다.

한 마디로 이야기책 낭독방의 메뉴가 이런 등속이었으니 우리 집 큰 방은 대만원이었다. 단골도 많았다. 그런데 단골 여자 중에는 이혼을 하고 친정으로 돌아와 있던 삼십 전후의 여자가 한 명 있었다. 키는 큰 편은 아니었지만 제법 허리가 호리낭창하고 얼굴이 반반하게 생겨 남자들이 탐을 낼 만한 여자였다. 몇 번 이야기방에 들락날락하다가 그만 '되쟁이' 아저씨와 눈이 맞아 버렸다. 아저씨는 결국에는 본처와 이혼하고 그 여자와 다시 결혼을 하게 되었다.

일이 이렇게 되었을 때 나는 비로소 그 아저씨가 이야기책을 읽어 준다고 자주 우리 집을 드나들었던 속셈을 짐작해 보기도 했다.

지금 나의 집에는 그때 그 아저씨의 손자국이 남아 있는 책이 한 권 있다. 《옥루몽》인데 누렇게 변색된 이 책을 볼 때마다 나는 그 '되쟁이' 아저씨가 문득문득 생각나기도 한다.

지금 생각해 보면 그 아저씨야말로 타고난 '전기수(傳奇叟)'의 자질을 가지셨던 분이 아닌가 싶다. '전기수'란 조선 말엽에 옛 이야기책을 직업적으로 낭독해 주고 생계를 이어가던 사람을 말한다. 정해진 날짜에 동대문·종로·남대문 길목에 나타나 《심청전》《숙향전》《소대성전》 등을 유창한 목소리로 읽어 내려가면 그 주변을 에워싸던 많은 듣는 이가 형편 나름으로 돈을 던져 주었다고 한다.

이런 소질을 가졌던 그 아저씨는 술병으로 일찍 돌아가셨는데 지금쯤 저승에서도 이야기책을 펴 놓고 그 낭랑한 목소리로 이야기를 들려 주고 있는지 궁금하기만 하다.

| 산짐승 고기를 처음 먹었던 기억 |

노루고기를 처음 먹어 본 것은 중학교 때였고, 멧돼지고기는 초등학교 때였다. 인간사에 있어서 무엇이건 '첫'은 좋건 나쁘건 잘 잊혀지지 않는 법인가 보다. 첫사랑이나 첫 만남이 그렇듯이 첫 경험이란 그만큼 중요하다. 지금 노루고기와 멧돼지고기를 처음으로 맛보았던 때를 생각하니 갑자기 그때의 미각들이 되살아난다.

할머니의 친정 남동생 중에는 '털보'라는 별명을 가지신 분이 계셨다. 나에겐 진외가 할아버지뻘이 되시는 분이다. 진주에 나와 소실(小室)을 얻어 두 집 살림을 하면서 장작이나 숯을 생산지에서 차떼기로 실어와 넘기는 것을 업으로 삼다가 뒤에는 대나무 도매상으로 전업을 했기에 우리는 대나무 즉 '대쟁이 할아버지'라고도 불렀다. 이 할아버지의 취미가 사냥이었다.

본가가 우리 집에서 약 5리쯤 떨어져 있었는데 하루는 인편으로 할머니를 모시고 오라는 연락이 왔다. 중학교 시절인데, 나는 겨울방학을 맞아 집에 와 있었다. 동생 집에 가신 할머니가 이튿날 송아지만한 노루 한 마리를 그 집 머슴의 바지게에 지워서 돌아오셨다.

노루라면 소 먹이러 다니면서 흔히 보았고 또 덮쳐 볼세라 뒤쫓아 가본 경험도 있었다. 그래서 그 당시 나는 노루의 버릇이나 사냥법에 관해서 익히 알고 있었다. 노루는 높은 산이나 야산을 막론하고 삼림지대에 살긴 하지만 양지쪽보다는 바람만 심하지 않으면 오히려 응달진 곳에 사는 버릇이 있다. 그리고 일부일처를 원칙으로 하며 혹시 배필의 한 마리가 포수에게 잡히는 날이면 남은 한 마리가 그 근처를 떠나지 않고 며칠 동안 울부짖는다.

사냥법이라면 덫을 놓아 생포하는 법 외에도 대충 세 가지가 있다.

첫째, 밤을 이용해 밭에 내려와서 곡식을 먹고 새벽에 돌아갈 때를 이용해 그 길목에 불질을 해 잡는 방법이 있다.

둘째, 몰이사냥이란 정공법적인 사냥이 있다. 수목이 무성한 비탈을 이용해 3~4인의 몰이꾼이 위쪽에서 산기슭 쪽으로 몰이해 오면 포수는 산기슭에 가까운 계곡 바닥에 목을 잡고 대기한다. 노루는 몰이를 당하면 대개 비탈을 타고 내려와 계곡이 있으면 계곡을 건너 건너편 산으로 도망가는 버릇이 있기 때문에 이런 사냥법이 나온 것이다.

셋째, 노루가 새끼를 낳는 단오절 무렵, 피리로 유인해서 잡는 법도 있다. 흉내낸 피리소리를 들으면 가까이에 있던 노루는 암수를 가리지 않고 평소의 경계심도 잊고 단숨에 소리나는 곳으로 뛰쳐 나오는데 이때 불질을 한다.

비록 노루의 버릇이나 사냥법은 이 정도쯤 알고 있었지만 실제로, 죽은 노루를 본 것은 그때가 처음이었다. 또 그 고기를 먹어 본 것도 처음이었다. 불고기가 일미라 해서 몽땅 불고기를 해 먹었다. 조금은 노린내가 났지만 연한 맛도 있고 또 처음이라서 그런지 별미 중의 별미였다. 쇠고기나 돼지고기를 일년 가야 몇 번 정도 얻어먹을 수 있던 시절이었으니 더욱 맛있게 느껴졌는지도 모른다.

멧돼지고기의 경우는 초등학교 시절이었는데 어머니를 따라 외가에 가서 처음으로 맛보았다.

보배라는 이름의 직업 포수가 외가가 있는 면내에 살고 있었다. 그 당시 어느 지방이건 행세하는 집안의 사랑에는 사냥질에서 잡은 것을 처분할 요량으로 포수들이 자주 드나들었다. 이 사람도 한약국을 하시는 외할아버지의 사랑채에 자주 드나들었다.

그날, 나는 우연히 사랑채에 나가 보았는데 두 분이 술상을 앞에 하고 열심히 이야기를 나누고 있고, 축담에는 가마니 위에 멧돼지 한 마리가 널브러져 있는 것을 보았다. 송곳니가 입 밖으로 불쑥 튀어나와 있고 긴 나팔대 주둥이에 혀를 빼물고 있는 게 아닌가. 호기심에 한참 살펴보다가 술상머리에 끼여 앉았다.

그 자리에서 나는 그 멧돼지를 잡은 무용담을 신나게 들었다.

사냥개 두 마리만 끌고 단신으로 총질을 나갔다는 것이다. 그리고 그 멧돼지를 급작스럽게 만나 얼떨결에 불질을 했다는 것이다. 선불을 맞고는 자기 쪽을 향해 달려오기에 엉겁결에 나무 위로 올라갔다. 그 순간 두 마리의 개가 자기를 지켜 주기 위해 필사적인 공격을 하더라는 것이다. 엉겨 붙어 가히 혈전이 벌어지더니 어느 새 한 마리가 멧돼지 등 위로 올라가 목을 물어뜯고, 한 마리는 꼬리 쪽에서 뒷다리를 물어뜯고 있더라는 것이다. 결국 멧돼지가 사냥개 두 마리의 공격에 기진하여 나자빠지더라면서 자기 개의 용맹성과 영리함 그리고 충성심을 침이 마르도록 칭찬하는 것이었다.

결국 사연 많은 그 멧돼지는 장조림과 불고기감이 되었는데 역시 처음 먹어보는 고기맛이란 일미였다. 기름기도 많지 않고 담백한 맛이 집돼지 맛과는 달랐다.

노루와 멧돼지고기를 생각하면 간혹 그때의 일들이나 미각이 되살아나고 또 그때의 일들이나 미각이 되살아나면 잊어버린 시간을 찾아 나서듯 미각여행을 떠난다.

| 기를 못 편 학교 성적 |

학교 성적이라면 나는 한 번도 우등상을 탄 기억이 없다. 개근상을 탄 적은 두세 번 있다. 초등학교, 중·고교, 대학을 통해 우등생도 아니었고, 열등생도 아니었으며 그렇다고 낙제생이었던 것은 물론 아니었다. 중상 정도였다. 간혹 TV를 보면서 흥미로 출연자의 학교 성적을 소개하는 프로를 만나게 되는데 대개 성적이 좋은 경우다. 만약 내가 그런 프로의 주인공이라면 좀 창피스럽겠구나 하는 생각도 해보았다.

그래서 어느 날 나는 학교 도서관에서 과연 세계 위인들의 성적표가 어떤가 하는 호기심에서 자료를 한 번 찾아보았다. 물론 성적이 우수했던 사람들도 있었지만 더러는 열등생도 있고 심지어 낙제생도 있었다는 사실을 발견하고 다소 위안이 되었다. 철학자 칸트, 데카르트, 헤겔, 사르트르, 소설가 카프카, 헤밍웨이, 영웅 나폴레옹, 정신분석학자 프로이드, 교육자 페스탈로찌 등은 성적 우수생이었지만, 반면에 낙제생도 있었다. 처칠은 만년 낙제생이었고, 음악가 바그너는 음악에 열정을 쏟은 반면 다른 학과는 낙제였다. 열등생으로는 수학성적만 특출했던 아인슈타인, 히틀러, 헨리 키신저, 발명왕 에디슨, 작가 발자크 등

도 있다. 중간 성적의 평범한 학생으로는 철혈재상 비스마르크, 인도
의 간디, 진화론의 다윈, 소설가 도스토예프스키와 제임스 조이스, 종
교개혁가 마르틴 루터, 음악가 슈베르트가 있다.

　초등학교 시절 그나마 재미를 붙인 과목은 국어, 지리, 역사였고, 제
일 싫어했던 과목은 마치 철학자 니체의 경우처럼 산수였다. 통신표를
받으면 늘 산수성적이 형편없어 언제나 아버지에게 혼이 났다. 그러다
보니 일단 다른 과목은 제쳐두고 시간만 있으면 나를 불러 가르쳐 주
었는데 아버지 방에 들어가는 것이 마치 소가 도살장에 끌려 들어가듯
죽기보다 싫었다. 알밤세례 아니면 주먹세례가 날아오기 마련이다.
측은해서 간혹 할머니는 공부를 못해도 다 살기 마련이라며 너무 애를
다그치지 말라고 하시면 그것은 과히 천국의 복음이었다.

　하루는 분수 자습문제를 내주셨다. 하나하나 검사를 하시다가 틀린
것이 있으면 틀린 이유를 설명해 주었다. 그래도 통 이해가 되지 않자
또 주먹이 날아오는 것이었다. 부리나케 방문을 열고 다리야 날 살려
라 하고 밖으로 내달렸다. 아버지도 나를 잡으려고 뒤좇았다. 잡히느
냐 잡느냐를 두고 부자간에 벌인 일대 레이스였다. 아버지는 차고 있
던 시계 줄이 끊겨 길가 풀숲에 떨어진 줄도 모르고 마구 뛰었고, 나는
새앙쥐처럼 요리조리 잘도 피해 위기의 순간을 용케도 넘겼다. 며칠
후 동리의 한 아낙이 물 길러 나오다 보니 풀숲에 무엇인가 반짝거리
는 것이 있기에 주워보니 시계였다며 시골 마을에서 시계를 찰 사람이
라면 아버지밖에 없다는 생각이 들어 우리 집에 가져왔다는 것이다.
해방 후 그리고 6·25 전의 일인데 스위스제 고급시계였다. 쌀 두세
가마니 정도의 값이지만 그 시계를 만약 영원히 찾지 못했다면 홧김에
그 후 나는 더 큰 곤욕을 당했을 것이다.

　이런 해프닝이 모두 내가 산수에 소질이 없고 취미가 없었기에 일어
난 일들이다.

그리고 또 한 번 성적 때문에 통신표를 잔꾀를 내어 고친 일도 있다. 철필도 사고 같은 색깔의 잉크도 사 60점이면 80점으로, 70점이면 80점 아니면 90점으로 고쳐 혼쭐나는 위기를 모면했다.

시골 초등학교의 학생으로서 공부에 큰 흥미를 느끼지 못했다. 오일장이 서는 날이면 수업이 끝난 후 조무래기 친구들과 어울려 오리 길을 마다 않고 신나는 놀이와 볼거리가 우리를 기다리고 있기에 걸어서 장 구경을 다녔다. 장 구경에는 개근상감이었으니 덩치 큰 친구들이 장돌뱅이라고 나를 놀려주곤 했다.

초등학교 5학년 때라고 기억된다. 중학교에 진학하려면 열심히 공부를 해야 한다고 모든 가족이 성화를 댔지만, 아예 공부에 큰 흥미가 없다 보니 어느 날 할머니에게 중학 포기의사를 밝힌 적도 있다. 그리고 거창한 나의 미래의 포부(?)를 밝혔다. 꼬마 장돌뱅이로서 보고 들은 것이 있었으니 장사를 하겠다는 진로결정이요 포부였다. 즉석에서 쓸데없는 소리한다고 타박만 들었는데, 만약 그때 집안형편이 여의치 못했다면 아마 나의 운명은 바뀌어 지금은 장사꾼이 되어 있을 듯싶다.

6학년이 되어 그나마 마음을 다잡고 중학 입시 국가시험을 대비해 열심히 공부해 시골에서 진주중학교로 유학을 갔다. 그리고 진주고등학교에도 경쟁을 통해 입학할 수 있었다.

여기서 중학교 시절의 성적 운운은 건너뛰더라도 고등학교 시절만 보면 국어, 영어, 역사, 지리 등은 상대적으로 괜찮은 편이었으나 물리, 수학, 기하 등은 형편없었다. 대체적으로 나는 초등학교에서부터 고등학교까지 계산하는 과목보다는 외우는 과목에 흥미가 있었다. 이런 나였으니 대학진학은 인문계 체질이었다.

결국 대학은 인문계로 택했다. 그리고 계산하는 이공계가 아니다 보니 흥미도 있었고 또 여러 공부에 늦게나마 문리가 터지는 듯 싶었다.

그렇다면 왜 대학성적도 중상 정도밖에 안 되는지 의문을 가질 법하다. 영문과에 입학하고 오로지 문학공부나 글쓰기에 치중한 결과 때문이다. 학교공부는 둘째로 하고 끝없이 펼쳐진 초원을 굴레 벗은 말이 제 마음대로 달리듯 문학공부에만 심취했다. 그 결과 다른 보상이 생겼다. 『현대문학』을 통해 학생평론가로서 당당히 평단에 데뷔할 수 있었다.

아무튼 초등학교, 중·고교 그리고 대학 과정의 성적이라면 중상급밖에 되지 않아 자랑할 게 없다. 성적 이야기만 나오면 다소 주눅이 들고 기를 못 편다. 공부머리가 늦게 트인 것만은 사실이다. 내 형제간들도 그런 걸 보면 어쩌면 유전적 요인이 아닌가 싶기도 하다.

그러나 천재다, 무어다 하며 반짝 꽃피다 시든 학생들에 비하면 오히려 늦게 트인 머리가 좋았지 않았나 하고 자위도 해본다. 학교 성적이 이렇다 하게 내놓을 게 없었으니 꾸준히 나의 다른 소질의 성적에서나마 보상받으려 한 것이 나의 변명이라면 변명이 되겠고, 또 그런 변명 때문에 오늘 나는 이런 글을 쓸 수 있지 않나 싶다.

세상일이란 참으로 묘해 어떤 결과의 길고 짧음은 역시 대보아야 알 것 같다.

학교 성적과 사회 성적이 다 같으면 오죽이나 좋으련만 세상은 결코 그렇지 않다. 학교의 열등생이나 보통학생이 사회의 우등생이 되는 경우도 있고, 반대로 학교의 우등생이 사회의 열등생이나 낙제생인 경우도 있다. 일부러 내가 기라성 같은 위인들의 성적을 거론해 본 것도 다 그런 이유에서다.

문제는 인생이란 긴 도정에서 자기를 어떻게 만들어 나가느냐에 달려 있다. 우등생은 사회에 나와 자만하지 말아야 할 일이고, 열등생이나 보통학생이라면 오기에라도 분발하고 볼 일이 아닌가.

| 그리운 그 시절의 그 소리들 |

며칠 전에 나는 밤늦게까지 책을 보고 있는데 뜻밖에도 '찹쌀떡' '찹쌀떡' 하고 외치는 소리를 참으로 오랜만에 들었다. 요즘 같은 세상에 정말 듣기 쉽지 않는 소리였다.

지금은 야참으로 먹을 것을 팔려고 다니는 사람이 아예 없다. 문만 열고 나가면 곳곳에 24시간 편의점이 있고 아니면 집 냉장고 안에 배불뚝이처럼 먹을 것들이 가득 가득 채워져 있어 설사 누가 그런 호객 행상을 한다 할지라도 그 발품에 알맞은 소득은 거의 없으리라 본다. 그래서 사라졌는지도 모른다.

그러나 사라진 소리에는 비단 이런 먹을거리 행상의 밤의 소리만이 아니다. 세월이 흐르고 시대가 바뀌고 생활수준이 높아지고 물자가 풍부해지다 보니 한때 우리의 귀에 익숙했던 일상의 대낮의 소리들도 거의 사라져 버렸다.

골목마다 외치고 다니던 '머리카락 팔아요' '헌 시계나 채권' 이라고 외치던 수집인 '파쇠' 소리, '강냉이 사세요' 의 '사쇠' 아줌마 소리, '상 고쳐' '우산 고쳐' '냄비 때워' 라는 수선이나 수리꾼 '고쳐쇠' 소리, '칼이나 가위 갈어' 의 '가쇠' 소리, '똥퍼' 의 '퍼쇠' 소리. '구두닦이' 의 '닦쇠' 소리 등을 이제는 영영 들을 수가 없다.

그리고 어떤 기구나 용구를 이용해 무언의 약속 신호인양 골목마다 누비고 다니며 자기가 왔음을 알리는 소리들도 사라졌다. 동동구리무(크림)장사의 북소리, 청소부나 청소차의 딸랑종 소리, 두부 장사의 요령소리, 굴뚝 청소나 연탄아궁이를 고치라는 징 소리, 목마 타기 놀이를 하라고 어린이들을 부추겼던 녹음기의 동요소리도 사라졌다.

이런 모든 사라진 소리에는 그래도 여운이 있었고 애환이 깃들여 있었나 싶다. 소음이 아니라 크게는 생계를 위한 생활음악이었고 좁게는 입으로 주워섬기는 랩 음악이었으며 생활 판소리의 '아니리' 요, 기구나 용구를 이용한 신호음은 북 치는 고수의 장단음과도 비슷했다.

그런데 이제는 어떤가. 소형 트럭에다 아예 확성기를 장착하거나 아니면 핸드폰으로 골목을 누비고 다니거나 아니면 아파트 단지내에 판을 벌이면서 가히 소음공해를 일으키고 있다. 비몽사몽간의 아침잠을 설치게 하고 나른한 오후의 낮잠을 설치게 하기가 일쑤다. 생선차, 과일차, 야채차가 그렇고 김장철의 소금차, 김장차가 그렇다.

이러다 보니 문득 사라져 간 까마득한 지난 시절의 소리들이 새로이 그리운 소리로 지금 나의 귀에는 환청처럼 들려오고 있다.

50년대에 나는 진주에서 중·고등학교를 다녔다. 유소년 시절의 매우 그리운 소리가 엿장수 가위소리였다면, 그 시절의 그리운 소리는 찹쌀떡, 메밀묵, 아이스케키라고 외쳐대던 소리였다. '아이스케키' 가 여름의 소리로서 밤과 낮이 없었다면, '찹쌀떡' '메밀묵' 은 모두 겨울밤의 소리였다.

여름밤이나 겨울밤에 늦게까지 공부한답시고 하숙집 책상머리에 앉아 있다 보면 그런 소리들은 너무나 강한 구애요 유혹이었다. 용돈도 귀했고 군것질이 귀한 시절이라 혹시 한 번 사서 먹어 보면 왜 그렇게 맛이 있었는지 지금도 그때의 장면들이 훤히 떠오른다. 선풍기가 없어 기껏 부채질이 고작이던 그 시절에 팥이 듬뿍 든 아이스케키는 달짝지근하고 차서 입안이 얼얼해져 오던 졸음이 십 리쯤 쫓기어 갔다. 지금도 나는 그때의 기억과 입맛 때문에 아이스케키라면 노상 팥이 든 아이스케키만을 찾고 있다.

그리고 겨울밤의 '메밀묵' '찹쌀떡' 하는 소리도 우리를 무척 안달 나게 했다. 특히 메밀묵은 겨울밤의 야참으로서 일미 중의 일미였다. 그 당시 시집 장가가는 잔칫날의 고정 메뉴가 그것이었다. 잔치 객들에게 이것에다 돼지고기 몇 점과 막걸리 한두 사발이면 푸짐하고 넉넉한 대접이었다. 어릴 때부터 이래저래 메밀묵에 맛들여져 있는 터라 겨울 긴 늦은 밤에 이 소리를 들으면 군침이 돌고 잠자던 위가 미동을 하기 시작할 수밖에 없었다.

그런데 우리를 그렇게 애타게 했던 그런 소리들도 지금 다 생각해 보면 계절에 따라 그리고 이름이 지닌 그 음의 효과성에 따라 그 정감적 감응력도 좀 달랐던 것 같다. 어느 소리 건 공통된 멜로디야 있었지만 여름밤의 '아이스케키' 소리에는 겨울밤의 다른 소리들에 비해 서정이 없었다. '아이스~케~키~' 라고 외치는 소리는 탁음이고 여음이 얼어붙은 듯해 아이스케키라는 뜻 그대로 딱딱하게 들렸다.

그러나 쌔앵하고 골목을 지나가는 겨울 바람과 어울려 들려오는 '참~쌀~떡~' '메~밀~묵~' 하는 소리는 겨울밤의 서정을 한결 더해 주었다. '싸알~' '미일~' 이란 유철음이 들어가 있어 한결 부드럽고 음악적이며 더욱이 '떠억~' '무욱~' 하는 그 기인 여음의 끝자락에는 고적감, 쓸쓸함, 애잔함이 실려 있는 듯했다. 우리는 그나마 행복하게도 따뜻한 방에 앉아 밤공부를 하고 있는데 가난 때문에 야밤에 밖으로 내몰린 아이들이나 고학생들이 매서운 겨울 바람을 맞으며 이 골목 저 골목 누비고 다니는구나 싶었으니 가련하단 생각도 들었다.

떠나 있거나 세월이 지나다 보면 모든 것이 그리운 법인데 50년이 훨씬 넘은 그 시절의 그 소리들을 다시 회상해 보고 또 지금 그 소리들을 영영 들을 수 없다 싶으니 오늘밤 따라 그 시절이 더욱 그리워진다. 그것은 순수한 세월의 그리움 탓일까 아니면 늙어감의 역반응 같은 감상 탓일까. 그 회상의 소리는 지금 나의 귓가에 환청처럼 다시 들려오고 있다.

그리운 그 시절의 그 소리들 >>>>

| 머리유행으로 본 세상 읽기 |

시대의 흐름이나 변화에 따라 의상의 유행이 변화무쌍하듯이 머리유행도 시시각각으로 변한다. 사람들은 이런 유행과 연관시켜 곧잘 그렇듯이 사회현상이나 사회의 변화를 감지해 보거나 예측해 보기도 하고 추리해 보기도 한다. 특히 여성의 머리유행에서 더욱 그렇다.

그런 그럴 듯한 세상 읽기식 해석을 나는 맨 처음 6·25 이후에 경험했다. 6·25 이전 여학생들의 머리는 단발 일색이었다. 시골 처녀들은 한 가닥으로 땋은 댕기머리 일색이었다. 그러다가 6·25 이후부터는 여중생들만 단발이었지만 여고생들 사이에는 너나 할 것 없이 두 가닥으로 묶는 것이 큰 유행이었고 이들을 따라 시골 처녀들조차 긴 외가닥 댕기머리를 짧게 잘라 두 가닥으로 땋아 다녔다. 신식 유행이라고 여고생보다는 좀 길게.

그런데 사회가 평온했다면 이러건 저러건 별 관심을 두지는 않았을 것이다. 38선으로 나라가 두 동강이 나고 좌우익 대립이 극심해 국론이 두 가닥으로 분열되었고, 또 여기에다 설상가상으로 6·25가 나 사람들은 갖은 고생을 겪었다. 그러나 보니 "까마귀 날자 배 떨어지기"

격으로 여고생이나 시골 처녀할 것 없이 머리를 두 가닥으로 묶거나 땋아서 다녔으니 군담을 들을 수밖에 없었다. 나라가 망조가 들려고 머리까지 두 가닥이라는 소리가 어른들의 입에서 절로 흘러 나왔다. 두 가닥 머리 위에 조국의 운명이나 조국의 현실이 그대로 반영되었다고 보았고, 두 동강난 나라꼴을 두고 혀를 차듯 두 가닥 머리를 두고 조건반사식으로 혀를 끌끌 찼던 것이다. 그것은 남북분단 그리고 6·25 콤플렉스의 발동이었다.

반대로 그 유행이 지난 지 오래지만 1990년대 초부터 몇 년간은 특히 젊은 여성들 사이에는 머리를 좀 길게 길러 생머리로건 고대머리로건 한 가닥으로 땋아 한쪽 어깨 앞으로 개꼬리처럼 늘어뜨려 다니는 것이 제법 큰 유행이었다. 그때 내가 있는 여자대학의 상당수의 학생들이 그런 머리를 하고 다니는 것을 보았는데 문득 두 가닥 머리가 유행이었던 6·25 이후를 생각해 보며 그것을 통해 이젠 분단과 냉전의 시대를 극복하고 언젠가는 남북화합과 통일이 올 징조가 아닌가 라고 예감도 해 보았다. 마침 그 시기가 이른바 정부의 북방외교의 노력으로 차츰 남북의 벽이 허물어지기 시작하는 시기였기 때문이었다.

알다시피 탈냉전과 화해라는 국제 정치사회의 대변혁으로 철의 장막인 소련의 문이 열리고 죽의 장막인 중국의 문이 열리면서 1990년대부터 남북 접촉과 대화도 있어 왔고 경제교류와 협력도 어느 정도 이루어지고 있었다. 비록 아전인수식 해석이었지만 한 가닥으로 묶은 머리를 보고 통일의 징조라고 밝게 해석할 수 있었던 것은 적어도 그 당시의 상황으로 보아 결코 허황된 백일몽은 아니었다.

그런데 또 세월이 흘러 유행이 바뀌어 요즘은 머리 색깔이 그야말로 '컬러풀' 하다. 검은색이어야 한다는 고정관념은 사라지고 있다. 검은색과 비슷한 갈색 계열만이 아니라 형형색색으로 오렌지색, 와인레드, 골드, 여기다가 무색무취의 화이트와 실버까지 등장하고 있다. 여대생

| 233 |

이나 20대, 30대의 직장여성 심지어 40대 주부들까지 끼어들고 있다. 이런 컬러링의 종류에는 탈색, 블리지, 코팅, 완전 염색이 있는 모양이다. 길거리에서 부분 염색인 블리지와 완전 염색이나 코팅한 머리를 보고 있노라면 마치 세계 인종 머리 전시장에 와 있다는 착각이 들 때가 있다.

이제는 머리 색깔도 검은색이라는 한국인 고유 상표를 떼어버리고 국제화되고 있구나 싶다. 이는 곧 우리 사회가 국제화나 세계화 시대를 맞고 있다는 표징이라 해석할 수 있다. 과거에 비하면 참으로 과감하고 도발적이며 도전적인 컬러 시대를 맞고 있다 하겠다.

노랑머리라면 6·25 이후가 생각난다. 이른바 양공주들은 몇 장의 배춧잎 달러를 벌기 위해 미군들의 컬러 취향에 비위를 맞추려고 너나 할 것 없이 노랑물을 들였다. '노랑머리'란 바로 양공주의 트레이드 마크였다.

1950년대 말에 나온 〈에레나가 된 순희〉란 노래가 있었다. "그날 밤 극장 앞에 그 역전 캬바레에서/ 보았다는 그 소문이 들리는 순희/ 석유 불 등잔 밑에 밤을 새면서/ 실패 감던 순희가 다홍치마 순희가/ 이름조차 에레나로 달라진 순희 순희/ 오늘밤도 파티에서 춤을 추더라"라는 노랫말이다. 순희가 양공주가 되어 이름까지 에레나로 바뀌었으니 머리 색깔도 노랗게 물들였을 것은 불문가지다.

그런데 이제는 세상이 바뀌어 어떤 여자건 노랑머리라고 손가락질 받을 염려가 없다. 아니 노랑이 아니라 그 어떤 색깔의 머리도 상관없는 세상이 되었다. 나이든 기성세대들도 약간의 거부감은 느끼면서도 시대의 변화를 어차피 수용하며 국제화의 신호라고 귀엽게 해석하려고 하고 있다.

그러나 나는 이런 패션의 유행을 보면서 국제화도 좋고 다른 그 무엇도 좋지만 외가닥 머리에 대한 그 강한 향수만은 버릴 수가 없다. 말하자면 한 가닥으로 된 통일 염원형 머리 패션이 나와야겠다는 뜻이다. 2000년 6월에 남북 정상이 만난 이후부터는 그 어느 때보다 통일에 대한 열망이 높아져 있지 않은가.

이런 때에 통일 염원형 한 가닥 머리 패션이 나온다면 그것은 단순한 새로운 머리 모양내기라는 유행을 넘어 머리 패션의 정치적, 민족적 공헌이 될 것이고 통일을 염원하는 의지와 열망의 표현이나 표상이 될 수 있을 것이다. 그것을 가칭 '통일머리' 라고 해두자. 이는 국제 헤어 패션사에 소개될 만한 일이 될 것이고 동시에 세계의 여론도 크게 환기시킬 수 있으리라 본다. 그것이야말로 뜻있는 머리패션의 정치학이요 말없는 상징적 통일 시민운동이 될 것이다.

그리고 고등학교에서 두발 자유화가 된 지 오래 되었는데 길고 짧음이나 색깔의 감각적 자율화만이 아니라 남녀 학생 모두가 '통일머리'를 기르겠다는 의식 혁명적 요구나 제안이 나온다면 그 얼마나 기특하고 대견할까 싶은 생각도 든다.

| 퍼머 이야기 |

퍼머란 퍼머넌트 웨이브(permanent wave)의 준말이다. 일본인들이 에어컨디셔너를 에어컨이라 하고 리모트 콘트롤을 리모콘이라 하듯이 이 말은 일본인들이 쓰던 말을 우리가 그대로 차용한 말이다.

이른바 퍼머가 세상에 처음으로 소개된 역사는 이제 백 년이 조금 넘었다. 1905년 영국 런던에서 처음으로 찰스 네슬러(Charles Nessler)에 의해 발표된 이후 많은 연구가에 의해 계속 개량되어 왔고, 1936년경에는 드디어 영국의 스피크먼(Speakman)에 의해 콜드 웨이브의 원리가 알려져 그것이 전기에 의해서건 머리약에 의해서건 퍼머란 머리 유행이 세계적으로 큰 유행을 이루었다.

우리나라에 퍼머가 처음 소개된 것은 1920년대 후반이다. 물론 극히 일부의 외국물을 먹은 여성들에 의해 1920년대 초반에 선을 보이긴 했지만 다수의 신여성들이 머리를 볶기 시작한 것은 역시 1920년대 후반이다. 그리고 1930년대 후반에 와서는 전문학교 여학생 사이에서도 유행하기 시작했다.

이렇듯 1930년대에 와서는 신여성은 물론이지만 전문학교 여학생까지 유행의 본을 따다 보니 외래의 이상스런 풍속을 흉내내지 말자는 반대 의견이 나오기 시작했다. '숙발(淑髮)' 즉 숙녀머리라 하면서도 '까치 둥주리' 같다느니, 부부싸움을 할 때면 잡아끌기에 안성맞춤이라면서 시비가 일었다.

그 당시 퍼머기는 구미에서 수입된 것인데 일시에 두발 전체에 웨이브를 만드는 편리성은 있었지만 숯불이나 전열을 사용했기 때문에 머리에 화상을 입는 위험성도 있었다. 그러나 신식 머리의 멋을 내기 위해서는 인내하는 수밖에 없었다. 전열기를 이용하다 보니 '전발(電髮)' 이라고도 했고 또 조선머리의 대칭 개념으로 양머리 즉 '양발(洋髮)' 이라고도 했다.

이 양머리의 유행은 더욱 확산되어 많은 여성들이 그 당시로는 거금인 10원을 들고 미용원(그 당시는 미용원이라 했음)을 찾다 보니 일제 말인 1940년대에는 사치 풍조라 하여 금지시키기도 했다.

잠시 유행이 주춤했다. 그러나 해방이 되자 다시 등장했다. 보수적인 층에서는 여전히 비판적인 태도를 보였다. 한편, 일부에서는 우리의 여성 복식이 새로운 양장 문화로 바뀌어 가는 과정인 만큼 무조건 비판만 할 것이 아니라는 옹호론이 나오기도 했다.

그 당시의 퍼머머리 형은 대충 두 가지였다. 부인들의 경우는 어깨 정도의 길이로 내려오게 하면서 앞머리를 세운 형이 유행했다. 그것을 일본식 발음으로 '링그(Ring)' 라 했는데 그 모양에 대해 『신천지(新天地)』라는 잡지에서는 다음처럼 해설하고 있다. '해방이 되자 起(?)한 것이 머리(두발)다. 소위 '링그' 라고 해서 머리가 툭 붉거져 올라온 것' 이라고 적고 있다.

그리고 젊은 여성들의 머리는 부인들 머리와는 다소 달랐다. 어깨에 못 미치는 길이의 단발에 퍼머를 하되 머리의 아랫부분에만 웨이브를 하면서 옆 가르마를 타는 것이 유행이었다.

1940년대의 이러한 퍼머 머리가 점점 더 다양해져 1950년대 초부터는 나이와 직업 그리고 얼굴형에 맞는 열두 가지의 헤어 모드가 선보이기 시작했다.

마침내 1960년대를 전후해서는 골목마다 미장원이 들어서고 돈 있는 여성들은 누구나 하는 퍼머가 천하다 싶어 좀 더 고급스럽고 우아해 보이는 고데로 바꾸기 시작했다. 퍼머 머리나 생머리에 불로 달군 고데기로 머리를 펴거나 굵은 웨이브를 넣었는데 그 당시의 대표적인 머리 모양은 웨이브를 안으로 만 '우찌마끼' 나 밖으로 웨이브한 '소데마끼' 였다.

그러나 시골에서는 이와는 사정이 좀 달랐다. 도회지에서는 퍼머가 1950년대에 이미 일반화되어 1960년대를 전후해서는 퍼머에 싫증을 느낀 나머지 고데의 시대로 바뀌어 간 데 비하여 시골에서는 1950년대에 들어서야 간혹 퍼머 머리를 구경할 수 있었다.

우리 면에서 미장원이 생긴 것도 1960년대부터였다. 시골에서 가정 형편상 더 이상 진학을 못하고 초등학교나 중학교만 졸업한 처녀들이 미용학원이라도 다녀 자격증을 따가지고 와 미장원을 내거나 아니면 가정집에서 사사(私事)로 근동 사람들의 머리를 해주곤 했다. 젊은 부인들도 쪽진 낭자머리를 과감히 잘라 머리를 볶기 시작했다.

그러나 완고한 집안에서는 여전히 저항감이 있어 약간의 소동도 일어났다. 시어머니의 허락만 받고 몰래 퍼머를 한 젊은 며느리들은 시아버지의 눈치를 살피느라 며칠이고 머리 수건을 하고 다녔으며, 어떤 시아버지는 볶은 머리에 불을 지른다고 엄포 소동을 벌리는가 하면 심지어 며느리의 퍼머 머리가 역겹다고 친정으로 내쫓아 다시 머리를 길러서 본래대로 낭자머리를 해서 돌아오기도 했다.

아무튼 크게 보아 퍼머 머리가 시골에서 보편화된 것은 1960년대라 할 수 있다. 도회지 여성들의 머리형에 대한 익숙도 익숙이었겠지만 또 다른 간접적인 이유가 있기도 했다. 때마침 세계적으로 가발붐이 불어 생머리로 만든 가발 수출이 수출 물량의 큰 몫을 차지하자 머리채 수집상이 시골로 다니면서 머리를 잘라 팔라고 부추기는 바람에 퍼머도 할 겸 돈도 생기는 재미에 머리를 잘라 팔다 보니 퍼머 머리가 급속도로 늘어난 것이다.

그러고 보면 이런 여성들은 그 당시 미국의 퍼스트 레이디였던 재크린 케네디 여사에게 감사를 올려야 할 일이었다. 세계적으로 가발붐을 일게 한 장본인이 바로 그녀이기 때문이다. 어느 좌석에서 그녀는 '나는 여행 가방 속에 여덟 개의 모드가 다른 가발을 넣고 다닌다' 고 말한 것이 계기가 되어 가발붐이 불었으니 결코 헛말은 아닐 것이다.

| 나일론 패션 시대 |

나일론의 등장은 인류의 의생활에 있어 가히 혁명적인 전환을 가져다 주었다. 자연 섬유시대에서 화학합성 섬유시대에로 문을 열어 준 최초의 변혁이었다.

인조견(人造絹)에 이어 인조화학 섬유인 나일론이 인류 최초로 등장하게 된 것은 미국 듀폰(Dupont)사의 제품 '나일론 66'이 특허를 받은 일(1938년 9월 20일)에서부터 출발한다. 듀폰은 '나일론 66'이 '불과 공기와 석탄으로부터 만들어졌으며, 강철보다도 강하며 거미줄보다 섬세하다'는 캐치 프레이즈를 내걸고 그 당시의 실크 스타킹의 위세와 비실용성에 도전하였다. 1941년에는 양말로 소요되는 약 600만 파운드와 산업용 200만 파운드를 생산하기에 이르렀다. 나일론 양말이나 스타킹이 선을 보였고 군용 낙하산 천으로 이용되기도 했다.

나일론이 우리나라에 처음 소개된 것은 해방 이후다. 1945년 9월 미군이 우리나라에 진주하고 군수물자가 쏟아져 들어오자 그중에는 의류로 쓸 수 있는 나일론 천의 낙하산도 있었다. 물에 잘 젖지도 않고 촉감도 매끄럽고 질기기가 비할 수 없으니 모두 신기해 했다.

그리하여 젊은 멋쟁이들은 이 새로운 재질의 천으로 머플러를 만들어 여봐란 듯이 목에 감고 다녔다. 그리고 미제 여자 스타킹도 암시장에서 뒷거래되었다. 그러나 나일론의 본격적인 소개라면 아무래도 1953년경부터다. 일본에서 수입된 나일론은 양말에서부터 셔츠, 블라우스, 한복감 등으로 순식간에 보급되어 가히 혁명적이랄 수 있는 복식문화의 변화를 가져왔다.

당시로서는 나일론의 국내 생산이 없는 터라 일본에서부터 전량 수입해 오는 실정이고 보니 이것이 사치품이냐 아니냐 하는 논란이 일기도 했다. 이러한 논란 속에서도 나일론은 겉옷은 물론 속옷에까지 이용되어 나일론 제품을 입지 못하면 유행에 뒤떨어진 인물로 취급될 정도였다.

특히 주로 무명이나 삼베 등 종래의 천연 섬유 계통의 의료(衣料)에만 의존하다가 새로운 시대의 새로운 섬유라는 나일론이 유입된 이후 빨래나 말리기 그리고 손질이나 다림질 등을 통한 시간 낭비나 노동력의 낭비가 크게 줄어들자 주부들은 열성적으로 나일론 제품을 사들였다.

1954년도의 도시풍경은 가히 나일론 패션 시대의 무대요, 전시장이었다. 치마, 적삼은 물론 양말, 장갑, 와이셔츠, 런닝셔츠 심지어는 슈미즈에 팬츠, 즈로즈도 나일론 아니면 못 입겠다는 것이 자칭 문화인의 자랑이었다고 그 당시 신문들이 그 지나침을 꼬집을 정도였다.

수입에만 의존하던 이 나일론이 2, 3년 후에는 드디어 국내 생산이 가능해져 더욱 값싸게 보급되었으니 이제는 시골에까지 나일론 옷의 혁명을 가져다 주었다.

오늘의 코오롱 그룹의 모체 기업인 한국나일론이 설립된 것이 바로 1957년이었다. 대구에다 공장을 설립한 데서부터 우리나라에서도 본격적으로 국산 나일론 시대가 시작되어 나일론의 대중화에 더욱 박차를 가하게 되었다.

코오롱 그룹에서는 창업 동기를 이렇게 말하고 있다.

'겨레의 안색은 창백하고 의복은 광목과 인견으로 그것마저도 제대로 입을 수 없는 형편을 보고 의복이 날개라는 속담을 쫓아서 거의 헐벗은 상태에 있는 우리 겨레에게 값싸고 질기고 아름다우며 세탁이 간편한 나일론 옷을 입게 하자. 그리하여 옷을 날개 삼아 온 세계로 훨훨 날아서 활동토록 하자. 이것이 조국에 봉사하는 길이다.'

아무튼 이렇게 의상문화에서 나일론 대중시대를 맞다 보니 심지어는 언어생활에까지 '나일론'이란 말이 자주 등장하게 되었다.

'나일론뽕'이란 새로운 화투놀이가 개발되어 놀이 문화에 변화를 가져왔고 또 군대에서는 '나일론제대' '나일론환자' '나일론입원'이라는 말이 유행하기 시작했다. '나일론제대'란 정식 제대가 아니라 빽줄을 댄 비공식 제대를 말했으며 '나일론환자'나 '나일론입원'은 고된 훈련을 피하기 위하여 칭병하여 가짜 환자 노릇을 하거나 가짜 환자로 입원하는 경우를 두고 하는 말이었다.

그리고 일반사회에서도 '나일론심사'니 '나일론근무'니 '나일론신자'니 하는 말도 유행했다. 건성으로 편하게 받는 심사를 '나일론심사'라 했고, 역시 편하게 근무하는 것을 '나일론근무'라 했으며, 적당히 신자(信者) 흉내만 내는 이름만의 신자를 '나일론신자'라고도 했다. 이렇듯 1953년경부터 불기 시작한 나일론 선풍의 위력은 대단했다. 1950년대는 뭐니해도 나일론시대의 특징을 유감없이 발휘해 준 연대라 기록될 수 있다.

그러나 역시 유행은 단명한가 보다. 나일론이 대중화되고 나아가 정전기현상과 통기성이나 땀 흡수력의 문제가 나오면서 유해론이 대두되자 나일론의 기세는 꺾이기 시작했다. 이제는 겨우 보자기용 정도로 쓰이는 신세가 되고 만 것이 나일론의 운명이요 그 흥망성쇠사다.

| 색안경의 유행 |

중국에 처음으로 안경을 들여온 사람은 네덜란드인이었다. 그 상인의 이름을 중국어로 음역(音譯)한 것이 바로 '애체' 다. 그래서 조선시대에는 안경을 '애체' 라고 했다.

우리나라에 이 '애체' 가 알려진 것은 임진왜란 때 조선에 와 있던 명나라 장수 심유경(沈惟敬)과 일본의 현소(玄蘇)에 의해서였다. 그들은 둘 다 늙었음에도 불구하고 '애체' 를 쓰고는 글씨를 거뜬히 보아 넘기므로 '애체' 가 신기한 물건이다 싶어 조야에 큰 이야깃거리가 되었다.

고종 때에는 이 '애체' 와 관련된 일화로써 항간에 '애체덕' 이란 말이 유행하기도 했다.

1882년 중국 이홍장의 알선으로 우리나라 조정에 초빙되어 온 독일인으로 묄렌도르프라는 사람이 있었다. 그는 눈이 나빠 안경을 썼다. 그는 청나라를 떠나올 때 이홍장으로부터 조선의 왕을 배알할 때에는 반드시 안경을 벗고 조선식으로 큰 절을 세 번 하는 것을 잊지 말아야 한다고 충고받았다. 아니나 다를까 그의 충고대로 한 결과 왕은 그를

픽 기특해 하며 흡족해 했다. 그 후 고종은 그를 두텁게 신임하여 자주
불렀다.

그러다 보니 결국 묄렌도르프에 대한 고종의 신임이 바로 안경을 벗
은 덕분이라는 뜻에서 '애체덕' 이라는 말이 일종의 비아냥으로 사람
들의 입에 오르내리게 되었다.

이 안경이 한동안은 일부 특수층의 전유물인양 되다가 순조 때에 와
서 비로소 민간에도 꽤 보급이 되기 시작했다.

물론 이 안경을 처음에는 시력이 약한 사람들이 시력을 보완해 주는
기구로만 이용하였으나 차츰 일종의 액세서리의 역할까지 하여 장식
용 안경으로 사용하기도 했다.

캐나다 출신의 미국 선교사 제임스 게일이 쓴 《코리언 스케치
(1898)》라는 책을 보면 이런 점이 잘 나타나 있다. 이 책은 제임스 게일
이 1889년에 선교 활동차 조선에 처음으로 와서 우리나라의 각지를 여
행하면서 보고 느낀 점을 담은 책이다.

이 책을 보면 그 당시 양반들이 유행처럼 쓰고 다녔던 '애체' 의 풍
속을 보고는 실속 없는 짓이라고 충고하고 있다. 그 당시의 안경은 흑
색 수정구(水晶球)였는데 그 값이 멋으로 쓰기에는 엄청나게 비싼 만큼
겉치레요 허세라고 일침을 가하고 있다.

이를 볼 때 비록 '조용한 아침의 나라' 의 고지식한 양반들이긴 했지
만 안경 유행에만은 민감했다는 증거다. 가령 게일이 조선에 오기 약
10여 년 전인 1896년에 강화도에서 일본 군함 운양호를 포격하여 이른
바 '운양호 사건' 이 생겼다. 이에 대한 사죄 형식으로 조정에서 수신
사 김기수(金綺秀) 일행을 일본에 보낸 적이 있다. 그때 일행 75명 전원
이 이 '애체' 를 코에 걸고 갔다고 하니 게일이 목격한 그 '애체' 의 유
행 풍속이 눈에 보이는 듯 선하다.

물론 굴욕 외교를 나가다시피 하는 마당이라 섬나라의 열등국민을

대하는 고자세의 과시로써 안경을 썼던 그 깊은 속뜻을 헤아리지 못하
는 바는 아니지만 아무튼 유행의 멋을 한껏 부려보자는 의미도 있었던
점은 사실이다.

이러한 액세서리로서 안경 쓰기가 드디어 개화기를 맞아서는 더욱
크게 유행하였다. 이른바 개화신사들의 트레이드 마크가 되다시피 한
개화경이 바로 그것이다. 개화장이란 지팡이와 더불어 개화경이 개화
신사들의 필수품이었던 점을 상상해 보면 그 시대의 안경 유행을 쉽게
짐작하고도 남음이 있을 것이다.

그러나 안경을 누구 앞에서나 자유롭게 쓸 수는 없었다. 전통적으로
우리나라에서는 착용자가 눈이 나쁘건 나쁘지 않건 손윗사람이나 연
장자 앞에서 안경을 쓰고 있으면 불경스럽게 생각했다. 지금은 그 인
식이 완전히 달라져 있지만 어느 기간까지는 '젊은 사람이 건방지게
안경을 쓰고' 란 말이 입버릇처럼 나온 때도 있었으니 설사 개화신사
들일지라도 손윗사람이나 연장자를 만나면 부리나케 안경을 벗어야
하는 촌극도 빈번하게 일어났다.

이렇게 멋으로 써왔던 안경이 6 · 25 이후에는 이른바 색안경으로
바뀌었다. 속칭 '라이방' 이라고도 했다. 미국 레이밴(Ray Van)회사의
제품인 색안경을 그 회사의 이름을 따서 속칭 '라이방' 이라고 발음했
다.

그 당시 사람이면 누구나 인천 상륙작전 당시 뉴스 영화나 사진에서
맥아더 장군이 파이프 담뱃대를 물고 군모 밑에는 색안경을 멋드러지
게 쓰고 있던 모습을 기억할 것이다. 그 당시 미군은 장교에서 하사관
까지 이 색안경을 즐겨 쓰고 다녔다.

이에 뒤질세라 한국군 장교들도 그 유행을 좇아 외출을 할 때에는
정복을 입고 색안경 쓰기를 잊지 않았다. 상이군인들도 썼으며 형사나
수사요원들에겐 필수품이다시피 했다. 심지어 깡패들도 험상스럽게

보이기 위한 수단으로 즐겨 썼다. 특히 색안경과 가죽점퍼는 형사나 수사요원들의 전형적인 복장이 되다시피 했다.

이렇게 색안경이 특수직업이나 특수부류를 나타내는 대명사가 되었고 나아가 올백이나 리젠트머리를 한 그 당시의 멋쟁이 신사들도 색안경을 즐겨 쓰기 시작했다.

그 기간이 바로 1950년대인데 이 시대를 우리는 '색안경의 시대'라 불러 무방하다. 원래 색안경이란 강렬한 햇빛에서 눈을 보호하는 것이 목적이었는데 유행바람을 타다 보니 밤이건 낮이건 또 어느 계절이건 노상 쓰고 다니는 사람들이 생겨난 것이다. 그러다 보니 대화에서도 색안경과 관련된 새로운 표현이 유행하기 시작했다. 어떤 사안(事案)을 있는 그대로 보지 않고 이상하게 보면 '색안경 쓰고 보지 마라' '색안경 쓰지 마라'는 표현을 자주 썼고 이런 표현들은 오늘날까지도 우리의 언어생활에서 그 위력을 과시하고 있다.

크게 보아 우리나라에서 액세서리로서 안경 유행은 3시기를 거쳐 왔다. '애체의 유행' '개화경의 유행' 그리고 '색안경의 유행'이 바로 그것이다.

| 맘보 선풍 시대 |

1953년도 이태리 영화 중에 〈하녀(河女)〉라는 작품이 있다. 주인공으로 분한 이태리의 육체파 여우 소피아 로렌은 사나운 야생마의 기질을 타고나긴 했지만 그 내면에는 백치적 순종의 미덕을 지닌 듯한 묘한 분위기를 자아냈다.

뜨거운 해풍 아래 탐스런 허벅지를 드러내 놓고 원색적인 충동을 도발시키려는 듯한 자태로 갈대를 베는 이 야성녀의 에로티시즘은 영화관의 모든 관객들의 숨을 뜨겁게 몰아쉬게 할 정도였다.

그리고 '맘보바칸, 그것은 참 기가 막히지요. 맘보, 맘보, 그 맛은 나를 사로잡아 미치게 합니다' 를 흥얼거리며 흙냄새 물씬한 포강을 배경으로 맘보춤이 한바탕 벌어져 그 절정을 이루는데 보는 이로 하여금 엉덩이를 들썩들썩하게 하는 그 강한 유혹의 리듬이 전 화면을 압도했던 영화다.

이 영화에서 선보인 라틴 계통의 강렬한 리듬의 맘보가 우리나라에 본격적으로 들어오기 시작한 것도 바로 이 영화가 나온 시기와 거의 맞물리고 있다. 그리고 그 선풍은 1950년대 말까지를 장식하고 있다.

그 당시 우리의 대중가요 역시 온통 맘보곡이 휩쓸었다. '닐리리야 닐리리 닐리리 맘보' 라고 시작되는 김정애의 〈닐리리 맘보〉(1952년)을 필두로 하여 '도라지 캐러 가자 헤이 맘보 바구니 옆에 끼고 헤이 맘보' 라는 심연옥의 〈도라지 맘보〉(1952년), '맘보 나포리 맘보 그리운 나포리 장미꽃 피는 남쪽 항구 나포리' 로 시작되는 현인의 〈나포리 맘보〉(1957년), '논모를 낼 때나 밭김을 맬 때나 아낙네 맘보가 들린다' 라는 김정애의 〈아낙네 맘보〉(1957년) 등이 나왔다. 또 〈체리핑크 맘보〉라는 노래도 있었던 걸로 기억된다.

이렇게 맘보곡이 유행하다 보니 자연 맘보춤이 유행세를 맞지 않을 수 없었다. 전후의 삶의 질곡을 벗어던지기라도 하듯 강렬한 몸짓들이 놀이판이나 춤무대의 단골 메뉴였다. 이에 뒤질세라 맘보바지와 맘보머리 그리고 맘보걸음이란 걸음걸이도 크게 유행을 했다.

6·25 직후에는 블라우스에 바지를 입은 여대생이나 여사무원의 모습도 볼 수 있었지만 몸에 꼭 끼듯 달라붙어 히프 라인 이하의 곡선을 드러내 보이는 이 맘보바지가 일본을 통해 들어와 대유행을 한 것은 1950년대 후반부터이고 또 영화 〈로마의 휴일〉(1955년)에서 선보인 오드리 헵번의 바지도 맘보바지를 유행시키는 데 일조를 했다.

맘보바지란 맘보춤의 율동을 충분히 살리도록 고안된 것인데 처음에는 양공주들이 입기 시작했고 점잖지 못하다는 평을 들으면서도 차츰 일반 여성들도 입기 시작했다. 이 맘보바지 위에는 풍성한 스웨터나 재킷을 걸쳐 히프를 덮는 것이 또 하나의 유행이었으며 검은 장갑도 빼 놓을 수 없는 액세서리였다.

'헤어지기 섭섭하여 망설이는 나에게/ 굿바이하며 내미는 손 검은 장갑 낀 손/ 할 말은 많아도 아무 말 못하고/ 돌아서는 내 모양을 저 달은 웃으리.'

이 노래는 손석우 작사·작곡으로 1955년에 블루벨즈가 처음으로 불렀는데 맘보 차림에 검은 장갑을 낀 여인의 영상을 쉽게 그려 볼 수 있는 노래다.

맘보머리도 역시 젊은 남녀들에게 유행이 되었다. 특히 여자들은 〈로마의 휴일〉에서 본 숏커트 형의 이른바 헵번 스타일을 모방하며 이를 맘보머리라고도 했다.

고등학교 시절 우리는 유달리 둔부가 큰 여자들이 맘보바지에 맘보머리를 하고 하이힐을 받쳐 신고 마치 마릴린 먼로의 걸음걸이를 흉내라도 내듯 길을 걸을 때면 야외 패션쇼를 구경하듯 호기심 있게 바라보며 낄낄대던 기억이 새롭기만 하다.

크게 보아 1950년대를 우리는 맘보시대라 이름할 수 있다. 나 역시 맘보바지를 입어 본 적이 있다. 일명 '대통바지' '홀태바지' '쪼대바지'라고도 했는데 입이 건 사람들은 '대통에 X끼워 놓은 형국'이라며 혀를 끌끌 차기도 했다.

맘보시대를 맞이한 맘보바지의 유행은 그 뒤 여대생들에게 치마나 스커트 대신 바지 착용을 자연스럽게 해준 결정적인 계기가 되었다.

맘보춤, 맘보바지, 맘보머리는 1950년대 맘보 시대의 특징적 유행 현상으로 그 위세가 대단하여 춤 문화와 복식 문화 그리고 두발문화가 가히 삼위일체를 이루었다 해도 과언이 아니었다.

그런데 이제는 어떤가. 스포츠 댄스다, 다이어트 댄스다라며 살사, 삼바, 탱고, 자이브, 밸리댄스라는 배꼽춤, 심지어 스페인의 홀라멩고 춤까지 유행한다는 소문이다.

| 고교 시절의 학생 유행 |

학생사회라고 유행이 없으란 법은 없다. 오히려 가장 호기심이 많은 사춘기이고 보니 유행을 흉내내고자 하는 충동도 그 어느 때보다도 강한 시기가 바로 이때이다.

내가 고등학교를 다니던 시기가 1954년에서 1956년도이니까 국가적으로는 전후 복구 시기였다. 이 시기의 고교생들의 복장에는 약간의 밀리터리 룩(Military Look)이 스며들기 시작했다. 특히 학생모와 학생복 상의에서 이런 현상이 두드러지게 나타났다.

학생모는 육군사관학교 생도들의 모자나 정장용 장교모처럼 모자챙이 아주 좁아지면서 모자의 앞부분도 높아졌다. 멋쟁이 학생들은 아예 구형의 헌 모자를 버리고 새로운 유행의 모자를 사 쓰기도 했고, 형편이 안 되는 학생들은 비록 구식 모자이긴 하지만 앞부분에다 양초를 녹여 부어 빳빳하게 만들어 쓰거나 아니면 빳빳한 마분지를 넣어 높게 보이도록 하고 다녔다. 모자챙은 이마에 찰싹 달라붙을 정도로 챙의 양쪽 끝부분을 따서 안으로 집어넣고 다녔다.

납작한 '빵모자'에 챙이 넓은 중학교 시절과는 큰 차이가 있었다.

중학 시절에는 새 모자도 일부러 헌 모자처럼 만들어 쓰고 다녔는데 자동차 베어링 기름인 그리스를 발라 헌 모자처럼 보이게 하기도 했고 또는 칼로 모자 중간 부분을 잘라서 나선형으로 기워서 쓰고 다닌 적도 있다. 그러던 것이 휴전 이후에는 헌 모자형보다는 새 모자가 또 '빵모자' 대신 군모식으로 그 유행이 바뀌었다.

동복의 경우는 어깨를 넓고 크게 보이도록 하기 위해 한껏 어깨심(패드)를 넣었다. 그때의 사진들을 보면 흡사 미식축구 선수들의 유니폼처럼 어깨가 유별나게 커 보이는데 한 마디로 정장용 군복패션의 어깨 라인의 모방이었다.

바지는 나팔바지가 유행이었다. 엉덩짝에 달라붙어 밑으로 내려오면 내려올수록 폭이 넓어져 마치 나팔 모양을 하고 있다 해서 '나팔바지'라 불렀던 것이다. 1969년의 여성의상에는 판탈롱(Pantalon)이 등장했는데 이는 불란서의 우주개발 의욕의 영향에서 생긴 우주복 패션쇼에서 생긴 패션이었다. 이 판탈롱과 비슷했던 '나팔바지'가 1950년대 중간쯤의 학생복식에서 미리 유행이 된 셈이다.

바꾸어 말해 중학교 시절에는 청바지식으로 통이 좁은 바지가 유행하다 고등학교에 들어오고 보니 나팔바지가 대유행이었다.

머리형은 물론 까까중 머리처럼 짧게 깎고 다녀야 했지만 한 가지 유행이 있었다면 이마의 머리뽑기였다. 족집게로 이마의 머리털을 뽑아 이마를 훤하게 보이도록 하였다. 어떤 친구들은 얼마나 뽑아댔는지 이미기 시퍼렇게 멍이 들 징도였다.

이런 머리털 뽑기의 유행은 아마도 미국 영화의 영향이 아니었나 싶다. 그 당시 헐리웃의 내로라하는 영화배우들의 이마는 하나같이 훤해 보였으니 모두들 그 흉내를 냈던 것 같다.

신발은 운동화나 농구화 아니면 염색한 군화 정도만 착용하도록 했는데 복장검사가 없는 날이면 일부의 상급생들 사이에서는 가죽구두 신기가 유행이기도 했고 또 군화나 단화에다 징을 박아 신고 다니기도 했다. 구두 뒷굽에다가 말발굽형 U자 징을 박고 앞창에도 작은 징을 더덕더덕 박아신고 다녔다. 아스팔트 길을 걸을라치면 저버덕 저버덕 하는 소리가 대단했을 정도였다.

겨울에는 동복 속에다 검은색의 털실로 짠 폴라 티(그 당시는 독구리라 했다)를 입고 다녔는데 학교를 벗어나서는 윗단추 한두 개를 열고 다니는 것도 유행이었다.

고교시절의 이런 유행과 관련해 나의 경우를 말해 보면 나도 이런 유행에서 결코 뒤지지는 않았다.

시골에서 진주로 나와 하숙을 하고 있는 처지라 그때그때의 유행에 앞장 설 수는 없었지만 앞장 선 친구들의 뒤를 좇아보려고 안간힘을 쓰기도 했다. 쓰고 다니던 모자를 유행에 맞추기 위해 초를 녹여 들어 붓기도 했고, 나팔바지를 사 입고 일부러 여학생 앞을 시위를 하듯 걸어 다녀도 보았으며, 상의의 어깨를 크게 해 보이려고 겨울방학에는 집에 가서 솜을 누비어 어깨심을 두툼하게 만들어 넣기도 했고, 고3때에는 거금(?)을 주고 단화를 맞추어 신어 보기도 했다.

지금 생각해 보면 나도 집안 사정만 허락했다면 댄디 보이(Dandy boy)로서 있는 멋 없는 멋을 다 부려 보았을 법한데 그저 흉내내기로만 그친 것 같다.

멋 이야기가 나와서 말인데 나의 아버지도 꽤나 멋을 부렸던 분이다. 그 기질을 닮아서 그런지 고교 시절은 물론 지금도 멋을 좀 부려 보려고 하고 있는데 지난 시절 간혹 여제자들로부터 '멋쟁이 교수님'이라는 소리를 들으면 가히 싫지는 않았다. 이런 기질을 두 아들 중 특히 막내놈이 좀 닮고 있는데 우리집 내무장관(?)의 말을 빌리면 '그 할아버지에 그 손자요, 그 아버지에 그 아들이다' 라나.

제4부 다시 고향 땅을 밟으며

| 씨름판의 총아 |

　내가 스무 살이었을 때로 기억된다. 추석절을 맞아 우리 면에서 마을 대항 씨름 대회가 있었다. 장터에다 임시 씨름판을 만들어 놓고 각 마을에서 다섯 명씩 선수가 출전하여 단판승으로 승부를 가려 이긴 마을이 본선에 올라가게 되어 있었다.

　나도 선수로 뽑혔다. 던디기라는 마을이 우리 마을의 상대였다. 공교롭게도 나의 상대는 그 마을에서 최고로 씨름을 잘하는 사람이었다. 아니 그 마을이 아니라 우리 면에서도 알아주는 씨름꾼이었다. 양구대라는 사람이었는데 그는 군 단위급 씨름판이 아닌 면 단위급 중씨름판 정도에서는 상으로 걸려 있는 송아지 정도는 이미 두서너 마리쯤 끌어다 먹었던 실력자였다. 키가 크고 신체 조건이 좋아 힘도 셌다.

　6·25 이후 방위대 시절에 그는 공비들이 출몰하는 날이면 한 손으로 경기관총을 들고 쏘아댔다는 소문이 입에서 입으로 전해진 사람이다.

　그와 내가 씨름을 할 차례가 되었다. 본부석으로 나가 나란히 서서 인사를 했다. 서 있는 두 사람의 체격을 비교하면 아예 상대가 되지 않

을 정도였다. 과장해서 말한다면 황소 곁에 애송아지가 붙어선 격이었
다. 붙자마자 단숨에 위에서 눌러 버리든지 아니면 달랑 들어서 내동
댕이치리라 생각할 정도로 결과는 불문가지였다.

나는 상대가 상대니만큼 꾀로써라도 한 번 붙어 보려고 작심했다.
팔재간이나 들재간은 어림없는 수작이라 다리재간이라도 부리기로
했다. 그는 나보다 10여 살 위였고 결혼도 했으니 하체 쪽이 둔하리라
생각하여 일단 찰거머리처럼 아래쪽으로 달라붙어 다리재간을 부려
보기로 했다.

나의 작전은 주효했다. 너무나 의외의 결과가 일어났다. 그가 나를
들어올리려 할 때 나는 재빠르게 양다리 사이로 파고들어 젖먹던 힘까
지 다 내어 이 다리 저 다리를 감아대다 보니 그가 쿵 하고 넘어지는 게
아닌가! 그러자 구경꾼들의 함성과 박수가 우레처럼 터져 나왔다. 그
어떤 상대들의 판보다도 극적인 장면이 연출되었으니 졸지에 나는 씨
름판의 총아가 되었다. 나중에 안 일이지만 그 순간의 함성과 박수소
리가 얼마나 컸던지 인근 동리에서는 무슨 큰 변이 난 줄로만 알았다
는 것이다.

구장(이장)이 나와 덩실덩실 춤을 추었고 우리 마을의 선수로 같이
출전했던 세 살 위의 큰삼촌은 감격하여 나를 목마까지 태워 씨름판을
한 바퀴 돌기도 했다. 그리고 비록 우리 마을이 본선 진출은 못했지만
1,2등 한 것 못지 않다고 구장은 그날 저녁 술과 밥을 한턱 내기도 했
다.

이 일이 기회가 되어 '양철집 큰손자' 인 나는 그만 면내에서 명성이
자자하게 되었다. 완력이나 덩치로 남을 제압하려던 청년들도 덩치가
작다고 감히 나를 얕잡아 보지 않게 되었다.

가만히 생각해 보면 이 일이 나에게는 전혀 뜻밖의 행운만은 아니었
다. 어릴 때부터 나는 씨름에 약간의 소질이 있었다. 초등학교 시절만

해도 마을 씨름대회의 애기씨름에서 여러 번이나 삶은 고구마를 상으로 타 먹은 적도 있었다.

그 당시 우리 면에서는 고구마가 귀물이었다. 들녘 지방에서는 고구마나 땅콩을 심었지만 논농사에만 의존하던 것이 고작이라 고구마를 심는 집은 아주 귀했다.

고구마는 영조 39년(1796)에 일본에 통신사로 갔던 조암이 대마도에서 몇 개를 가지고 와서 부산과 제주도에 보내어 재배에 성공을 했다. 대마도에서는 고구마를 '고우꼬우이모(孝行薯)'라는데 결국 오늘날 우리가 말하는 고구마라는 말이 여기서 온 말임을 알 수 있다.

이 고구마가 우리 면에서는 6·25 이후에야 심는 집들이 많이 생겨 일반화 되었으니 초등학교 시절만 해도 귀물 중 귀물이라 이를 따 먹을 욕심으로 애기씨름만 있으면 달려가 한 무더기씩 상으로 받아왔다.

그리고 진주에서 6년을 공부하는 동안에 여름이면 우리는 남강으로 멱을 감으러 나갔다. 해거름이 되면 그 당시 내로라하는 유명 씨름꾼들이 후배들을 데리고 나와 연습을 하는 것을 자주 보기도 했다. 씨름이라면 서부 경남이었고 그 중에서도 진주의 씨름은 전국적으로 알아주던 실력파들이었다.

씨름의 기술이 40~50가지나 된다지만 나는 팔재간, 들재간, 다리재간 중에서 그 기본이 되는 몇 가지씩은 구경을 통해 익혀 두었고, 또 친구들과 어울려 곧잘 그런 기술들을 시험해 보기도 했다.

그러니 나에게 있었던 그날의 경사는 백 % 우연의 행운이라고만은 할 수 없다.

이런 전력이 있는 나인지라 지금도 간혹 민속 씨름대회가 텔레비전을 통해 방영되기만 하면 빼 놓지 않고 시청한다. 그럴 때면 그날의 박수와 함성의 여운이 나의 귀에서 되살아나곤 한다.

| 추억의 명화들 |

나는 1950년대 초반과 중반기에 중·고등학교를 다녔다. 별다른 오락물이 없었던 시절이라 영화 구경은 가장 매력적인 눈요기감이었다. 학교를 오가면서 영화 포스터를 보거나 또 진주 극장 앞을 지나면서 영화 간판을 보면서 배우나 감독 이름을 외우는 것도 재미 중의 하나였다. 윌리엄 와일러·엘리아 카잔·세실 B·데밀·줄리앙 드비비에·르네 크레망·르네 크레르·빅토리오 데 시카·로베르트 롯셀리니와 같은 당시의 명감독들의 이름 정도는 들먹일 수 있어야 문화적(?) 교양이 있는 학생으로 인정해 주었던 시절이다.

그런가 하면 로버트 테일러·록 허드슨·마론 브란도와 같은 미남 배우들의 준수함에 시기심을 느끼기도 했고, 마릴린 먼로·에봐 가드너·라나 타너·진 러셀·리타 헤이워즈·어니타 에크버그·킴 노박·소피아 로렌 등을 들먹이면서 그들의 뇌쇄적인 육체미에 압도당하여 뜨거운 한숨을 내몰아 쉬었고, 잉그릿드 버그만·데보라 카·비비안 리·오드리 햅번을 마음 속의 연인인양 생각하며 그들의 청순한 모습을 그려보며 환상 연애 감정에 빠지기도 했다.

서부영화의 게리 쿠퍼 · 존 웨인 · 앨런 랫드의 멋진 권총 솜씨들을 흉내내며 정의로운 일이 무엇인가를 배우기도 했다.

그 시절에 본 추억의 명화들이 아직도 나의 기억 속에 생생하게 살아 있다.

〈내일이면 늦으리〉는 이태리 영화로서 일종의 계몽영화였다. 한 소녀(여학생)가 성의 무지로 고민하다 결국 투신자살한다는 내용인데 특히 시신을 물에서 안고 나오는 담임선생이 성교육 조기론을 염두에 두고 '내일이면 늦으리' 라고 독백하는 라스트 신이 퍽 충격적이면서 인상적이었다.

〈젊은이의 양지〉는 미국의 유명한 작가 시오도 드라이저의 소설 《아메리카의 비극》을 영화화한 것으로 몽고메리 클리프트와 엘리자베스 테일러가 주연이었다. 출세를 위해 여공인 애인을 버리려 했던 청년이 살인 용의자로 체포되어 결국 사형으로 끝난다는 내용이었는데 이 영화로 엘리자베스 테일러는 우리 십대들에게 우상이 되는 계기가 되었다.

오드리 햅번을 일약 세계적 스타로 만들어 준 〈로마의 휴일〉도 잊을 수 없는 영화다. 틀에 박힌 엄격한 생활에 싫증을 느낀 공주와 특종기사를 좇는 기자와의 우연한 사랑을 로마의 명승 고적을 배경으로 그린 영화라서 역사나 지리책에서만 들어왔던 그 도시의 풍물과 유적들을 앉아서 구경하고 공부하는 계기가 된 영화였다. 특히 숏커트한 햅번 스타일의 헤어 모드가 신선감을 더해 주었고 이것이 크게 유행되기도 했다. 이런 인상 때문에 나는 훗날 1981년도에 로마에 들렀을 때 일부러 그들이 남겨둔 발자취를 다시 밟기라도 하듯 그들이 둘러본 로마의 명승고적을 둘러도 보았다.

미국에서 관광차 로마에 들렀던 한 부인이 우연히 만난 청년(몽고메리 클리프트)과 잠시 금지된 사랑에 빠졌다가 이성을 되찾아 가정(미국)으로 돌아간다는 〈종착역〉이 있었다. 기차를 타고 로마역을 떠나고 떠나보내는 애절한 이별의 라스트 신은 지금도 눈에 선하다.

서부 영화로는 〈셰인〉이 있다. 아름다운 와이오밍 주의 초원을 배경으로 개척민들의 눈물 겨운 생활상이 시정(詩情)어린 터치로 그려진 영화인데 외지에서 온 수수께끼의 사나이 '셰인'이 개척민들을 괴롭히는 악당들을 물리쳐 주고 떠난다는 이야기다. 특히 일시 고용된 집의 어린 아들이 멀리 바라보이는 산을 향해 말을 몰아가는 주인공의 뒷모습을 보며 "셰인! 셰인! 꼭 다시 돌아오세요" 라고 외치는 라스트 신의 긴 여운은 감명적이었다.

뭇남성들의 연인이었던 마릴린 먼로를 처음 본 것은 영화 〈돌아오지 않는 강〉에서였다. 내용도 내용이지만 전 화면이 찢어질 정도로 풍만한 육체를 과시하며 요염한 자태로 엉덩이를 좌우로 삐딱삐딱 흔들며 걷는 먼로 특유의 걸음걸이가 전편을 압도하고 있어 최고의 눈요기감이었다. 그 시절, 신문사 입사 시험에 미국 대통령 먼로가 내세웠던 '먼로주의'를 내었더니 M. M의 걸음걸이의 특징에 대해 쓴 기답(奇答)이 나올 정도였으니 그녀의 걸음걸이야말로 한 시대를 석권한 화제 중의 화제였다.

〈지상에서 영원으로〉는 가장 인상 깊었던 영화였다. 1951년에 발표하여 전세계 독서계를 압도했던 미국 작가 제임스 존스의 소설을 영화화 한 작품이다. 1차 대전을 전후로 하여 하와이에 주둔한 미군기지를 무대로 한 젊은 병사가 겪는 시련과 이성간의 사랑 그리고 죽음을 그리고 있다.

이 영화에서는 두 장면이 너무나 인상적이다. 전임부대에서 나팔수였던 주인공(몽고메리 클리프트)이 동료의 억울한 죽음을 슬퍼하며 나팔로 진혼곡을 부는 장면이 그 하나인데 구슬픈 멜로디가 부대내의 밤의 정적 속으로 멀리 퍼져가며 눈물을 흘리는 그 장면은 보는 이로

하여금 가슴을 찡하게 했다. 다른 하나는 미국 본토로 돌아가는 여객
선에서 알로하오에의 선율이 흘러 나오고 난간에 나란히 서 있던 두
여인이 각각 목에 걸었던 플라워 레이스를 하염없이 뱃전에 던지는 마
지막 장면이었다.

이제는 추억이 되어 버린 두 여인의 사랑을 그야말로 '지상에서 영
원으로' 싣고 가듯이 꽃들이 물결을 따라 어디론지 떠내려가는 장면
은 퍽 함축적이어서 잊을 수가 없었다.

그래서 나는 1995년도에 하와이 호놀룰루에 있는 대학과 자매결연
차 갔다가 이 영화 속에 나오는 와이키키해변의 어느 한 장면을 흉내
라도 내듯 일부러 시간을 내어 그곳에 가서 금발의 미녀들과 대화를
나누며 수영도 즐겨 보았다.

| 탐독했던 연애소설들 |

고교 시절 나는, 요즘의 중고생들이 비디오나 만화가게를 드나들 듯 소설대본집의 문턱이 닳도록 드나들었다. 특히 1,2학년 때에는 용돈의 대부분이 대본료로 나갔다.

이런 독서 체험이 결국 나로 하여금 문학에 눈뜨게 한 계기가 되었다. 상당한 명작들을 읽어댔지만 역시 사춘기의 호기심을 강하게 자극한 것은 연애소설 쪽이었다. 어쩌면 다른 친구들이 암내 피우는 여학생들의 꽁무니를 걸덕쇠처럼 뒤좇아 다니고 또 수없이 연애편지를 쓰고 찢고 할 때, 나는 연애소설을 통한 대상(代償) 체험에 오히려 더없는 재미를 붙이고 있었던 셈이다.

〈마농레스꼬〉 〈카르멘〉 〈춘희〉 〈죽음의 승리〉 〈젊은 베르테르의 슬픔〉 등은 그 당시 빼놓을 수 없는 연애소설의 백미였다.

〈마농레스꼬〉는 18세기 불란서 작가인 프레보의 작품이다. 명문 태생 슈발리에 데 그리외가 주인공인데 그는 학업이 거의 끝날 무렵에 우연히 한 미지의 여성을 만나 사랑에 눈을 뜬다. 그녀가 바로 마농이다. 마농은 데 그리외를 사랑하면서도 돈이 떨어지면 돈 많은 사내에게 붙어서 마냥 사치스런 생활을 즐기는 여성이다. 데 그리외는 배신감에 그녀를 멀리 하려고 하면 할수록 그녀의 마성에 포로가 된다.

사랑의 질투로 사람을 죽이게 된 그는 마농을 이끌고 도망을 친다. 도중에 지친 마농은 데 그리외의 품에 안겨 숨을 거둔다. 상심한 그는 혼자서 쓸쓸히 고향으로 돌아온다.

이 작품을 읽으면서 나는 사랑과 질투는 실과 바늘 관계라는 것을 처음으로 알게 되었고 또 그녀의 신체적 특징이 전혀 묘사되어 있지 않아 그녀의 모습을 나름대로 상상해 가며 책갈피를 넘기곤 했다.

〈카르멘〉은 19세기 불란서 작가인 메리메의 작품이다. 기병하사 돈 호세와 집시여자 카르멘과의 사랑, 그리고 그녀의 죽음이 그려진 작품이다. 카르멘이 입에 물고 있던 아카시아 꽃을 장난삼아 던져 준 것이 인연이 되어 호세는 그녀를 사랑하게 되고 또 싸움으로 상대여자를 찌른 그녀를 호송하는 도중에 도망까지 시켜 준다. 결국 감옥에 들어갔다 나온 호세에게 그녀는 신세를 갚는다고 몸을 맡긴다.

그 후, 호세는 카르멘의 부탁을 받아 밀수입도 묵인해 주기도 하고 나아가 사랑의 질투심에 불이 붙어 그녀가 사귀는 기병 중위와 그녀의 남편을 죽이기까지 한다. 그러나 카르멘의 마음은 자기에게서 점점 멀어져만 가고 오히려 젊은 투우사에게로 쏠리자 이제는 모든 일이 끝났다고 단념하고 그녀를 찔러 죽인다.

〈춘희〉 역시 19세기 작품이다. 불란서 작가 알렉산드르 뒤마 피스(일명 소(小) 뒤마)의 작품인데 청년 아르망과 젊은 미모의 여성 말그리트와의 비극적 순애보다.

말그리트는 옷에 항상 동백꽃을 꽂고 다니기에 '동백꽃 아가씨' 라는 별명을 가진 사교계의 이름 있는 고급 창녀다. 상대역인 아르망은 그녀를 순정으로 사랑하고, 그녀 역시 참사랑의 순정에 눈을 뜨게 된다. 그러나 아르망의 부모의 반대로 그들의 사랑은 좌절에 빠진다. 말

그리트는 아르망의 장래를 위해 마음에도 없는 어떤 귀족의 소실이 된다.

결국에는 폐병이 악화되어 피를 토해가며 떠나버린 아르망의 이름을 부르며 가엾이 죽어간다는 이야기다.

나는 말그리트의 헌신적인 사랑을 받고 있는 아르망을 참으로 부러워하기도 했고, 한편 순정가련형으로 죽어가는 그녀의 모습에 눈물을 찔끔거리기도 했다.

〈죽음의 승리〉는 이태리 작가 다눈치오의 작품이다. 주인공 졸쥬는 귀족 출신으로 두뇌가 명석한 독신 청년이다. 인생 문제로 깊은 번민에 빠져 있던 그는 아름다운 유부녀 이포리타를 통해 육욕의 쾌락에서 인생의 의미를 발견한다. 그러나 그는 법률적으로 타인임을 확인할 때마다 고민한다. 드디어 정사(情死)를 통해서만 그녀를 영원히 소유할 수 있다는 결론에 이른다.

결정적인 날이 왔다. 아드리아 해의 푸른 물결이 넘실대는 절벽 위에 선 그들은 서로를 부둥켜 안고 '죽음의 승리'를 위해 물 속으로 뛰어든다.

이 작품은 감수성이 예민했던 나이의 나에게 잠시나마 정사(情死)의 비극적 황홀을, 또 금지된 사랑의 짜릿한 쾌감을 맛보게 해 주었다.

〈젊은 베르테르의 슬픔〉을 통해서는 롯데에 대한 베르테르의 사랑의 번민이 나의 처지인양 가슴 아파하기도 하고, 그의 자살을 통해서는 청춘의 애상과 삶의 덧없음을 생각해 보기도 했다. 항상 푸른 프록코트에나 노란색 조끼와 상복바지를 입은 베르테르의 영상이 오래도록 나의 뇌리에서 사라지지 않았다.

이제 어느덧 이런 책을 읽은 지가 50여년의 세월이 흘렀다. 울고, 슬퍼하고, 부러워하던 그 시절의 사랑의 홍역 같은 일체의 감정이 지금은 화석처럼 굳어 있다 싶으니 박인환의 시구(詩句)처럼 '사랑은 가고 옛날은 남는 것' 인가 보다.

　문득 추억의 영화 〈초원의 빛〉에서 나온 워즈워드의 시 구절이 생각
난다.

　　초원의 빛이여, 꽃의 영광이여
　　그것이 돌아오지 않을지라도
　　슬퍼하지 말라.
　　그 속 깊숙이
　　숨겨 놓은 힘을 찾아낼지니.

| 사춘기의 홍역 |

쓸쓸함과 허전함 그리고 미지에의 한없는 동경이 사춘기의 정신적 풍경들이다.

비 오는 날이나 눈 오는 날이면 공연히 울적해지기도 하고, 조락의 계절인 가을이 오면 센치멘탈리즘에 젖는다. 독서파들이라면 더욱 그러하다.

지금의 고등학생들의 경우는 어떤지 잘 모르겠지만 나의 고등학교 시절에는 적어도 세 가지 부류의 학생들이 있었다. 운동 꽤나 하며 주먹 자랑을 하는 '운동파' 내지 '주먹파'가 있었다면, 학과 공부에만 열중하는 '공부파'가 있었고, 교양물의 독서에 탐닉하는 '독서파'가 있었다. 나는 '공부파'와 '독서파'의 중간쯤이었던 것 같다.

그 당시의 나의 교양 체험이라면 철학으로서는 니체의 허무주의나 쇼펜하우어의 염세주의에 경도했고, 또 그 당시로 봐서는 갓 들어오기 시작한 부조리와 절망의 철학이라는 실존주의에 어설프게나마 눈을 뜨기 시작했다. 그리고 문학사조로는 데카당스나 세기말 사조에 빠져들었다.

사춘기 특유의 정신 풍토에 이런 교양 체험이 접목되다 보니 나는 심한 정신적 홍역을 치르기 시작했다. 방황과 고독, 우수와 우울, 그리고 환멸의 늪에서 허우적대며 아름답고 비극적인 죽음을 몽상해 보기도 했다.

시간이 나면 아포리네르의 〈미라보다리〉, 구르몽의 〈낙엽〉, 베르레느의 〈가을의 노래〉, 이상화의 〈나의 침실로〉 등을 읽고 또 읽었다.

미라보 다리 아래 세느 강은 흐르고

우리네 사랑도 흘러 내린다

내 마음에 깊이 아로새기리

기쁨은 언제나 괴로움에 이어 온다.

— 〈미라보 다리〉 중에서

시몬, 나무 잎새 져버린 숲으로 가자

낙엽은 이끼와 돌과 오솔길을 덮고 있다.

— 〈낙엽〉 중에서

가을날 비올롱의 슬픈 오열은

내 마음 한없이 울려주누나

— 〈가을의 노래〉 중에서

마돈나, 지금은 밤도 모든 목거지에 다니노라. 피곤하여 돌아가려는도다.

아, 너도 먼동이 트기 전으로 수밀도(水密桃)의 네 가슴에 이슬이 맺도록 달려 오너라.

— 〈나의 침실로〉 중에서

〈미라보 다리〉를 읽으면서는 미라보 다리 아래로 세느강이 흐르듯이 덧없이 흘러가는 막연한 사랑의 슬픔을 안타까워하기도 했고, 〈낙엽〉과 〈나의 침실로〉에 나오는 시몬과 마돈나를 연모의 대상인 양 애타게 부르며 청춘의 우수와 방황을 호소해 보았고, 〈가을의 노래〉에서는 비올롱(바이올린)의 슬픈 오열로 내 가슴의 슬픔을 달래 보기도 했다.

또 울적한 기분이 들 때면 하숙방의 천장을 바라보며 사라사데의 〈찌고이네르 바이젠(집시의 노래)〉을 우리말의 노래로 바꾼 〈집시의 날〉을 부르기도 했고 혹은 윤심덕이 불렀다는 〈사(死)의 찬미〉를 불러 보기도 했다.

광막한 광야를 달리는 인생아
너는 무엇을 찾으러 왔느냐
이래도 한 세상 저래도 한 평생
돈도 명예도 사랑도 다 싫다.

— 〈사의 찬미〉 중에서

이 노래를 부를 때면 왜 그렇게도 비감에 쌓였는지……. 윤심덕과 당대의 극작가요 평론가인 김우진과의 슬픈 사랑, 그리고 현해탄에서의 그들의 비극적 투신자살이 떠올랐기 때문이다.

이 노래는 그들의 운명을 예고하듯 윤심덕이 일본에서 취입한 마지막 노래이다. 당대에 성악가로 명성을 떨치던 그녀가 목포의 갑부 아들이요 유부남이기도 했던 김우진과 일본 생활을 청산하고 1926년에 관부연락선을 타고 현해탄을 건너오다 세상의 이목과 손가락질이 싫어 대마도쯤에서 함께 투신자살했다는 이야기는 근 30년이 지난 우리의 고교 시절에도 전설처럼 전해져 내려오고 있었으니 〈사의 찬미〉를 부르면 누구나 허무주의적 감상에 젖지 않을 수 없었다 하겠다.

또 윤심덕과 김우진의 투신자살을 상상하다 보면 후지무라 미시오(藤村操, 당시 18세)의 염세자살이 연상되곤 했다. 1903년 당시 일본에서 천하의 수재들이 다닌다는 일고생(一高生)인 그가 염세주의에 빠져 '닛코(日光)' 국립공원 내에 있는 높이 약 백 미터의 폭포에서 투신한 사건인데 특히 그가 남긴 유서가 사춘기의 정신적 홍역을 앓고 있는 나에겐 비의(祕儀)의 언어인양 느껴졌다.

'케콘노타키' 폭포에 섰는데도 가슴에 하등의 불안이 없구나. 처음으로 안 것은, 큰 비관은 곧 낙관과 일치하는 것임을. 호라티우스 철학도 끝내 아무런 가치가 없구나.

이 유서를 남긴 그는 수재인 데다가 용모도 수려한 청년이었다. 유서의 내용이 사뭇 철학적이어서 그의 죽음이 세상에 알려지자 청소년들 사이에 자살이 유행병처럼 번져 4년 동안에 무려 185명이 이 폭포에서 몸을 던져 큰 사회적 물의를 빚었던 사건으로까지 비화되기도 했다. 그 당시 일본에는 '인생, 불가해한 것' 이라는 유행어까지 생겨났을 정도였다.

이런 일련의 자살 사건들을 곧잘 생각해 보곤 했던 나는 비록 충동은 아니라 할지라도 동경 정도는 해보곤 했다.

이 모두가 다 사춘기의 홍역 때문이었다.

| 내 청춘의 한 슬픈 소녀 |

가을꽃은 코스모스이다. 가느다란 목줄기에 힘겹게 꽃을 겨우 매달고 가을바람에 한들한들 흔들거리는 코스모스를 무심히 바라보노라면 문득 애상적이라는 생각이 든다. 1년생 꽃이라 곧 겨울이 오면 단명의 운명을 감수해야 하는 그 숙명에서 나는 세월의 덧없음 그리고 청춘의 애상을 읽고 있다. 계절의 쓸쓸함 때문만은 아니다. 먼 내 기억의 회랑에 보일 듯 말 듯 자리하고 있는 어느 소녀와의 추억이 오늘따라 수채화처럼 떠오르기 때문이기도 하다.

봄의 목련, 여름의 장미는 그래도 계절의 여왕으로 군림한다. 화단에 핀 다른 꽃들을 시녀로 거느리고 있다면 가을의 코스모스는 들꽃으로서 아무 곳에나 피어나는 가엾고 외로운 꽃이다. 목련의 청순미나 기품, 장미의 요염미나 정열에 비하면 코스모스는 소박하고 섬약스럽다. 목련이 20대의 새색시이고 장미가 농염한 중년 여인이라면 코스모스는 청순가련한 소녀이다.

코스모스와 소녀. 이런 연관을 지우다 보니 왕년에 가수 김상희가 불렀던 노래 〈코스모스 피어 있는 길〉이 문득 생각난다.

코스모스 한들한들 피어 있는 길/ 향기로운 가을길을 걸어갑니다. 노래
합니다./ 길어진 한숨이 이슬에 맺혀서/ 찬바람 미워서 꽃 속에 숨었네/
코스모스 한들한들 피어 있는 길/ 향기로운 가을길을 걸어갑니다.

그렇다. 이 노랫말처럼 내 사춘기 시절에 만났던 그 소녀와 나는 일
요일이면 자주 '코스모스 피어 있는 길' 을 걸으며 문학을, 인생을, 청
춘의 꿈을 그리고 불안한 우리의 미래를 이야기하곤 했다. 나는 고3이
었고 그 소녀는 여고 2년생이었다. 어언 50년이란 세월이 흐른 슬프고
도 애달픈 옛 시절의 이야기다.

그 이름 순희! 어느 결에 귀밑에 흰 서리가 내려앉은 이 나이에 먼 함
성처럼 목 놓아 다시 불러보는 그녀의 이름은 어쩌면 내 청춘의 아픔
이고 실의며 상흔이다. 곤색 제복의 흰 칼라 위에 막 피어나는 백합 같
은 얼굴의 그녀. 가냘픈 듯한 몸매는 가을바람에 하염없이 흔들리는
코스모스요 그런 섬약한 듯한 체질에다 뽀얀 우윳빛 피부와 홍조가 번
지는 듯한 두 볼 그리고 우수 어린 눈매는 속절없는 코스모스 꽃이었
다. 애조 띈 청순미에는 마성(魔性) 같은 신비한 그 무엇이 숨어 있는
듯했다. 그것이 바로 불운처럼 그녀의 가녀린 폐를 갉아먹고 있는 결
핵의 증후였다는 것을 안 것은 한참 뒤의 일이었다.

그러나 그 당시는 염세적 시대풍조나 사춘기 특유의 염세적 기분과
맞아 떨어져 폐결핵이라면 꼭 무서운 것만은 아니었다. 사춘기의 우리
젊은이들에게는 결핵이 천형의 병이라는 나병이나 요즘의 암과는 달
리 감미롭고 로맨틱한 정서를 불러 일으키는 사춘기 특유의 병이란 특
권스런 생각도 있었다. 우리 젊은이의 감정 저 한쪽 자락에는 마냥 폐
병의 미의식에 홀려 찬란한 비극적 황홀 같은 동경이 그림자처럼 자리
하고 있기에 가끔은 비극적 낭만의 죽음을 몽상해 보기도 했다.

이런 시대적 세대적 분위기에 맞실려 그녀에게 미인박명의 마수 같

은 결핵이 손을 뻗친 것이다. 덧없는 젊음 그리고 연소하고 있는 생명의 불꽃을 보며 한 편으로는 그 얼마나 가슴이 아팠는지 모른다.

차츰 핏기를 잃어가며 백지장처럼 희어져만 가는 그녀의 얼굴을 대할 때면 나는 문득 문득 그 당시 내가 읽었던 소설 〈춘희〉에 나오는 젊은 미모의 여성 말그리트를 생각해 보며 내가 바로 그녀의 상대역인 아르망이란 생각도 해보았다.

〈춘희〉는 19세기 불란서 작가 알렉산드로 뒤마 피스의 작품으로 청년 아르망과 말그리트와의 비극적 사랑을 다룬 작품이다. 청년 아르망은 말그리트를 순정으로 사랑하고 그녀 역시 참사랑의 순정에 눈을 뜨게 된다. 그러나 아르망의 부모의 반대로 그들의 사랑은 좌절에 빠진다. 말그리트는 아르망의 장래를 위해 마음에도 없는 어떤 귀족의 첩이 된다. 결국에는 지병인 폐병이 악화되어 피를 토해가며 떠나버린 아르망의 이름을 목 메이게 부르며 가엾이 죽어간다는 이야기이다.

비록 우리가 처해진 상황은 다르다 할지라도 폐병으로 인해 우리의 사랑이 비극적으로 끝나야 하는가를 생각해 보니 어쩌면 나는 아르망이요 그 소녀는 말그리트란 생각이 들기도 했다.

그런가 하면 그녀를 생각할 때마다 나는 푸치니의 오페라 〈라 보엠〉에 나오는 폐병환자 '미미'를 연상하기도 했다. 어쩌면 시인 로돌포와 미미의 슬픈 사랑이 우리들의 사랑이 아닌가 싶었다. 우리는 만날 때마다 로돌포가 생명의 불꽃이 꺼져 가는 미미의 손을 꼭 잡고 아리아 '그대의 찬 손'을 부르고 이에 응답하여 미미가 '내 이름은 미미'를 불렀듯이 우린 서로의 슬픈 마음을 달래주기도 했다.

물론 그 당시 순희만이 폐결핵을 앓고 있는 것만은 아니다. 1950년대에는 꽤 많은 사람들이 폐결핵을 앓고 있었다. 지금은 생활환경이 좋아지고 영양가 높은 음식물들을 많이 섭취하다 보니 그런 병은 병이 아니다. 설사 걸렸다 하더라도 좋은 약과 치료술이 개발되어 결코 불치병일 수 없다.

그러나 그 당시는 폐병하면 불치병인 양하여 초기에는 대개 숨기고 지내다가 심해져 각혈을 할 때에야 몸조리를 했다. 개고기나 뱀탕 같은 영양식을 취하면서 고쳐 보려 했다.

처음에는 그녀도 그런 영양식을 먹으면서 치료를 했다. 그러나 도저히 회복가망이 없자 결국 반년쯤 지나 요양소를 찾았다. 지금은 없어졌지만 마산의 가포 쪽에 있는 국립결핵요양소였다. 요양소에 입원치료를 받던 그녀는 결국 1년만에 이 세상을 떠나고 말았다. 필시 시트 위에 선혈이 낭자하게 피를 토하며 죽어갔으리라. 짧은 마지막 생을 마감하는 순간에 그녀도 마치 〈춘희〉 속의 말그리트처럼 내 이름을 부르며 죽어 갔을까 하고 이제 다시 한 번 생각해 본다.

아마도 지금은 그녀가 천상의 코스모스 들판에 누워있을 듯 싶다. 오늘 나는 그녀가 그 옛날 나의 책갈피에 끼워 넣어 주었던 이 지상의 코스모스 꽃잎을 찾아내 그 당시 내 청춘의 열정을 다시 담아 이 가을 바람에 실어 보내 보련다.

| 세기의 정사(情事)들 |

뭐니뭐니해도 러브로망의 극치는 역시 왕실의 궁중 연사(戀事)나 정사다.

내가 고등학교를 다닐 때에는 영국의 마가렛 공주와 타운젠트 대령과의 이룰 수 없는 애달픈 사랑 이야기가 세계적인 관심이 되었다.

마가렛 공주는 엘리자베스 여왕의 네 살 아래 동생이다. 27세의 나이로 1952년에 아버지(조지 6세)의 뒤를 이어 언니가 즉위한 지 불과 1, 2년이 되었을 무렵이었다. 타운젠트 대령은 궁중의 시종무관으로서 공주가 숙녀로 성장하기 전부터 말타기 등을 가르쳐 주었는데 공주가 숙녀로 성장하자 그들 사이에는 어느덧 사랑이 싹텄다. 그들의 염문은 왕실과 영국을 발칵 뒤집어 놓았다. 공주는 평민 출신인 타운젠트와는 결혼할 수 없는 처시였으므로 민약 결혼을 하게 되면 공주는 평민 신분으로 하락해야만 했다.

왕실과 왕실 측근의 강력한 반발에 부딪혀 그들의 사랑은 결국 비련으로 끝나야 했으니 세계적인 화제가 아닐 수 없었다.

그 시절, 이런 사정이 국내에서도 2절로 된 〈공주의 비련〉(1955년)

이란 노래에 담겨져 널리 불려지기도 했다.

　사랑을 위하여 왕실도 버리고/ 그대 따라 가리라 기약했더니/ 이다지도
세상은 말이 많은가/ 아아 공주 몸이 원망스럽소.
　씌워진 의무라 난들 어이하리요./ 부질없이 임 가슴에 불을 놓고서/ 못
이루는 이 사랑 원망을 마오./ 아아 이내 순정 무너만 진다.

　사춘기의 우리들이 퀴퀴한 하숙방에 모여 막걸리판이라도 벌이면
끝판에는 누구의 입에서인지 이 노래가 흘러 나왔다. 약속이나 한 듯
우리의 가슴앓이를 가탁하여 목메어 불러대곤 했다.
　왕실의 연사가 이렇게 화제가 되었던 시절이고 보니, 마음 좋고 입
담 좋은 선생님은 싫증나기만 하는 게으른 오후의 수업시간을 흥미로
운 분홍빛 왕실 러브로망으로 장식하여 생기를 되찾아주곤 했다.
　두 정사의 이야기는 아직도 잊을 수가 없다. 사랑을 위해 왕관도 버
린 영국의 에드워드 8세와 심프슨 부인과의 사랑 이야기를 통해서는
'사랑은 위대하다' 는 것을 배웠고, 오스트리아 황태자 루돌프와 마리
베체라 남작부인과의 사랑 그리고 그들의 죽음(자살)을 통해서는 '사
랑은 죽음보다 강하다' 는 것을 배웠다.
　에드워드 8세는 조지 5세의 아들로 태어나 영국 국왕으로서 손색이
없는 외모와 품격을 지녔었다. 1936년 정월 선왕의 뒤를 이어 에드워
드 8세가 왕위에 올랐다.
　왕위에 오르기 전 그는 어느 파티 석상에서 심프슨 부인을 만나 첫
눈에 호감을 느꼈다. 왕자는 점차 그녀에게 빠져들었다.
　심프슨 부인의 경우를 보면 그녀는 이미 두 번이나 이혼한 전력이
있어 유럽 사교계에서는 가히 평판이 좋지 않았다. 그러나 운명인양
왕위에 오르고도 그런 평판에는 추호도 구애를 받지 않고 밀회를 거듭

하다가 결국은 결혼에 이르는 대사건으로 발전했다. 마침내 영국에서는 헌법 위기를 자아내게 되면서 그녀와 결혼하려면 왕위를 버리라는 요구가 빗발쳤다.

왕위에 오른 지 약 11개월 만에 '나에게 사랑하는 여인의 도움없는 왕위란 너무 고된 부담이다. 사랑하는 그 여인……' 하고 말도 채 못 이은 채 퇴위 방송을 하고 엘리자베스 공주의 아버지인 조지 6세에게 자리를 물려주고 에드워드 8세에서 윈저 공(公)이란 칭호만 달고 물러났다.

다음, 루돌프 황태자의 사랑 이야기는 19세기 말엽에 있어서 가장 큰 궁중 연사 중의 하나였다.

루돌프는 그 당시 오스트리아 프란시스 요셉 2세의 외아들로서 다음 왕위를 계승할 황태자로 이미 책봉되어 있었던 지존의 몸이었다. 23세 때에 벨기에 왕실의 스테파니 공주를 아내로 맞아들여 딸까지 하나 두었지만 아내에게는 별로 정이 가지 않았다. 예술적 기질을 타고 난 그는 박물학을 전공했고 문학과 미술에도 조예가 깊어 그의 생활은 고독해서인지 늘 여행을 즐기는 데에 많은 시간을 보냈다. 이런 경험을 바탕으로 하여 《오스트리아 헝가리 제국의 풍토기》란 책까지 낸 바 있다.

그에게는 아내 외에 사랑하는 여인이 있었다. 그녀가 바로 마리 베체라 남작부인이었다. 그와 그녀와의 사랑은 궁중의 거센 반대를 받게 되었다. 따가운 시선 속에서나마 이따금 갖는 밀회에서 그들의 사랑은 명맥을 이어갔나. 애틋하기만 한 덧없는 사랑이었다. 언제까지나 이 덧없는 사랑에 한숨만 쉬고 있을 수만 없어 황태자는 드디어 저 세상에서나마 자유로운 사랑을 나누려고 중대한 결심을 하게 된다.

그것이 바로 황태자가 서른한 살 되던 해 1월 30일, 추운 겨울 저녁 무렵에 발생하여 충격과 놀라움을 불러 일으킨 이른바 '마이야링크 사건'이었다. 오스트리아 빈의 교외에 있는 마이야링크 사냥터에 한 채의 깨끗한 수렵관이 있었는데 두 발의 총성이 울렸다.

다음날 아침 합스부르크 왕가의 하인이 그곳을 방문했을 때 자살한 두 사람의 시체를 발견했다. 황태자의 바로 옆에 마리 남작부인이 나란히 누워 있었다.

고교 시절의 선생님께 들은 이 두 정사는 우리의 가슴을 한없이 설레게 했다.

사랑이란 왕위나 목숨과도 바꿀 수 있는 위대성과 숭고성도 있다는 사실을 확인하면서 속으로 나도 미래의 그런 가능성을 환상적으로 음모해 보기도 했는데 결과는 용기 없는 남자로 낙착되고 말았구나 싶다.

| 깡통문화 시대 |

어디를 가나 여기 저기 굴러다니는 것이 깡통이다. 피서지를 가보아도 낚시터를 가보아도 또 등산길이나 들에서도 흔한 것이 깡통이다. 주워 가는 사람도 없고 수집하는 사람도 별로 없다. 정말 물자가 흔한 세상이구나 싶다.

문득 6·25전쟁 이후가 생각난다. 물자가 귀한 시절이었다. 그 당시 우리나라 사람들의 재활용이나 재사용의 지혜는 가히 상상을 초월할 정도라 미국인들이 혀를 내두른 적이 있다. 구제품을 고쳐 입고 줄여 입고 또 부대에서 나온 미제 군용 물자들을 용도에 맞게 너무나 잘 이용했다.

탄통이나 군인들의 국그릇인 항고가 머슴들의 도시락으로 이용되었다. 철모나 철모 속이 파이버가 물바가지나 두레박으로 이용되기도 했다. 군용 타이어를 이용해 잘라 만든 슬리퍼가 나왔으며, 천막용 돗베와 역시 군용 타이어로 밑창을 만든 농구화가 학생들 사이에 큰 인기가 있었다.

시골 사람들의 의생활에도 큰 변화가 왔다. 군인들의 작업복을 검정

색으로 염색하여 입고 다녔는데, 개중에는 전쟁포로(prisoner of war)들이 입었던 작업복이 더러 나돌아 등 뒤에 그 약자인 PW란 글자가 희미하게 보이기도 해 그 참뜻을 안 사람들은 퍽 민망스러워 했다. 또 겨울이면 무명 한복 위에 야전점퍼를 걸치고 다녔으며, 머슴들은 군용 방한모까지 눌러 쓰고 다녔다. 대신 돈 있는 장사꾼들은 속에 털이 달린 파카를 입고 다녔다.

학생들은 미군들의 동복 상의와 이른바 점퍼를 염색하여 겨울 동복 상의를 지어 입고 다니기도 했고, 또 군용 위생용 구급낭이 책가방으로 이용되기도 했는데, 책보에 비하면 훨씬 멋있어 보이기까지 했다.

참으로 그 예는 부지기수다. 품목을 일일이 대자면 수백가지가 될 것이다.

이런 시대였고 세상이었으니 깡통이야말로 요긴한 용기였고 용구였으며 재활용의 재료였다.

콜라나 사이다깡통과 쇠고기나 닭고기, 고등어통조림 깡통은 함석 지붕용으로 재활용되었고, 우유나 치즈 그리고 버터깡통은 좀 크므로 샘물을 기르는 두레박이나 아니면 똥 푸는 똥바가지로 이용되었다. 이보다 더 큰 휘발유 스페어깡은 술도가 술 배달용 술장군이나 물을 길어 나르는 물장군 대용으로 쓰였다. 그리고 이보다도 더 큰 드럼통—그 시절의 시쳇말로 도라무깡—은 염색이나 빨래터의 빨래 삶는 솥으로 이용되기도 했다. 또 더욱 놀라울 일은 잘라서 용접해 국산 버스나 시발택시의 차체 제작용으로 이용했는데 외국인들은 정말 우리나라 사람들의 지혜와 솜씨에 거듭 탄복을 했다.

한 마디로 이것들은 GI문화와 함께 들어온 깡통문화시대의 생활풍속도요 생활의 지혜였다. 이런 시대였으니 내가 고등학교 1학년 시절에 젊은 영어 담당 선생이 하루는 수업시간에 들어와 'I can can a can' 이란 문장을 판서해 놓고 대뜸 누가 아는 학생 있으면 해석해 보라는 것이다. 모두가 꿀 먹은 벙어리다. 우리가 알 수 있는 정도는 오로지 can이 조동사라는 정도였다. 그러자 웃으며 맨 앞은 물론 조동사지만 그 다음은 본동사며 그 다음은 명사라고 품사 풀이를 해가며 '나는 통조림통을 통조림할 수 있다'고 해석해 주는 것이 아닌가. 깡통문화 시대의 깡통영어 특강이었다고나 할까. 우리가 입으로만 수없이 '깡통'이라고 말해 왔지만 실제로 그 단어가 바로 'can'이란 것을 우리 모두 그때 비로소 알았다. 그리고 '캔'이 우리말에 들어와 '깡통'으로 변했다는 사실도 알게 되었다.

깡통문화 시대는 실로 우리의 언어습관에도 상당한 변화를 가져다 주었다. '이 석두(石頭)야', '이 돌대가리야', '이 먹통아'란 표현이 '이 깡통아'라고 대체되었고, '깜깜무소식'이 '소식 깡통', '쪽박찬다'가 '깡통찬다'로 바뀐 새로운 말의 풍속도도 생겨났다.

이는 깡통문화 시대의 도도한 생활풍속도의 위세가 언어생활에까지 영향을 미친 예이기도 하다.

가만히 생각해 보면 지난 시절 우리는 미국 박래품 깡통을 잘도 이용하고 재활용도 했는데 지금은 빈 깡통을 너무 홀대하고 있지 않나 싶다. 자원절약 차원에서 재이용, 재활용을 좀더 철저히 해야 하지 않을까 싶다. 환경운동이란 무슨 거창한 것이 아니라 이런 것의 철저한 수거와 재이용, 재활용도 그 하나일 것이다.

요즘 또 심심찮게 그 망령 같은 IMF위기 운운하는 소리가 들려오고 있다. 자원을 낭비하다 보면 또 언제 그 염라대왕 같은 IMF란 위기가 와 불행하게도 '깡통 찰' 날이 올지 모르지 않겠는가.

| 충무공이 머물고 간 백의종군 길의 하동(河東) |

나의 성장지는 경남 하동군 옥종면이다. 유소년 시절에서부터 청소년 시절과 청년 시절 그리고 청장년 시절을 그곳에서 보냈다.

이런 과정에서 나는 어른들로부터 백의종군 시절의 이순신이 이곳을 거쳐 갔다는 이야기를 여러 번 들은 적이 있다. 그때는 '아하, 이곳이 그런 연고가 있는 곳이구나' 라고만 가볍게 생각했다. 어떤 연유로 이곳을 거쳐 갔으며 또 며칠간 어느 곳에 머물렀는지 딱 부러지게 들은 바도 없었고 또 일부러 알려고도 하지 않았다.

근래에 하동 평사리 토지문학제 추진위원장을 맡은 것을 계기로 하여 평사리에 갔다가 그 길에 고향 옥종을 다녀왔다. 문득 지난 시절 들었던 이야기가 생각나 《난중일기》를 구입해 읽어 보았다. 말로만 들었던 많은 구체적 사실을 알게 되어 감회가 남달랐다. 옥종을 2번 거쳐 가면서 12일간 머물렀던 기록들을 발견하고 옥종이 장군에게 이런 연고가 있었구나 싶어 몰랐던 사실을 알게 된 즐거움도 맛보았다.

1597(정유년) 4월 1일(음력) 옥에서 풀려 나온 장군의 첫 백의종군의 길은 합천 삼가현 초계에 있던 조선군 총사령부 도원수 권율장군의 진

을 찾아가는 남행길이었다. 그 남행길에서 장군은 지금의 옥종면 정수리에 있었다는 정수역의 시냇가 정자에서 잠시 쉬어갔다는 기록이 나오고 있다. 그 다음은 초계에서 권율장군 휘하에 있을 때, 통제사 원균의 패전이 알려지자 도원수와 상의하여 연해안 지방의 사정을 알아본후 돌아와서 무슨 방책을 세워보겠노라며 길을 떠난다. 그 길에서 지금의 옥종면에 11일간 머문 기록이 나와 있다.

그래서 나는 내친 김에 과연 하동지역 전체에 걸쳐 어느 곳에, 얼마동안을 머물었는지 알아보았다. 옥종지역을 포함해서 머문 곳은 11곳이었고 머문 기간은 17일간이었다.

우선 하동땅에 도착하기 전까지의 일정부터 알아보면 이러하다. 다음에 나오는 날짜들은 모두 음력이다. 원균의 모함과 왜군의 계략으로 죄인이 된 장군은 1597년(정유년) 2월 26일 서울로 압송된다. 그리고 갇힌 지 약 한 달 후인 4월 1일 우의정 정탁의 변호로 간신히 죽음 직전에서 목숨을 건져 옥문을 나선다. 백의종군의 명을 받은 그는 합천 초계현 모여곡(毛汝谷)에 있는 도원수 권율장군의 진으로 향하였고 수원, 평택을 거쳐 아산에 당도한다. 13일에 병중의 어머니가 돌아가셨다는 소식을 듣고 곧 고향집으로 가서 서둘러 빈소를 차려 놓고, 3일 후인 19일에 다시 남쪽으로 향한다. 공주, 논산, 전주, 임실, 남원, 운봉, 구례를 거쳐 27일에 순천에 도착한다. 2주일 조금 넘게 순천에 머물다 다음 달인 5월 14일 도원수를 만나 보려고 일부러 다시 구례로 가 머문다. 도원수와의 일정이 서로 맞지 않아 만나시는 못하고 내신 20일에는 당시 구례에 머물고 있던 난리중 임금을 대신하여 군무를 처리하던 체찰사 이원익(후에 영의정이 됨)을 만나 보게 된다. 그 다음 26일에 구례를 떠나 장대 같은 비를 맞으며 한양을 떠난 지 약 두 달 만에 처음으로 하동 악양 땅에 도착한다.

하동에 머문 일정은 다음과 같다.

- 5월 26일(양력 7월 10일)—비가 종일 억수같이 쏟아져 내려 고생, 고생 끝에 악양 땅에 도착하여 현재 악양면 평사리에 있었던 이정란의 집에 들러 하룻밤 묵기를 청했으나 처음에는 거절당한다. 종군길에 따라나선 차남 울(나중에 장군이 '열'로 개명)을 시켜 간청해 겨우 하룻밤 신세를 진다. 행장이 비에 흠뻑 젖었다.
- 5월 27일(양력 7월 11일)—젖은 옷을 말려 입고 저녁나절에 지금은 광양군 진상면 삼거리 아니면 다압면 섬진리로 추정되는 하동현 두치(豆峙)에 도착하여 최춘룡의 집에 머문다.
- 5월 28일(양력 7월 12일)—저녁나절에 현재의 고전면 고하리 주성 마을에 있었던 하동현에 이르러 현감 신진의 예외적인 영접을 받는다. 그리고 원균을 비아냥대는 이야기도 듣는다.
- 5월 29일(양력 7월 13일)—몸이 불편해서 길을 떠날 수 없어 그대로 현감의 성 안 별채에 머물러 몸조리를 한다. 현감이 퍽 호의적인 이야기를 하는 것을 듣는다.
- 6월 초 1일(양력 7월 14일)—일찍 길을 떠나 비로소 옥종면 정수리에 있었던 정수역에 도착한다.

다시 길을 떠나 그날 하동땅을 벗어나 현재의 단성면 사월리에 있었던 박호원(예조판서를 지냄)의 종의 집에서 하룻밤을 보낸다. 주인이 기꺼이 접대하기는 하나 잠 잘 방이 좋지 못해 겨우 밤을 보낸다. 그 다음 단계, 삼가, 합천을 거쳐 드디어 6월 4일 도원수의 진이 있는 초계의 모여곡에 당도한다. 이곳에서 장군은 46일간 머문다. 여기 온 지 4일 만에 비로소 처음으로 도원수를 만난다. 그리고 도원수부를 오가며 간혹 전황에 대한 권율장군의 의논 상대가 되어 주기도 하고 또 임시 거처로 찾아오는 손님들을 만난다. 7월 14일, 15일, 16일에는 우리 수군이 속속 패하고 있다는 소식을 듣고 분함을 이기지 못한다. 7월 18

일에는 이틀 전인 7월 16일 거제 칠천량 해전에서 원균이 이끄는 우리 수군들이 결정적으로 대패를 했다는 소식을 듣고 도원수와 대책을 상의한다. 장군은 자청해서 직접 연해안 지방으로 가서 상황을 알아본 뒤 대책을 세워 보겠다고 9명의 장졸들을 데리고 그날 바로 길을 떠난다. 삼가, 단성을 거쳐 다시 옥종땅을 밟는다.

- 7월 20일(양력 9월 1일)—단성에서 오정 때에 지금 옥종면 종화리에 있는 정개산성(鼎蓋山城) 아래의 강정(江亭)에 와서 진주 목사를 만난다. 정개산성은 정유재란 바로 전 해인 1596년에 체찰사 이원익의 명으로 진주 목사가 쌓은 성이다. 저녁에는 거기서 5리쯤 떨어져 있고, 그 당시 운곡(雲谷)의 굴동(屈洞)이라 불렀던 현재의 청룡리에 있는 재령 이씨 이희만의 집에서 잠을 잔다.

- 7월 23일(양력 9월 4일)—이틀간 옥종을 떠나가 있다 다시 돌아온다. 21일에는 곤양, 노량, 거제를 돌며 여러 상황들을 보고 듣는다. 22일에는 남해 현감을 만나보고 오후에 곤양으로 다시 돌아와 원수부에 그동안 둘러본 보고서를 보내고, 이날 이틀 전에 묵었던 굴동 이희만의 집으로 돌아온다.

- 7월 24일(양력 9월 5일)—거처를 이희만의 작은집 조카인 이홍훈의 집으로 옮긴다. 그러니까 이홍훈에겐 이희만은 큰집 백부가 된다.

- 7월 25일(양력 9월 6일)—이홍훈의 집에 그대로 머문다.

- 7월 26일(양력 9월7일)—정개산성 아래에 있는 강정에 가서 종사관과 진주 목사와 이야기를 나누고 숙소로 돌아온다.

- 7월 27일(양력 9월 8일)—정개산성 건너편에 있는 손경례의 집, 근세에 하동군 옥종면에 속했으나 지금은 진양군 수곡면으로 편입되어 있는 원계리의 그 집으로 거처를 옮긴다. 손경례는 과거 벼슬살이를 했던 선비다.

- 7월 28일(양력 9월 9일)—손경례의 집에 그대로 머문다. 진주 목사와 같이 정개산성을 치고 들어올 왜적과 싸울 대책을 논의한다.
- 7월 29일(양력 9월 10일)—손경례의 집에 그대로 머문다.
- 8월 1일(양력 9월 11일)—큰비가 와서 그 집에 그대로 머문다.
- 8월 2일(양력 9월 12일)—이날 밤 꿈에 임금의 명령을 받을 좋은 징조의 꿈을 꾼다.
- 8월 3일(양력 9월 13일)—아니나 다를까 아침에 선전관이 삼도수군통제사 임명장인 교지를 가지고 온다. 이날 곧 길을 떠나 하동에 있는 두치로 향한다. 초저녁에 횡포역(횡천면 여의리)에 이르고 한밤 12시에 길을 떠나 날이 샐 무렵에 두치에 닿는다. 그 다음, 쌍계동(화계면 탑리)을 거쳐 구례로 들어간다.

이로써 하동땅을 벗어난 장군은 곡성, 남원, 순천, 보성, 장흥, 고흥 등지를 둘러보며 9월 16일에 있었던 명량해전을 사전 준비한다. 그리고 이듬해 11월 19일에 있었던 노량해전에서 유탄을 맞고 순국한다.

위의 글에서 대충 짐작이 가겠지만 임진왜란(정유재란) 당시 충무공 이순신 장군이 백의종군한 기간은 약 4개월간이다. 이 4개월은 1597년 4월 1일 한양에서 옥문을 나와서 백의종군 길에 올랐다가 다시 그해 8월 3일 삼도수군통제사에 재임명되기까지의 기간인데,《난중일기》속의 이 기간의 일기를 달리 말해 '백의종군일기' 라 할 수 있다. 그리고 이 기간 중 경남 땅에 머물렀던 기간은 5월 26일부터 8월 3일까지 이니 약 2달 조금 넘는다.

여기서 우리는 일단 이 4개월의 기간을 이해하기 쉽게 편의상 3단계로 구분해 정리해 볼 수 있다. 제 1단계가 한양에서 초계에 있는 도원수의 진을 찾아가는 과정이고, 그다음 제 2단계는 도원수진에 머문 기간이며, 마지막 제 3단계가 초계진을 떠나 정개산성 건너편 원계리에 머물고 있을 때 통제사 임명의 교지를 받을 때까지다.

제 1단계에선 서울을 떠난 지 약 2개월 만에 처음으로 하동 악양땅을 밟고, 5일간 하동 지역에 머물다 4일 만에 초계진에 당도한다. 제 2단계는 45일간의 초계진 체류이고, 마지막 3단계가 초계를 떠나 연해안 정찰 길에 올랐다가 통제사 임명을 받는 14일간의 기간이다.

4개월간의 백의종군의 기간 중 2개월간 경남 지역에 머물렀던 기간을 감안해 보아 45일간 초계진에 머물렀던 기간을 제외해 놓고 보면 16일간의 하동지역 체류가 최장기 체류인 셈이고 또 하동지역 체류 16일중 내 고향 옥종면 체류 12일간이 최장기 체류인 셈이다.

이렇듯 이번에 나는 몰랐던 사실을 이처럼 소상히 알게 되어 우선 하동인으로서 뿌듯했고, 더 나아가서는 하동도 하동이지만 그중 옥종면 출신으로서도 더욱 뿌듯함을 느껴도 보았다.

특히 내 고향 옥종면은 군사적 요충지가 아니어서인지 이렇다 할 역사적 사건과 크게 관련이 없는 지역이다. 예부터 북방리에 고승산성(高僧山城)이 있었지만 일설에 고려 때 몽고가 침입하자 이 지역을 지키기 위해 쌓았다는 이야기만 전해져 오고 있을 뿐 그 외엔 어떤 역사적 사실과 관련이 있는지는 알려져 있지 않고, 다만 1894년 동학혁명 때 5천여 명의 농민군 중 2천여 명이 목숨을 잃었다는 이야기가 전해 오는 것이 고작이다.

그런데 이번에 임진왜란시 쌓았다는 정개산성과 그 전투, 여기에다 이순신 장군이 백의종군 길에 12일 간이나 머물렀으니 고향에 대한 새로운 자긍심도 생겨나 말로만 들어온 《난중일기》를 읽어 보길 참 잘했구나 싶었다.

| 잊지 못할 고향의 미각 |

고향은 시시각각으로 그림으로, 냄새로, 입맛으로, 감촉으로 그리고 소리로 다가온다. 이 중에서 가장 강한 인상의 여운이 고향의 소리와 입맛이다. 그리고 또 이중에서도 사람들의 일평생을 지배하는 것이 바로 고향의 미각인 듯 싶다.

이북 출신들이 평양이나 함흥냉면을 그렇게 찾고 또 전주나 진주 출신들이 그 특유의 비빔밥을 또 그렇게 찾는 이유가 다 여기서 연유되기 때문이다.

청와대 시절, 노태우 대통령이 호박잎쌈을 즐겨 찾았다는 이야기나 또 김영삼 대통령이 청와대에서 손님들에게 점심으로 손칼국수를 즐겨 내놓았다는 이야기도 결국은 알고 보면 그분들의 고향미각과 결코 무관하지는 않으리라 본다. 특히 입맛이나 밥맛이 없을 때면 더욱 그렇다. 나에게도 평상시 불현듯 생각나는 고향미각들이 몇 가지쯤은 있다.

뭐니뭐니 해도 그 제일 윗자리는 역시 너무나도 유명한 섬진강 재첩국이다. 재첩은 일종의 강조개인데 그곳 사투리로 일명 갱조개라고도 한다. 깨끗한 민물과 바닷물이 맞닿는 곳에서 자란다. 타지방의 재첩은 색깔이 거무스름한데 그곳의 것은 깨끗한 모래덤에서 자라기 때문에 색깔이 탐스러울 정도로 노르스름해 역시 빛깔처럼 예로부터 전국에서 맛이 좋기로 이름이 나 있다.

이 섬진강 재첩국이 이렇게 고향미각으로 남아 있는 것은 물론 나의 성장지와 유관하기 때문이다. 하동군 옥종면이 나의 성장지다. 어린 시절, 도붓장수 아낙들이 이고 온 재첩을 사서 국을 끓여주는 것을 제법 많이 먹어도 보았고, 더욱이 진주로 공부하러 나와서 밥을 부쳐논 인척집에서도 심심찮게 먹어 본 적이 있는 국이다.

진주 유학시절, 이른 아침이면 골목마다 '재첩국 사이소' 를 외치고 다니는 아낙네들의 목소리를 자주 듣곤 했다. 그것은 옛날부터 재첩국은 간장에 좋다고 해장국으로 많은 사람들이 찾았던 음식이라 말하자면 간밤에 술에 떡이 된 술꾼들의 집을 염탐하듯 찾아나선 일종의 불특정 호객 장사술이었다고나 할까.

이럴 때 간혹 인척 아주머니는 해장술국은 아니지만 아침상 국거리가 시원찮으면 그 국을 사서 우리 밥상에 올려놓곤 했는데 그 맛이 아주 시원하고 덜적지근해 여기에다 고춧가루를 조금 풀어 먹으면 일미 중의 일미였다.

여기서 톡 쏘는 양념 같은 그 시절의 우스개 이야기를 여담으로 하나 털어놓을까 한다. 맹랑했던 중고등학교 시절이라 한방을 쓰던 내 또래의 인척 까까머리 풋고추와 곧살 나누었던 농담이다. 이른 아침이면 아낙네들이 '재첩국 사이소' 라고 애소하듯 길게 늘여 외쳐대는 그 소리를 짓궂게도 우리는 야한 연상력을 발휘하여 '내 X국 사이소' 라고 후렴처럼 흉내내 보며 낄낄거렸는데 오늘 따라 그 시절로 돌아간 듯 그 기억이 새롭게 떠오른다. 희뿌연 그 국물 빛이 어쩌면 여인들의 그것(?) 색깔과 너무 비슷하기 때문에 해본 농담이었다. 그러나 어쩌면 그 영양가만은 그런 호르몬 영양제 못지 않은 것만은 사실이니 이런 우리를 도학군자처럼 탓할 것까지는 없지 않나 싶다.

연전에 나는 볼 일이 있어 하동에 들른 적이 있었는데 고향의 미각이라 빼놓을 수 없어 국과 회를 배불리 먹어도 보았다. 그런가 하면 서울생활에서 '재첩국'이란 희귀한 간판이 눈에 뜨이면 마치 고향집을 찾듯 간혹 들어가 보기도 했다.

그 다음 생각나는 것이 집게발에 털이 달린 이른바 털게로 담근 게장이다. 역시 그 게는 섬진강에서 잡히는 민물게다. 한약국을 하시던 할아버지가 무척 게장을 좋아하셔서 덕분에 익힌 고향 맛이다. 거의 매년 가을철이면 살이 꽉찬 게로 게장을 담구었다. 서울식 꽃게장과는 달리 경상도식이라고 할 수 있는데 처음 통게로 담가 두었다가 우러난 장을 두세 번만 다려 두면 일년 열두달 늘 그 맛이 그 맛이다. 짭잘하고 덜적지근한 듯한 게의 살맛이야 말할 것도 없지만 그 장맛 역시 일품이라 밥에 비벼만 먹어도 밥 한 그릇이 뚝딱이다.

또 섬진강 은어회 맛도 잊을 수가 없다. 은어란 놈은 성질이 급하고 또 일급 청정수에만 산다. 여름철 강가 얕은 강바닥이 거무스름할 정도로 떼지어 상류로 올라가는 놈들을 지난 시절에는 바지게 작대기만으로도 물을 후려쳐 잡을 수도 있었다.

그 회 맛은 별미중의 별미였다. 특유의 향긋한 수박 냄새가 나는 그 회 맛은 어떤 회 맛과도 비교가 되지 않는다.

시래기도 빼놓을 수 없다. 요즘 젊은 주부들 중에는 시래기가 무엇인지 잘 모르는 사람도 있을 것 같은데 말린 무청을 말한다.

일제하나 해방 후는 너나할 것 없이 가난했던 그 시절이다. 이 시래기는 가히 식량 대용품이었다. 겨울철이나 긴긴 해의 보릿고개 철을 대비해 시래기를 몇 갓씩 짚으로 엮어 토담 벽이나 헛간에 매달아 두고는 가난 속의 부자인양 사람들은 흐뭇해 하기도 했다.

　어린 시절, 마을에서 그래도 잘 사는 편에 속했지만 나 역시 시래기 국이나 나물을 많이 먹었던 경험이 있다.

　그래서 가끔 이 시래기의 미각이 되살아나면 아내에게 특청을 해둔다. 이런 나의 시래기 기호를 일찍부터 안 아내는 김장철만 되면 무청을 일부러 한두 갓 정도는 미리 마련하여 테라스에 걸어둔다. 고기반찬에 싫증이 난다 싶으면 겨울이나 봄철에 간혹 된장무침이나 국으로 나와 나의 미각을 새롭게 세탁해 준다.

　시래기는 '쓰레기'가 아니다. 간혹 버리는 쓰레기로 생각하는 주부들도 더러 있는 모양인데 결코 쓰레기이거나 하등식품이 아니라 오히려 고급 영양식품이다. 시래기의 섬유질은 배춧잎보다 소화력을 더 촉진시키고 또 엽록소의 영양가도 더 높다고 하니 이 어찌 좋은 일이 아니랴.

　또 한 가지가 더 있다. 이름하여 돼지토렴이다. 역시 할아버지가 좋아하셨던 반찬이다. 어릴 때부터 미각훈련이 된 음식이라 지금도 좋아하고 있다. 물에다 고추장을 먼저 풀고 그 다음 돼지고기를 썰어 넣어 팔팔 끓었다 싶으면 느타리버섯, 양파, 당근, 대파 등을 썰어 삶아놓은 당면과 함께 넣어 간을 맞추어 끓이면 그것으로 요리는 끝난다. 반찬으로서 아니면 밥과 말아먹어도 된다.

　이 요리 이름은 웬만한 요리책에도 나와 있지 않다. 우리 대학의 식품학 여교수들도 잘 모르고 있기에 우연히 학교식당에서 식사를 함께 할 수 있는 자리가 있어 일시에 문학평론가가 요리평론가가 된 양 힌바탕 요리강습(?)을 해주고 서민요리로서 저렴성과 요리의 용이성이 있다고 평까지 덧붙인 적이 있다. 그리고 또 이 요리법을 가지고 황공스럽게도 왕년에 명사의 요리솜씨 자랑코너인 SBS의 〈남편은 요리사〉란 아침 프로에도 나가 본 적도 있다. 제법 아마추어 요리사로서 광(光)을 한 번 내도 보았다.

　그러고 보면 나의 잊지 못할 고향미각은 나의 고향이나 나의 집과 직접적인 관련이 있는 것들이다. 재첩국, 털게장, 은어회가 고향의 섬진강과 직접 관련이 있는 명물 향토요리라면, 시래기나물이나 국 그리고 돼지토렴은 고향집에서 오로지 익숙된 입맛들이다.

　고향은 멀리 있어도 또 고향이 설사 없어졌다 할지라도 그 미각만은 누구에게나 살아 있는 듯하다. 나는 혀끝에 여운처럼 남아 있는 고향의 미각이 가끔 불현듯 되살아나면 마치 잃어버린 시간을 찾아 나서듯 미각외출을 해 보거나 아니면 미각여행을 간혹 떠나 보기도 한다.

| 다시 생각해 봐야 할 고향 |

전통적으로 우리 민족은 고향에 대한 관심이 매우 높다. 예로부터 우리 민족은 농경사회의 정착성 민족인 만큼 고향에 대한 뿌리의식이 강하지 않을 수 없었다.

가령 몽고나 중앙아시아의 유목민족이나 중동지방의 베두인족, 그리고 집시족과 같은 이동성 민족에게는 고향의식이 희박하기 마련이다. 그러나 정착성 민족인 우리 민족에겐 어느 한 곳이 곧 대대로 살아온 생활터전이라 그곳엔 선산이 있고 또 부모형제나 일가친척이 살다 보니 뿌리의식과 끈끈한 혈연의식이 뒤엉켜 있어 자연 고향의식이 높기 마련이다.

단적으로 몇 가시 예로써 쉽게 반증을 심을 수도 있다. 설이니 추석 등 명절을 기한 귀성객의 끝없는 행렬을 비롯하여 유행가만 보아도 고향을 그리는 노래가 유별나게 많다. 사랑이나 이별을 내용으로 하는 노래 다음 자리에 오는 것이 바로 망향가이다. 대충 '고향'이란 말이 들어 있는 제목만 보더라도 〈고향만리 사랑만리〉(진방남 노래), 〈고향만리〉(현인 노래), 〈마음의 고향〉(박재홍 노래), 〈꿈에 본 내 고향〉(한정무 노래), 〈고향〉(박일남 노래), 〈고향이 좋아〉(김상진 노래), 〈고향초〉(장세정 노래), 〈고향의 강〉(남상규 노래)을 비롯하여, 남인수의 〈고향은 내 사랑〉과 〈고향의 그림자〉, 그리고 나훈아의 〈고향역〉과 〈머나먼 고향〉 등이 있다.

그런가 하면 고향을 떠나 객지로 떠돌아 다녀야 할 팔자면 '역마살'이 끼었다 해서 누구나 달갑게 생각지 않았으며 또 고향을 등지고 객지에서 죽을 놈이라 해서 '객사할 놈'이라 말하면 가장 저주스런 욕으로도 통했고, 한편 이런 시신(屍身)은 집안에도 못 들어오게 했던 과거의 관습만 보아도 그만큼 우리 민족은 고향을 중시했다는 증거다.

고향에 얽힌 이야기라면 비단 이런 고향의식만이 아니다. 고향의 미각, 고향의 추억, 고향에서 익힌 말씨(사투리)는 우리들의 일생을 지배하고 있다.

나의 경우만 해도 그렇다. 밥상머리에서 입맛이 없을 때에는 간혹 고향의 미각이 혀끝에서 불현듯 되살아나곤 한다.

어찌 나의 경우뿐이랴. 높기만 한 전직 대통령의 경우만 보아도 알 수 있다. 박정희 대통령의 막걸리, 노태우 대통령의 호박잎쌈, 김영삼 대통령의 칼국수에 대한 기호도 십중팔구는 고향의 미각에서 연유되었음을 쉽게 짐작할 수도 있다.

또 내가 글(수필)을 쓸 때면 늘 앞서는 기억이라면 역시 고향의 추억이다. 그런가 하면 말씨만 하더라도 서울생활 40년이 되었지만 부지불식간에 사투리가 나오다 보니 어쩌다 학생들로부터 '하모' 교수님 이라는 별명까지 얻게 되었다.

서부 경남의 지리산 중심의 언어문화권에 사는 사람들은 남의 말이나 의견에 맞장구를 칠 때면 으레 '그럼' '그렇지'의 뜻으로 '하모'라고 말하는데 간혹 이런 나의 사투리 말버릇이 신기해서 그런지 그만 나의 별명이 되고 말았다.

그럼, 우리 모두의 이런 원초적 고향은 과연 어디란 말인가. 도시민으로서 제1세대에 속하는 사람이라면 거개가 농촌일 것이다. 이런 고향, 이런 시골이 이제 빈혈상태에 빠져 숨을 헐떡이고 있다는 소식이 늘 전해지고 있다.

내가 초등학교 다닐 때만 해도 전체 인구수의 80%가 농가인구였는데 이제는 13%로 줄어들었다. 이농으로 말미암아 일손이 부족하다 아우성이다. 청장년은 거의 찾아볼 수 없고 노인들만이 고향을 지키고 있는 실정이다. 혹시 고향을 지키는 총각들이 있다 하더라도 장가를 못 가서 한숨이 태산이다. 폐교되는 학교가 속출하고, 무아촌(無兒村)이 되어 가며, 빈집들이 해골마냥 늘어만 가고 유휴농지나 휴경지가 늘고 있다.

농촌은 아니 농사짓기가 이제는 시세폭락이다. 옛날에는 그나마 도회지 생활에서 두고 온 고향(시골)이 삶의 최후의 피난처가 되기도 했다. 도시생활에서 만사가 제 뜻대로 안 되면 '시골에 가서 흙이나 파먹고 살지' 아니면 '고향에 가서 농사나 짓지' 였다. 요사이는 이런 말을 하는 사람조차 없다. 그리고 '농' 자가 든 고등학교나 대학도 시세폭락이다.

시골이 고향인 출향인들은 이제 다시 고향을 생각해 봐야 할 때이다. 설 추석을 이용해 일년에 한두 번씩 다녀오는 의례적인 일에서 벗어나 진정 마음에서 우러나오는 애향운동을 펼쳐야 할 때가 바로 지금이 아닌가 싶다.

바캉스철만 되면 자녀들을 데리고 산으로 바다로만 갈 것이 아니라 고향으로 데리고 가서 뿌리의식도 심어 주어야 할 것이고, 육친이나 친척들과도 깊은 정의 고리를 맺게 해 주어야 할 것이다.

그리고 형편 나름으로 고향을 위해 좋은 일도 해야 할 일이다. 책이나 장학금 보내기, 고향의 농산물 사먹기나 일손돕기 등이 진정한 애향심의 발로가 아닌가.

　고향을 고향으로서만 생각할 때가 아니라 고향 사람들의 고통을 분담한다는 노력이 가장 절실한 때가 바로 지금이고, 이런 일련의 노력이야말로 좌절에 빠져 있는 고향 사람들에게 힘과 용기를 북돋아 주는 일이기도 할 것이다.

| 새댁들의 택호로 본 세상 읽기 |

우연히 2005년에 나온 한 통계자료를 보았다. 아주 최근자료는 아니지만 그런 나름으로 어떤 흐름을 대충 짐작해 볼 수 있는 자료다 싶다. 1990년부터 2005년도까지 이 15년 동안에 외국여성과 결혼한 한국 남성은 159,942명이었다. 그 전에 비해 15년 사이에 250배가 증가했다는 것이다. 2005년도만 해도 4만 3천 건이란다. 8쌍중 1쌍이 국제결혼을 했다는 분석이다. 이런 추세라면 2020년 경에는 5쌍중 1쌍이 되리라는 전망도 했다.

이래 저래 이제 우리 사회는 다인종 다문화 사회로 바뀌고 있고 동시에 종래의 순혈주의 결혼관도 바뀌고 있다. 특히 농촌총각들의 경우는 더욱 그렇다. 농촌으로 시집오겠다는 처녀들이 점점 귀해지니 자구책으로 우리보다 국민소득이 떨어져 있는 중국, 필리핀, 러시아, 몽골, 태국, 캄보디아, 베트남, 방글라데시, 미얀마, 네팔, 우즈베키스탄, 카자흐스탄 등지에서 데려오고 있다.

나는 이런 사실을 보며 참으로 세상이 너무나 많이 변했구나 싶었다. 외국 며느리를 데리고 왔다고, 외국 남자에게 시집갔다고 흉볼 사람은 이젠 아무도 없다. 과거에는 손가락질 대상이 아니었던가.

내가 자란 옥종면에서 꼭 한 사람이 해방이 되자 일본인 아내를 데리고 귀환했는데 그것이 그 당시로 봐서는 별난 호기심의 대상으로 이야기꺼리가 되었다.

이런 생각을 하다 보니 문득 지난 시절 고향에서 불렀던 여자들의 택호(宅號)가 생각난다. 택호란 시집 온 새댁들을 두고 남들이 호칭하는 이름이다. 세월이 흘러 아들딸을 낳고 사는 처지라면 'XX엄마' 라 하면 되겠지만 갓 시집 온 새댁의 이름을 함부로 부를 수도 없는 처지에서 생겨난 것이다.

대개 이런 택호에는 두 가지 경우가 있었다. 시집 온 곳의 지명을 따서 부른 택호가 그 하나다. 다른 하나는 그 지역 사람이건 외지에서 왔건 남자가 내놓을 만한 직업을 갖게 되었거나 가졌을 때 직함이나 직업을 따서 부르는 경우다. 경상도에서는 '댁' 을 방언으로 '띠기' 라 불러 구장띠기, 반장띠기, 면장띠기, 조합장띠기, 교장띠기, 주임(지서)띠기, 약국띠기, 의사띠기, 이 서기띠기, 이 선생띠기 등으로 불렀다. 또 윗대에서 벼슬을 했다면 하참봉띠기, 이진사띠기 등을 예우차원에서 그대로 호칭해 주었다.

지난 시절 시골에서 가장 흔했던 택호는 물론 시집온 지역의 지명을 딴 호칭이었다. 그 당시는 50리 안팎에서 시집 왔으니 알 만한 지명들이었다. 사람들의 내왕이 잦지 못하고 연고가 넓지 못하다 보니 생겨난 지연적 한계였다. 같은 마을의 동네 결혼, 면내 결혼, 같은 군내 아니면 인접 타군내의 결혼이 고작이었다.

내가 살았던 마을(양구리)만 보아도 그랬다. 군(하동군)내의 타면이라면 인접한 북천면과 청암면, 횡천면 정도였고, 좀 더 폭을 넓혀 타군과의 혼척 인연이 닿았다면 군계를 하고 있는 진양군, 산청군, 사천군 정도였다.

그런데 이런 저런 택호를 자세히 살펴보면 참 묘한 현상이 발견된다. 동네 결혼이라면 '본동(本洞)띠기' 요, 면내 결혼이라면 부락(洞里) 이름이나 부락에 속하는 작은 마을 이름까지 따오는데, 시집 온 곳이 멀면 멀수록 지역이나 지방의 상위지명을 따온다는 점이다.

가령 내가 살던 옆 마을이 면 소재지가 있는 청룡리였는데 이 동리는 상촌, 중촌, 하촌(또는 주포) 마을로 이루어져 있다. 이곳에서 시집 온 새댁 택호를 상촌띠기, 중촌띠기, 하촌 또는 주포띠기라 했다. 이는 곧 청룡띠기라고 하면 여러 청룡띠기가 있을 수 있어 구별이 어려우므로 구별이 쉽도록 한 방식이었다. 그리고 만약 한 마을에 '학동띠기' 가 두 집 있다면 혼동을 피하기 위해 남편의 성씨를 따 와 '안학동띠기', '김학동띠기' 라 했다.

그 다음, 혼척이 멀면 멀수록 상위급 지명을 따온 관행은 같은 택호를 가질 확률이 적을 뿐 아니라 평소 귀에 익은 지명을 써보자는 의도였다.

이를 볼 때 택호의 호칭은 혼척의 거리에 비례해 가까우면 가까울수록 하위 지명을, 멀면 멀수록 상위 지명을 택한다는 사실이다. 그래서 마을이름→부락이름→면이름→군이름이나 시이름→도이름까지 나왔던 것이다. 같은 군내에서 온 청암띠기, 횡천띠기, 북천띠기도 있었고, 산청군에서 왔다고 산청띠기, 진주시에서 왔다고 진주띠기, 전라도에서 왔다고 전라도띠기도 있었다. 같은 본동의 결혼이었다면 물론 본동띠기다.

그런데 지금은 과연 어떨까? 농촌 처녀들도 거의 도시로 시집을 가니 본동띠기도 드물 뿐만 아니라 이웃마을의 택호를 딴 사람들도 드물 것이다. 대신 울며 겨자 먹기식으로 국제결혼이 유행하니 택호에도 외국 도시명이나 나라 이름까지 나올 정도로 세상은 변했다.

얼마 전에 내 고향 옥종면은 과연 어떤가 싶어 부면장에게 직접 전화를 걸어봤다. 지리산에서 아니 멀리 떨어져 있는 지역이라 국제결혼의 가구수가 몇집 되지 않으리라는 예상과는 달리 무려 30여 가구였다. 중국 10가구, 베트남 11가구, 태국 3가구, 캄보디아와 필리핀이 각각 2가구, 러시아 1가구였다.

그들을 'XX엄마', 자녀가 없는 경우는 'XX띠기 며느리' 'XX처'라 호칭한다는 것이다. 이는 물론 택호 호칭의 풍속이 점점 사라져 가는 시대이긴 하지만 더 큰 이유는 특히 본인 앞에서는 태국띠기, 베트남띠기, 마닐라띠기, 연변띠기라 하며 일부러 국적적 차별을 드러낼 수 없다 싶은 배려에서 나온 호칭이라 여겨진다.

그러나 본인이 없는 자리라면 전통적 호칭관행도 있으니 쉽게 중국띠기, 연변띠기 등으로 부르리라 본다.

결혼의 국제화에 따른 택호의 국제화도 이루어지고 있구나 싶으니 실로 금석지감이 든다.

고향에 면가(面歌)를 선물하고

1994년도 1월호 『수필문학』지에서 고향 소개 특집을 꾸민 바 있는데 거기에 〈내 고향, 하동 옥종〉을 발표한 바 있다. 그 당시는 이른바 우루과이라운드로 농촌이 홍역을 앓고 있는 때라 일부러 그 글의 끝에다 내가 직접 작사해 본 가칭 〈옥종면가〉를 넣어 마음만이라도 힘과 용기를 북돋아 주려 해 보았다. 그리고 기회가 온다면 곡을 붙여 선물해 볼 생각이라는 것도 덧붙였다.

사실 출향인으로서 고향을 위하는 일이라면 여러 가지 일이 있을 수 있다. 번듯한 회관이나 도서관을 지어주는 일 아니면 학교 도서관에 좋은 책을 다량 기증해 주는 일도 있을 것이다.

그러나 나 같은 글쟁이 교수로서는 회관은 언감생심이지만 책 기증도 좀 벅찬 일이다. 가능한 일이라면 고향을 소재로써 좋은 글을 많이 써 고향을 빛나게 해 주는 일이거나 아니면 면가라도 지어 선물하는 일 정도다. 그래서 쉽게 지면 약속을 했던 자초지종이 있다.

그러나 마땅한 작곡가를 찾기가 쉽지 않아 차일피일하다 그만 너무나 많은 세월이 흘러 자칫하면 공수표가 될 뻔했다.

작년(2007년)에 우연히 좋은 작곡가겸 가수를 만날 기회가 있었다. 1970년대에 잠시 가수로 활동하다가 근년에 작곡가겸 가수로 다시 활동하고 있는 김성봉이란 분이다. 케이블 TV '스카이라이프'의 '시와 음악세상'에 고정 멤버로 출연하던 분인데 마침 내가 그 방송의 '시인의 뜨락' 프로에 초대손님으로 출연할 기회가 있어 녹화에 참여했다가 알게 되었다. 잠깐 이야기를 나눌 수 있는 시간이 있어 평소에 나도 노래에 많은 관심을 가진 사람임을 일부러 강조해 봤다. 환심을 사보자는 숨은 뜻도 없지는 않았다. 1989년도 일간 「스포츠 서울」에 8개월간 〈유행가에 나타난 세태〉란 테마에세이를 연재한 바도 있다고 소개하면서 기회가 오면 선물해 볼 생각으로 마침 고향면가를 작사도 해두긴 했지만 마땅한 작곡가를 아직 찾지 못하고 있다고 했다. 그러자 즉석에서 관심을 보이는 것이다. 나의 이런 저런 사정을 듣더니 그러면 작사한 것이라도 일단 보내달라는 것이다. 나의 꿍심이 성공이다 싶어 속으로 기분이 좋았다. 그러나 순간 앞으로 사례는 어떻게 해야 할지 약간 걱정도 되었다.

집에 돌아와 다시 고맙다는 인사말과 함께 즉시 e-메일로 보냈다. 한 달 후에 본인의 작곡에다 직접 노래까지 취입한 CD가 왔다. 들어보니 제법 그럴 듯했다. 고마워서 전화로 사례문제를 비췄더니 좋은 일을 하시는데 자기도 도움을 드리고 싶어 한 일이니 신경 쓰지 마시라는 것이다. 대신 술이나 한 잔 사시라고 했으니 참 고마운 분이다. 그 다음 곧바로 면장 앞으로 악보와 면가를 선물하게 된 배경을 담은 편지와 함께 CD를 보냈다. 보내면서 일단 나의 호의는 받아들일 수 있기도 하고 그렇지 않을 수도 있다는 것을 우선 생각해 보았다. 아무리 선물이다 할지라도 면가는 개인선물이 아닌 이상 많은 사람들의 의견을 수렴한 후 결정할 사항이니 채택이 안 될 수도 있는 일이 아닌가. 만약 채택이 안 될 경우라면 '이 아니면 잇몸'이라고 조용필이나 패티김이 서울노래를 불렀듯이 〈옥종찬가〉로 하면 되겠다 싶은 마음의 여유도 가져보았다.

중간에 면장으로부터 연락이 왔다. 의견 수렴중에 있으니 좀 기다려 주면 좋겠다는 양해였다. 보낸 지 3개월만인 금년 3월 1일부로 드디어 제정 확정이 되었다는 전갈이 왔다. 면내 기관, 각 마을과 학교, 사회 단체, 전국 향우회, 각 동창회 등에 음반을 보냄과 동시에 의견수렴과 정을 거치다 보니 이렇게 늦었다는 것이다.

참고로 그런 과정을 거친 가사 내용이나마 여기 소개해 본다.

    1절 : 지리산 정기 받아 옥산봉 솟고
         덕천강수 넘실대는 내 고향 옥종
         솔바람 댓닢소리 풀피리소리
         선인들 큰 뜻 서려 우리를 지키네
         마음 좋고 인심 좋은 이 터전에서
         우리는 힘차게 오늘을 산다

    2절 : 지리산 정기 받아 사림봉 솟고
         월횡강수 노래하는 내 고향 옥종
         넓은 들 황금 벌판 웃음꽃 피네
         백토가 지천인 유서 깊은 이 터전
         대문 열고 마음 열고 큰 뜻도 세워
         우리는 성냥새 내일을 연다

나는 이 가사를 지을 때 여러 측면을 고려해 보았다. 먼저 내용은 면 민들의 자긍심과 애향심을 두루 고취시키면서 화합과 단결을 도모시 킬 수 있는 내용이어야 함을 염두에 두었다. 그리고 1절 2절의 글자수

맞추기와 노래하기가 쉽도록 상충이나 충돌 없는 단어의 배열도 신경써 보았다. 내용은 면을 상징할 수 있는 대표적인 산과 강을 넣고 영속성을 지닌 인문환경이나 자연조건도 넣어 과거의 삶, 현재의 삶, 미래의 삶도 생각해 보았던 것이다. 후대에 가서 가변적일 수 있는 특산물 따위는 아예 배제했다.

아무튼 면가제정 확정결정이 났다니 이제는 작사가 입장에서 가능하면 고향 홍보도 해보아야겠다는 생각이 들었다. 내가 자문위원으로 있는 인터넷 방송인 '한국문학방송'(dsb.kr)의 주간에게 이 소식을 알렸더니 좋은 일을 하셨으니 면의 전경사진을 비롯해 자료 일체를 보내주면 편집을 하여 내보내겠다는 것이다. 보내고 나서 얼마 있지 않아 방송에 들어가 보니 옥종면 전경을 바탕으로 한 화면에 가사가 뜨면서 동시에 노래가 힘차게 흘러 나왔다. 그 방송을 클릭하고 들어온 전국 회원에게 조그마한 일개 면이 널리 알려지겠구나 싶으니 정말 뿌듯했다.

또 이에 힘 얻어 고향 현지인이 운영하는 '옥종사람들'이란 인터넷 카페에도 올렸더니 일정 홍보기간 동안은 밤낮으로 흘러 나왔다. 그리고 면사무소 홈페이지 '옥종면 소식'란에 올려져 있음은 물론이다.

뿐만 아니라 이 일이 널리 알려지자 「하동신문」에 제법 큰 박스 기사로도 나갔다. 전국에 89개 군이 있고 1211개 면이 있는데 물론 각 군마다 군가는 있겠지만 면가는 처음이 아닌가 하여 뜻도 있고 그것도 출향인의 애향심에서 이루어진 일이니 더더욱 뜻이 있다는 내용이었다. 개인적으로는 선물한 보람도 느꼈다. 뒤에 들은 이야기지만 이 보도로 타면의 면장들이 우리도 면가가 있어야겠다고 우스개로 샘을 내더라는 말을 면장이 전해 주었다.

얼마 전에는 나의 모교 옥종초등학교 총동창회 및 기별 친선체육대회에서 이 노래가 흘러 나왔고 면단위의 행사시는 물론 각 마을의 아침방송에도 흘러 나오리라 싶으니 뿌듯도 하다.

나의 바람은 이 면가의 가사처럼 고향 사람들이 열심히 살고 또 화합과 단결도 하여 하루속히 전국 제 1등 면이 되었으면 한다.

지금도 간혹 나는 면가가 소개되어 있는 싸이트에 들어가 노래를 들어본다. 이제야 고향의 산하에 진 빚을 갚았구나 싶으면서 몸은 비록 멀리 떨어져 있어도 마음만은 벌써 고향땅에서 뛰논다.

이렇게 면가가 탄생되도록 도움을 준 김성봉 님에게 다시 한 번 고마움을 표한다.

| 다시 고향 땅을 밟으며 |

옥종은 비록 내가 태어난 곳은 아니지만 30여년간의 연고가 있는 곳이다. 유년기도 보냈고 초등학교 시절의 소년기도 보냈다. 엄밀히 말해 요람기의 연고만이라면 태생지일 뿐 고향이랄 수는 없다. 아무 생각도 없는 젖먹이 시절이 아니라 유년시절이나 더 나아가 청소년 시절의 추억 같은 기억들이 심어져 있는 곳이 바로 고향이다.

그런 의미에서 옥종은 나의 실질적인 고향이지만 내가 장남 겸 종손이라 삶의 터전을 따라 1972년도에 솔가하여 서울로 이사를 오고 보니 부끄럽지만 서너 번 다녀온 것이 고작이다. 나의 속사정을 잘 모른다면 '버린 고향'이라 할 만하다.

실제로 가까운 인친척이라곤 한 집도 없고 또 거기에다 윗대를 모셔 놓고 있는 선산도 없다 보니 그랬다. 혹시 경조사가 있다거나 아니면 성묘차 들를 경우라도 있었다면 달라졌을 것이다. 한양 천리길이라 별다른 목적 없는 순수한 방문은 여간 쉽지 않았다. 초등학교 동창모임과 지나는 길에 두세 번 들른 것이 전부였다. 그래서 근년에 일부러 한번 계획을 세워 다녀온 적이 있다. 정말 뜻있는 방문이었다.

나는 2002년 10월에 열렸던 제2회 평사리 토지문학제에 초청되어
〈문학작품 속에 나타난 하동의 地誌學〉이란 제목으로 개막강연을 한
바 있다. 이것을 계기로 2004년부터 2006년까지 3년간 문학제 추진위
원장을 맡게 되었는데 2006년도 행사에는 내가 이끌고 있는 서울 '청
다문학회' 회원과 옥종 출신의 서울 '옥우회' 몇몇 회원들과 함께 전
세 버스를 이용하여 1박2일 일정으로 참가할 수 있는 기회를 마련해
보았던 것이다. 그 길에 옥종을 다녀와 보자는 계획이었다.

출발 이틀 전에는 김재권 옥종면장에게 미리 전화를 해두었다. 서울
의 문인 일행이 행사에 참여한 후 이튿날 오후 옥종에 들렀다가 산청
을 거쳐서 서울로 돌아올 계획이라고 알려주었더니 고맙게도 방문을
환영하겠다는 퍽 반가운 목소리였다.

아니나 다를까 늦은 오후 개막식 행사장에까지 일부러 면장이 우리
를 만나러 왔었다. 잠시 내일 스케줄을 이야기했더니 기꺼이 마중까지
나와 안내도 하겠다는 것이다.

이튿날 우리 일행은 점심식사를 마치고 곧바로 옥종으로 향했다. 또
고맙게도 멀리까지 미리 마중을 나와 우리를 기다리고 있었다. 옥종에
도착해서는 뒤에 안 사실이지만 나의 초등학교 후배인 최재만 부면장
도 마중 나와 주었다.

지나가는 길의 방문이라 시간이 넉넉치 않아 아쉽지만 두 곳만 들르
기로 했다. 그러자 일행 중 몇몇 분이 일부러라도 문학단체에서 '작가
의 고향'을 문학기행도 하는 판국에 다른 곳은 놔두고서라도 나의 옛
집은 꼭 방문해 보아야 이번 기행의 또 다른 뜻도 있다고 했다.

그래서 나의 고향 마을 바로 앞에 있는 이름난 정자인 '하한정(夏寒
亭)'이란 곳에 들러 주변 경관도 둘러보고 곧 바로 나의 옛집으로 올라
갔다.

문득 고향의 마을 땅을 밟고 있구나 싶으니 만감이 서려오기 시작했

다. 이곳에서 뛰놀던 소년이었던 내가 어느새 머리에 흰 서리가 내려 앉은 중늙은이가 되었구나 싶으니 세월이 야속하다 싶었다. 또 청소년 시절, 미래의 여러 가지 풋꿈을 품어보았던 내가 결국은 글쟁이 겸 교 수로 낙착되어 돌아왔구나 싶으니 참 미래의 일이란 아무도 점칠 수 없는 일이 아닌가도 싶었다. 또 금의환향이라면 얼마나 좋았을까 하는 실없는 상상도 해 보았다. 그러나 이렇게라도 천리 밖에서 내로라하는 문인들과 그 중 전직 장관 출신도 두 분이나 동참해 주었구나 싶으니 그나마 위안은 된다 싶었다.

이 생각 저 생각을 하며 걸어오다 보니 어느새 나의 집에 다다랐다. 집을 둘러 본 일행들의 말도 조금은 위안이 되었다. 산자수려한 곳에 터를 잡았다는 것이다. 뒤쪽으로 완만한 능선을 자랑하며 옥산봉이 우 뚝 솟아 큰 병풍처럼 마을을 감싸주고 있고, 왼쪽으로는 마치 쭉 편 팔 처럼 뻗어내린 산자락 끝에 똥뫼처럼 하한정이 떠있고, 더 멀리는 마 치 앞 병풍인 양 미산(美山)이란 작은 마을이 그 뜻처럼 그림같이 감싸 고 있으니 그런 말이 필시 나옴직하다 싶었다.

그러나 나는 건성으로만 그런 말을 흘려 들으면서 한 편으로는 약간 비감에 젖기도 했다. 할아버지께서 일제 말기에 명당을 찾아 이곳 저 곳을 둘러보신 다음 이곳에다 제법 큰 공사로 몸채와 사랑채를 지어놓 으시고 이렇다 할 큰 영광도 보시지 못하고 얼마 지나 일찍 돌아가시 고 또 곧이어 설상가상으로 6·25때 아버지마저 떠나보냈구나 싶으니 가슴이 못내 아파왔다.

그러나 속으로만 아픈 가슴을 달래며 그 다음 우리는 곧바로 차를 타고 얼마 멀지 않은 곳에 있는 정수리 마을의 불소유황온천으로 향했 다. 장거리 여행으로 모두들 피곤도 하실 테니 몸이나 풀고 가시라는 면장의 깊은 배려요 호의였다. 이 온천은 1998년도에 개장하여 국내 최고의 알칼리 온천수로 이름이 나 있다.

　그런데 도착을 하고 보니 우리를 놀라게 한 일이 있었다. 온천장 앞 길가에 '옥종면민 일동' 이름으로 우리 일행의 방문을 환영한다는 현수막이 보란 듯이 걸려 있지 않는가. 현수막 환영도 받는다 싶었는지 일행들의 얼굴이 한층 상기되었다. 애초부터 고향 방문을 스케줄에 잡아 놓길 참 잘했구나 싶었다.

　목욕을 마치고 귀경길에 오르려는 순간 4kg짜리 옥종 '어머니쌀' 을 선물까지 받았으니 모두들 더욱 황공스러워 했다. 즉석에서 답례로 미리 준비해 간 나의 책 몇 권을 기념으로 면장에게 전달했다.

　돌아오는 차 속에서 몇몇 분이 이번 방문에서 느낀 소감을 한 마디씩 말해 주었다. 이런 기회가 아니라면 악양땅과 옥종땅을 밟기가 여간 쉽지 않을 것이고 또 진심어린 환영도 받았으니 참 좋은 여행이었다는 칭찬도 들었다. 순간 쌓인 피로가 어느새 가시는 듯했다.

이유식 에세이집

옥산봉에 걸린 조각달

·

지은이 / 이유식
발행인 / 김재엽
펴낸곳 / **한누리미디어**
디자인 / 지선숙

·

121-840, 서울시 마포구 서교동 395-13 서원빌딩 2층
전화 / (02)379-4514, 379-4519
Fax / (02)379-4516
E-mail/hannury2003@hanmail.net

·

신고번호 / 제300-2006-61호
등록일 / 1993. 11. 4

·

초판발행일 / 2008년 8월 27일

·

ⓒ 2008 이유식 Printed in KOREA

·

값 10,000원

·

※잘못된 책은 바꿔드립니다.

·

ISBN 978-89-7969-325-6 03810